佐々木と
ピーちゃん
巡り巡って舞台は学校、
みんなで仲良くラブコメ回
～真実の愛を手にするのは誰だ？～
8
ぶんころり
Ill.カントク

Sasaki
〈佐々木〉
「これからはサヨコと呼んでもいいかしら？」
Elsa sama
〈エルザ様〉

「構わない」
「ありがとう。
私のこともエルザと
呼んで欲しいわ」
Sayoko
〈マジカルピンク
＝小夜子〉

Juunishiki
〈 十二式 〉
転校生

「私ノ名前は佐々木、十二式。
両親の仕事ノ都合デこの国にやってキた。
本日付けデこのクラスに通うコトになった。
色々と至ラないところガあるとは思ウが、
どうか仲良くシテもらえたら嬉しイ」

「それでは新任の皆さんのご活躍を祈って、乾杯！」
Colonel Mason
〈メイソン大佐〉
Inukai san
〈犬飼さん〉

Futarishizuka
〈二人静〉

Juunishiki's recent posts

20xx/11/25
十二式 @type_twelve
機械生命体はＳＮＳに進出する。
0 0 0

20xx/11/25
十二式 @type_twelve
まるで閲覧されていない。
0 0 0

20xx/11/25
十二式 @type_twelve
現役ＪＫです。誰か今晩泊めて下さい。
0 0 0

20xx/11/25
十二式 @type_twelve
機械生命体はＳＮＳを完全に理解した。
0 0 0

佐々木とピーちゃん

巡り巡って舞台は学校、
みんなで仲良くラブコメ回
～真実の愛を手にするのは誰だ？～

ぶんころり
カントク

contents

口絵・本文イラスト
カントク

〈前巻までのあらすじ〉

　都内の中小商社に勤める佐々木(ささき)は、どこにでもいる草臥れたサラリーマンである。そんな彼がペットショップで購入した可愛(かわい)らしい文鳥は、異世界から転生してきた高名な賢者様だった。与えられたのは世界を超える機会と強力な魔法の力。佐々木は文鳥にピーちゃんと名付けて、共に異世界へ渡ることになった。

　万年平の社畜と世界から追放された元賢者。生きることに疲れた二人は早々にも意気投合、悠々自適なスローライフを目指すべく、現代の事物を異世界に持ち込んでお金儲けをしようと試みる。

　すると異世界の魔法を異能力として勘違いされた彼は、現代日本で内閣府超常現象対策局なる組織に異能力者としてスカウトを受けて働き始めることになる。転職に伴いお給料も大幅に上昇。異世界へ持ち込む品々の買い出しも捗(はかど)るというもの。

　けれど、物事はなかなか上手(うま)く進まない。魔法少女を名乗る女の子からの度重なる襲撃。異能力者を憎み襲い続ける彼女に対して、佐々木は両者の仲立ちに四苦八苦。紆余曲折(うよきょくせつ)の末、魔法中年なる役柄に収まった。

　更には彼らの行く手を阻むように、現代でデスゲーム開始のお知らせ。悪魔と天使の代理戦争なる行いに巻き込まれる羽目となる。知らされたのは異能力者や魔法少女に次ぐ、第四の勢力の存在。お隣さんに付いた悪魔、アバドン少年に助力を求められた佐々木は、二人静(ふたりしずか)と共に彼らへの協力を決めた。

　時を同じく、お酒に酔っ払ったピーちゃんによって、現代を訪れていたエルザ様の存在がインターネットに流出。これを契機として、佐々木の知り合いが大集合。デスゲーム勢からお隣さん、異世界よりエルザ様、異能力者代表は星崎(ほしざき)さん、魔法少女からマジカルピンク。背景を異にする各界の立役者たち四人が遂(つい)に邂逅(かいこう)した。

　そうかと思えば、巨大怪獣が襲来。異世界から巨大なドラゴンが地球にやってきた。本土上陸を目前にして、阿久津(あくつ)課長から指示を受けた佐々木はこれに対処するべく、星崎さんや二人静と共に奮闘する。

　一方で天使と悪魔の代理戦争では、隔離空間のみならず日常でも謀(たばか)り合いが激化。お隣さんとアバドン少年を危険視した天使勢の暗躍により、彼女や佐々木の住まうアパートが爆破されてしまう。

　辛うじて生き延びたお隣さんは、犯人と思しき天使とその使徒に遭遇する。現場に居合わせた佐々木は両者から協力を得たことで、巨大怪獣の打倒に王手。出会いこそ最悪であった各界の立役者が協力を見せたことで、秘密裏にドラゴンを討伐する。

　デスゲームでは勝利を重ねていくお隣さん。けれど、引き換えに失ってしまった保護者と住まい。そんな彼女の身元を引き受けたのは二人静だった。住まいを軽井沢(かるいざわ)の別荘に移したことで学校も転校、新天地で新しい生活を始めることになる。

　異世界ではヘルツ王国の跡目争いが佳境を迎えた。玉砕必死の状況にありながらマーゲン帝国に攻め入るルイス殿下と、その意図を測りかねるアドニス殿下。弟が兄の真意を理解する瞬間は、後者の最期に他ならなかった。

　幼い頃から一人で祖国の為(ため)に戦っていたルイス殿下。その意思を継いだアドニス殿下は国内に巣食った帝国派の貴族を破る。そして、次代のヘルツ国王として即位。王位継承を巡る騒動は、五年という期日を待たずして決着を迎えた。

　他方、地球では宇宙の遙か彼方(かなた)から未確認飛行物体が到来。自らを機械生命体（型番：十二式(じゅうにしき)）だと名乗る存在から、人類は侵略の憂き目を見ることに。擦(す)った揉(も)んだの末、星崎さんに懐いた十二式は、自身が内包したバグを調査、改修する為、佐々木たちと行動を共にすることを決める。

　そんな彼女から提案されたのは、家族ごっこ。機械生命体とのコネクションを欲する母国の意向も手伝い、佐々木たちは十二式と共に未確認飛行物体の内部で、似(え)非(せ)家族として生活を共にすることとなった。

　これに反発したのは二人静。機械生命体を母星に送り返さんと画策を繰り返す。しかし、最終的には十二式の献身的な行いにより、彼女を除いた家族一同が陥落。以降も家族ごっこは継続される運びとなった。

　そして、物語の舞台はお隣さんの転校先の学校に移り……。

〈学校 一〉

三宅島を舞台として行われた大規模なデスゲーム。

現地では、イケイケドンドン状態のお隣さんとアバドン少年を排除するべく、互いに手を取り合った天使と悪魔の姿があった。更には使徒の背後でゲームの報酬、ご褒美に目が眩んだ支援者たちの存在が見え隠れ。

両陣営から攻め立てられた我々は孤軍奮闘。ピーちゃんの魔法やマジカルピンクの助力、十二式さんの身を切るような頑張りのおかげで、誰一人として欠けることなく隔離空間内から脱出することができた。

そうして帰還した軽井沢にある二人静氏の別荘。同所で迎えた少し遅めの夕餉の席でのこと。

「末娘は、姉ト一緒に学校に通イたい」

十二式さんが元気良く言った。

表情こそ平素からの淡々とした面持ち。そこには感情らしい感情も窺えない。しかし、普段よりも大きく響いた声や、ぐいっと胸を張ってまで訴える姿には、そこに小さくない期待が込められているように思う。

「お主、それマジで言うておる?」

「祖母よ、機械生命体ハ嘘を吐かナイ。嘘ヲ吐いてばかりノ人類とは異ナル」

「それは生徒として、お隣さんと同じ学校に通う、ということでしょうか?」

「父よ、そノ意見は正しい。スグにでも入学の手続きヲ行って欲しい」

皆々、食事の手を止めて十二式さんに注目。

自身も手にしたスプーンをカレーの盛り付けられたお皿に戻す。

「今まさに学生である私から伝えると、そこまでいいものだとは思いませんが」

我々の反応を目の当たりにして、お隣さんから補足の声が上がった。自身と二人静氏が否定的な反応を見せた為、フォローに回ってくれたのだろう。けれど、それで素直に収まるようなら、家族ごっこなどしていない。

十二式さんはお隣さんに向き直り、すぐさま言葉を続けた。

「長女カラは以前、学校の生徒ヲ紹介してくレルとの約束を得てイル」

「たしかにそのような約束を交わした覚えはありますが

「……」

「自身ガ学校に通うことデ、より容易に生徒たちト接点を持つコトが可能。長女に手間ヲかけることなく、単独デ生徒との交流ヲ得ることができル。誰も損ヲしない、とても意義ノある判断ダト言える」

必死に自己主張してみせる十二式さん。

家族の対話というよりは、社内でプレゼンを受けているような感覚。

学校に対する期待値がやたらと高いの気になる。

「失礼ですが、過去に学校で何かあったのでしょうか?」

「多数の男子生徒にチヤホヤされて、心をホコホコとさせていました」

「なるほど」

お隣さんの補足に合点がいった。

既に成功体験を得ておりましたか。

色々と危うい中身はさておいて、傍から眺めたのなら見栄えする十二式さんの接点。思春期の男子生徒からしたら、声をかけないという判断はないだろう。存分にチヤホヤされて、寂しさを埋めまくる彼女の姿が自然と想像された。

「父ハ以前、言っていた。知識として得らレタ情報そのものデハなく、その取得に利用シタ接点や末端ノ状況、得た経路や環境こそガ大切であると。私はこれヲ正しいものダト判断した。様々な環境に身ヲ置くことデ学びを深めたイ」

「都合のいい女扱いされて、ヤリ捨てられる未来しか見えてこないのじゃけど」

「ちょっと二人静、もう少し言い方というものがあるでしょう?」

「男に捨てられて自暴自棄になった機械生命体が、ヒステリックに地球を滅ぼす光景、パイセンは見えてこんかのぅ?」

「うっ……」

問われて即座に、星崎さんも思い浮かんでしまったらしい。

先日にも地表にクレーターを刻んでいる我らが地球。

その可能性は決して低くないような気がする。

「母よ、末娘が信じラレないのだろウか?」

「そ、そんなことはないわよ？　ただ、世の中には他人を騙して、自分の都合がいいように使おうとする人も多いの。だから、感情が芽生えて間もない貴方のことが心配なのよ。貴方の言う通り、人間は嘘を吐く生き物なのだから」

「母から心配さレタ事実に末娘ハ心温まる思い。やはり、母は優シイ」

「どうかしら？　学校へ通うにしても、もう少し人類について学んでから……」

「しかしナがら、祖母ノような手合いであレバ、対処方法は既に学ビつつある」

　母からの心配を他所に、自信満々の末娘。

　なんら躊躇が見られない。

　これに抗うとしたら、今まさに槍玉に挙げられた二人静氏。

「逆に考えると、コヤツに近づこうとするヤリモク男たちを利用して、自発的に母星へ帰還するよう仕向けるような真似こそ、それなりに効果がありそうじゃのぅ。今なら通学先の生徒に仕込みたい放題じゃ」

「祖母よ、本人ノ目の前でそのようナ謀りヲ口に出すノハどうかと思う」

「二人静さんなりに、貴方のことを心配しているのだと思います」

「父よ、そノ発言は理解に苦しム」

「星崎さんの手前、彼女もこれまでのように露骨な行いはしないと思いますので」

　本日、隔離空間内では類稀なる活躍を見せたという十二式さん。以前から彼女に対して同情的であった先輩は、今回のデスゲームを経たことで完全に絆されて思われる。二人静氏曰く、こりゃ完全に外堀を埋められてしまったのぅ、とのこと。

　どうか喧嘩はしてくれるなと、祈るような思いで二人静氏を見つめる。

　すると彼女はやれやれだと言わんばかり、ため息混じりに応じてみせた。

「パイセンがお主の味方になってしもうたからのぅ。本人が納得して遊ばれている分には、儂らとしても一向に構わんよ？　けど、この間みたいに地球がドッカンするような状況は勘弁して欲しいのじゃ」

「過去の経緯カラ、祖母らしからヌ反応に末娘ハ戸惑いを隠シ得ない」

「好きなように判断したらええんでないの？」

「……承知シタ。黒須(くろす)の通学先に迷惑ヲかけるような真似はしナイ」

　十二式さんの学校に向ける情熱を思うと、通学を控えてもらうのは難易度の高い行いになりそうだ。この場で却下しても、我々の知らないところで勝手に足を運んだりとか、普通にあり得そうな展開。

　だとすれば、この場は受け入れて我々の管理下に入って頂くのが最善か。

「ええ、そうですね。学校に迷惑をかける訳にはいきません。もし仮に学校へ通うとしても、世の中のルールに則(のっと)って動くべきでしょう。世間的には依然として、地球外生命体の存在は秘匿とされておりますし」

「父よ、ならば具体的な方策ヲ提示して欲シイ」

「具体的も何も、お主ってば戸籍とか持ってなくない？なくなくなくない？」

「通学に必要ダトいうなら、今晩中にデモ用意する。家族ノ手は煩わせない」

「できればそういった行いこそ、遠慮して頂けたらと考えての提案なのですが」

　それって絶対に非合法なヤツじゃないですか。

　クラッキング的な意味で。

　戸籍情報システムは大迷惑。

　ただ、そうなると既に詰んでいる十二式さんの通学プラン。戸籍ってどうやったら取得できるんだろう。地球外生命体という出自を隠した場合、彼女のポジションって不法移民以外の何者でもない。

「佐々木(ささき)の言葉じゃないけど、これも上司に相談するべきじゃないかしら？」

「母よ、ソレは素晴らしイ提案。是非とも国家権力ノ下へ相談に向かいタイ」

「たしかに課長であれば、上手(うま)いことやってくれるかもしれませんね」

　彼女を自国の管理下におきたいと考えている人は、本国にも多数いることだろう。今後、公に十二式さんの奪い合いが発生したとき、本人の意思で戸籍を設けた、という背景は対外的に大きなアドバンテージとなる。

　阿久津(あくつ)さんの立場としても、それなりの成果として扱えるのではなかろうか。

「スグにでも父母ノ職場の上司ヲ訪ねたい。菓子折りを用意スべきだろうか？」

「機械生命体であっても、そういう気遣いを意識することがあるのね」

「ニンゲンは自らノ感情に基づいて、非合理的ナ判断を下す生き物。故に対象の感情ヲ攻略することには価値があル。戸籍ヲ得る為に必要トあらば、相応ノ対価を用意スルことも吝かでハない」

「それウチらの上司には言わんほうがええよ？　ケツの毛まで抜かれてしまうから」

「祖母よ、残念ナがら私のケツにハ毛が生えていナイ。生やすベキだろうか？」

「んなもん、付き合う男の趣味次第じゃろうて」

「ちょ、ちょっと、そういう下品なこと、この子に教えないで欲しいのだけど！」

「母ノ反応から察するに、ケツの毛ノ実装についてハ保留とスル」

「いずれにせよ、今日はもう遅いから明日にせん？　それに今は家族の時間じゃろ？」

二人静氏の言う通り、時刻は既に午後十時を過ぎている。

これから局に向かっては、話し合いが終わる頃には日が変わってしまいそう。ただでさえ本日はデスゲームに参加したことでメンタルを削られている。課長との舌戦に備えるなら、しっかりと休んで日を改めたいところ。

これは自身のみならず、二人静氏や星崎さんも同様かと思われる。

その辺りを察してくれたのか、十二式さんは素直に頷いて応じた。

「承知シタ。家族のルール第一条ニ従って、この場ハ家庭の団欒ヲ優先する」

「ありがとうございます、とても助かります」

ルイス殿下の身の上については、またの機会に持ち越しである。

異世界への言及が前提となるので、お隣さんやアバドン少年、星崎さんの目がないところで行いたい。十二式さん辺りは別荘の監視カメラの映像から、ある程度の情報を得ているかもしれないけれど。

二人静氏もその辺りを考慮してか、改めて話題に上げることはしなかった。

ピーちゃんもノーコメント。

代わりに会話が一段落したところで、エルザ様から声がかかった。

「ところでササキ、一つ尋ねたいことがあるのだけれど」

「なんでしょうか？　エルザ様」

「こちらの彼女とはどういった間柄にあるのかしら？　皆と比べて不思議な格好をしているのが気になるわ。先の戦場で眺めた限り、かなり高位の魔法使いであることは想像できるのだけれど」

　彼女の見つめる先には、マジカルピンクの姿が見られる。

　カレーが大好きだという本人の言葉通り、美味しそうに食事を楽しんでおりますね。ご指摘の通り、エルザ様とは過去にほとんど接点がなかった魔法少女だ。なんなら初顔合わせで杖を向けあって以来のような。

「そういえば自己紹介とか全然しておらんかったのぅ」

　デスゲーム中にはその余裕もなかったのだろう。三宅島近海から軽井沢までの移動は、ピーちゃんが空間魔法により出迎えに行ったので、移動時間もあっという間。気づけばいつの間にやら共に食卓を囲んでいる、といった感じ。

「申し訳ありませんでした、エルザ様。こちらの彼女は……」

「ササキ、せっかくお話ができるようになったのだから、自分でお喋りするわ」

「左様でございますか」

　皆々の注目がマジカルピンクに集まった。

　彼女はカレーのお皿に向けていた顔を上げて、ボソリと呟く。

「邪魔なら、帰る」

「いやいや、そうは言うておらんじゃろ？　皆お主のこと大好きじゃよ？」

「気を悪くしたのならごめんなさい。私はエルザ。貴方のお名前は？」

「……小夜子」

　今更ではあるけれど、マジカルピンクの本名、初めて本人の口から聞いたような気がする。以前、お仲間と一緒になって局を襲撃していたときのこと、黄色い魔法少女からそう呼ばれていたのをチラッと耳にしてはいたけれど。

　っていうか、あの黄色い子、どこの国の魔法少女なんだろう。

「これからはサヨコと呼んでもいいかしら？」

「構わない」

「ありがとう。私のこともエルザと呼んで欲しいわ」

「なら、エルザは異能力者？」

「異能力者？」

「そう、異能力者」

「いいえ、私は異能力者というのではないわよ？」

「そう。それは良かった」

エルザ様を見つめるマジカルピンクの眼差しが、返事の直後にフッと緩んだように穏やかなものとなった。ピタリと静止していたスプーンを握る手が、再びカレーの盛られたお皿との間で行き来し始める。

あぁ、なんて危ない。

本当に焦る。

何気ない会話の最中に突如としてキルゲージが表示されるような感覚。

「儂やパイセン、今すぐにでも逃げ出すべきかのぅ？」

「逃げても追いかける。異能力者は許さない」

「二人静はいいじゃないの。なんだかんだで不死身なんだし」

「えっ、不死身、なの？」

「そうじゃよ？　殺そうとしても死なないから、儂のことは諦めた方がお得よ？」

「…………」

マジカルピンクの顔に困惑が浮かぶ。

眉がムニッとなった。

「っていうか、パイセンだって困ったときには、末娘を頼ればええんじゃないの」

「母よ、そのニンゲンとノ関係に問題ガ生じてイルようなら、末娘に相談さレたし」

「だ、大丈夫よ？　この場でどうこうされるようなことはないと信じてるから」

二人静氏と星崎さんの扱いが、マジカルピンクの中でどのような位置付けになっているのか、自身も非常に気になる。いきなり襲うような真似はしないと思うけれど、ヘイトが溜まっていないとも思わない。

こうして考えると、やはり十二式さんは先輩にとって最良のボディーガード。

「私はサヨコと仲良くしたいわ。ねぇ、私とお友達になってもらえないかしら？」

即座に空気を読んだエルザ様がニコニコと笑みを浮かべて言う。お貴族様としての生まれや育ちが影響してだろうか、こういった状況での彼女の気配りは凄い。おかげでマジカルピンクの意識も星崎さんから彼女に移った。

「……友達は、危ない」

「危ない？　どうして危ないのかしら？」

「私の近くにいると、不幸になる」

「多少の不幸なら、自分でどうにかするから気にしなくて大丈夫よ？　こう見えて、ちょっとくらいなら戦うことができるの。貴方みたいに活躍することは無理だと思うけれど、自分の身を守るくらいなら、きっとどうにかなると思うわ」

「……好きにするといい」

「ありがとう、サヨコ。これからよろしくね」

「…………」

エルザ様、ありがとうございます。

お二人の関わり合いから、マジカルピンクとの関係が良い方向に転がってくれたら嬉しい。こうして家族ごっこの舞台に招き入れている辺り、十二式さんもマジカルピンクには悪い印象を持っていないと思われる。

他に上手い方法も浮かばない魔法中年は、他力本願にも彼女たちの友情にそっと期待を寄せさせて頂くことにした。だって、こういうの行政の仕事でしょう。局も児童相談所とより綿密に連携するべきだと思う。

いつか頃合いを見て上司に苦言を申し立てようか。

そして、以降は取り立てて問題が起こることもなく、夕食の時間は経過。

晩餐を終えたのなら、本日の家族ごっこは終了となった。

二人静氏と星崎さん、お隣さんとアバドン少年、それにエルザ様の五名は十二式さんが呼び出した末端の送迎により地球へ帰還。マジカルピンクは自前のマジカルフィールドを利用して、どこへともなく去っていった。

自身はピーちゃんの空間魔法のお世話になって撤収。異世界へのショートステイについてはデータ取りの為に見送ることとなり、今晩は久しぶりに仮住まいのビジネスホテルで夜を明かすことになった。

個人的には二人静氏の別荘こそ至高。

足の伸ばせる広々お風呂は正義。

ただし、本日はルイス殿下の身の上を巡って、家主とピーちゃんが啀み合っていた為、彼女の下に転がり込むのはバツが悪くて退避することにした。貴様よ、すまなかった、とは就寝前に聞かされた星の賢者様の言である。

申し訳なさそうにする彼の仕草が可愛くて、悪いとは思いつつも胸キュン。

自分も十二式さんのこと、決して悪くは言えないなぁ、などと思った。

*

翌日、我々は朝イチで局に足を運んだ。

メンバーは星崎さんと二人静氏に追加して、十二式さんも同行。自ら阿久津さんに事情の説明を行うのだと息巻いている。軽井沢の別荘に集合の上、昨日にも利用した円盤状の末端に乗り込んで都内まで移動した。

我々が機械生命体のハイテク技術を好き勝手に利用していることは上司にも知られている。もはや位置情報を取り繕うこともない。天使と悪魔の代理戦争に追加して、異世界の魔法を誤魔化す手立てが増えたことは喜ばしい。

フロアを訪れると、すぐさま課長から声をかけられた。居合わせた局員一同、誰一人の例外なく十二式さんに注目。

どうやら機械生命体の存在は知らされているみたい。数多の視線に見送られて、我々は会議室が並ぶエリアへ。

課長が押さえた部屋は六畳ほどの個室だった。

中央に設けられた長方形の打ち合わせ卓。その片側に二人静氏、自分、星崎さん、十二式さんの順に横並び。こちらだけ人口密度が高くて窮屈である。一人くらい阿久津さんの隣に座ってもいいんじゃなかろうか。

次は率先して上司の隣に座ってみようと思う。

「昨日、三宅島で多数の遺体がバラバラにされた状態で発見されるという事件があった。端末の位置情報から、君たちも同所に居合わせたと思われるが、こちらについて事情を確認できないだろうか？」

打ち合わせの席につくや否や、課長から言われた。

昨日のデスゲームで退場することとなった使徒たち。その亡骸が発見されたのだろう。当時の状況は昨晩にも当事者から説明を受けている。遺体の状況から察するに、お隣さんとアバドン少年を裏切った悪魔たちの使徒だろう。

　天使からの一斉攻撃により、現場は大変なことになっていたのだとか。

「白々しいのぅ。大凡（おおよそ）のところ理由は察しているんでないの？」

「どういうことだね？　二人静君」

「それとも儂らの口から言わせないと、上司として気が済まないのかぇ？」

「…………」

　率先して声を上げた二人静氏、ありがとうございます。汚れ役を引き受けてくれるのとても助かる。

　まぁ、単に現地で苦労させられたことへの腹癒（はらい）せかもしれないけれど。

「天使と悪魔の代理戦争、といっただろうか？　その結果について知りたい」

　しばらく考えるような素振りを見せてから、課長は改めて問うてきた。

　やはり、彼も既にデスゲームについてはご存知（ぞんじ）のようだ。

　問題はどこまで把握しているのか。

「結論から申し上げると、イベント事務局は敗退しました」

　誰に、とは敢（あ）えて伝えることもない。

　わざわざ細かに説明するような真似はせず、断片的に情報を与えて、相手の反応を確認する作戦。なにより注目すべきは、グロ画像満載のウェブサイトを運営しているイベント事務局との関係である。

　最悪のケース、上司が本丸という可能性もなきにしもあらず。

　ただ、課長に反応は見られない。

　相変わらずのポーカーフェイス。

「事務局というのは、件（くだん）のウェブサイトの運営元を指してのことだろうか？」

「ええ、恐らく課長の考えている通りではないかなと」

「君たちが先方と交流を持っているというのなら、是非とも経緯を報告して欲しい」

「申し訳ありませんが、交流はありません。現地で偶然から居合わせた限りです」

　それとなく二人静氏や星崎さんに視線を向けるも、彼女たちは何を語るでもなく我々のやり取りを眺めている。

この場での会話については、事前に預けてもらっている
ので、このまま丸っと説明してしまおう。
「現地で発見されたバラバラの遺体ですが、島南東部の
沿岸で発見されたものであれば、悪魔の使徒である可能
性が高いと思います。また、島西部の漁港で発見された
遺体がありましたら、そちらは天使の使徒かと思われま
す」
「佐々木君、君たちは随分と正確に状況を把握している
ようだ」
「そうでしょうか？　課長ほどではないと思いますが」
「なんの話だね？」
「代理戦争の参加者に向けて、イベント事務局が公開し
ているウェブサイトですが、どうして局として対処を行
わないのでしょうか？　指示を頂ければ、すぐにでも業
務に当たる心積もりなのですが」
「…………」
ズバリ、一番気になっているところを問わせて頂いた。
対して課長は閉口。こちらを見つめたまま、口を閉ざ
して顎に手を当てる素振り。対面に座った我々を見つめ
たまま、チラリとも視線を逸らさない姿勢には、阿久津
さんが内に秘めた自尊心の高さが窺える。
正直、ちょっと怖い。
上司と見つめ合う瞬間が、瞬間にしては長い。
けれど、我慢して反応を待つ。
すると返答は数秒ほどで戻ってきた。
「渦中の人物がアパートの隣人。その事実を君はどのよ
うに考えているのだろうか」
お隣さんとアバドン少年の活躍っぷり、しっかりと把
握されておりますね。
言われてみれば、たしかに大した偶然。
上司的に考えて、こちらの部下ほど怪しい存在もない。
こうして自らの手元に転がり込んできた経緯も含めて、
あれこれと邪推しまくっているだろうことは想像に難く
ない。けれど、これだけは本当に偶然だから、自身も説
明に困る。
「そちらは偶然です。私も驚いております」
「それを信じろと？」
「彼女たちの背景については、課長も既に調査を行って
いるのでは？」
「…………」

同時に確信を得た。

阿久津さん、お隣さんとアバドン少年の置かれた状況を把握しておりますね。更には事務局やウェブサイトの存在と背景を把握した上で放置している。となると、問題は彼がどういった立ち位置にあるのか。

恐らく尋ねても答えてはくれないと思う。場合によっては課長自身が天使や悪魔の使徒、といった可能性もある。近いうちにお隣さんや比売神(ひめがみ)君に協力を頂いて、確認するべきかもしれない。

「我々から課長に提案があります」

「提案？」

「先方の意向は把握しているつもりです。事務局内で問題とされている者たちは今後、代理戦争において使徒の討伐を自粛する意思があります。もちろん、相手から挑まれた場合は例外とさせて頂きますが」

「それを私に伝えて、どうしろと言うのだね？」

「自粛への対価として、問題とされている者たちへの排除命令を撤廃するよう、事務局側と交渉してもらえませんか？　代理戦争の開始から間もなく、多数の使徒が生存している現状、率先して取るべきリスクではないと思うのです」

「それを行ったところで、私にどのようなメリットがあるのだろう」

「イベント事務局の失敗を挽回(ばんかい)した、などと報告することはできませんか？」

「先方に取り入りたいのかね？」

「いいえ、滅相もない。部下の働きは上司の成果に他ならないかなと」

「…………」

なんと単刀直入な突っ込み。

これきっと課長の本音。

包み隠すことなく、部下は真正面からご相談。

課長は再び閉口。

先程よりも沈黙が長い。

けれど、我々を見つめる眼差しだけは、寸毫(すんごう)とて脇に逸れることなく、こちらにジッと向けられている。いきなり変顔とかしたら、笑ってくれるだろうか。めっちゃ変顔したい。ふと思い立った危うい衝動を堪(こら)えながら返事を待つ。

壁に掛けられた時計の秒針が半周した辺りで、彼はようやっと口を開いた。

「結果は確約できない。それで構わないのであれば、上に伝えてみるとしよう」

「ありがとうございます。是非ともお願いできませんでしょうか」

　上司との会話を素直に受け止めるなら、イベント事務局の運営母体は、阿久津さんよりもお偉い方々のようだ。大企業の取締役を渡り歩く方々とか、代々政治家の先生とか、有名な資産家とか、独裁国家の首脳陣とか、省庁のトップ層とか。

　そういう感じの役柄が自然と脳裏に思い浮かんだ。

　でなければ、今この場で彼は確約をしていると思うから。

「それともう一つ、こちらはもし可能であれば、といった程度のご相談なのですが」

「まだ何かあるのかね？」

「過去に我々が接触した天使の使徒に、比売神という少年がいたと思います」

「あぁ、把握しているとも」

「既にご存知とは思いますが、彼はこちらが利用している天使側の間諜となりまして、当面は生かしておいて頂けませんでしょうか。使徒の従えている天使は脆弱です。能動的に使徒を倒すような真似も不可能かと思います」

「わかった。合わせて伝えてみるとしよう」

「ありがとうございます」

　イベント事務局側に入り込む、という選択肢もある。

　ただ、二人静氏が既に先方からのお誘いを断っている事実を思うと、自分のような青二才が不用意に足を踏み入れるのは危うい。彼女なら二足わらじで行くことも不可能ではなかったと思う。それを控える程度には面倒臭い相手と思われる。

　もし仮に入るとしても、相手方のメンバーをある程度確認してからにするべきだろう。万が一にもメイソン大佐たちと敵対するような羽目になっては、社会的に死んだも同然。同じ理由から今回は二人静氏ではなく、上司に交渉の窓口として立って頂いた。

　当面は局員という立場をプッシュして生きていくべきだと思う。

「あぁ、おっかないのぅ。隣で聞いていてハラハラとしてしまうわぃ」

「こういったことは君のほうが適任だと思うのだがね、二人静君」

「はてさて、なんのことかのぅ？」

当初予定した通り話題が落ち着いたことで、二人静氏から茶々が入った。

思えば彼女の立場こそ、自身は判断が行えていない。ただ、下手に詮索して仲違(なかたが)いになっては本末転倒。ピーちゃんによる呪いの解除についても、代理戦争のご褒美という可能性が見られる昨今、当面は仲良しこよしルートで進みたい。

我々の手の内を知っているからこそ、敵に回られたら大変なこと。だからこそ、当初から友好的な関係を結ぶべく腐心している。そして、これは課長も同じなのではなかろうか。などと考えたところで、本当に世知辛(せちがら)い現代社会。

すぐにでも異世界に逃げ込んで、お馬さんと戯れたい欲求に駆られる。

乗馬のレッスン、段々と楽しくなって参りました。

「ところで本日は、そちらの彼女が同行している理由を尋ねたいのだが」

目下の課題を相談し終えたところ、すぐさま課長から指摘が入った。

彼の見つめる先には、打ち合わせ卓に着いた十二式さんの姿がある。

会議室に入ってから一言も発していない。今この瞬間まで、椅子に座して大人しくしていた彼女だからこそ、この場に懸ける意気込みが感じられる。星崎さんやお隣さんを除けば、人類相手に気を遣うなど非常に稀有(けう)な行い。

是(ぜ)が非でもお隣さんの通学先に入学せんとする、熱烈な意思が感じられる。

「別件でこちらの彼女から、課長に頼みたいことがあるそうです」

「それはまた恐ろしくも興味をそそられる話ではないかね」

「詳しい話については、本人から聞いて頂けたらと」

せっかくだし用件はご自身から伝えてもらおう。

そのように考えて隣に座った彼女を見やる。

課長を筆頭に皆々の注目も十二式さんに向けられた。

彼女の面持ちは平素からの淡々としたもの。

「阿久津、その認識ハ正しい。私は黒須ノ通ってイル学校に入学シたい」

自身と上司の会話へ割って入るように声を上げた十二式さん。

表情こそ変化はないけれど、その内側でワクワクと期待を膨らませているだろう心情は、これまでの交流からなんとなく察することができた。これも家族ごっこの成果、と言えるのだろうか。

彼女は地球人類に対して、努力が報われることを知ってしまった。

「貴方の目的は理解しました。しかし、理由については把握しかねています。差し支えなければ、どうして我が国の学校に入学したいのか、説明をしてもらえませんか？　経緯についても合わせてご教示頂けると幸いです」

十二式さんに向き直った課長が言う。

以前と同様に敬語でのやり取り。

回答は即座にあった。

「人類ハ学校に通うことデ、社会システムに参加スル為の素養を得ル。私は人類という種ヲより詳細に理解シたいと考えている。そノ為に学校という仕組ミを利用する
能面さながらに無表情。

ただ、直後にも発せられた口上は普段と比べて、心なしか響きに張りが感じられた。

「阿久津、私ヲ学校に通わせて欲シイ」

「…………」

課長は再三にわたって閉口。

我々に対して、これはどういうことだね？　と訴えんばかりに眼差しが向けられる。単刀直入な物言いに対して、十二式さんの意向を測りかねているのだろう。これまた深読みを重ねて、ドツボに陥っていることが容易に窺えた。

正直、いい気分である。

上司のこういう反応、部下は大好きです。

二人静氏とか口元がニヤけていやしないか。

「佐々木君、これはどういうことだろう？　不出来な上司に事情を説明して欲しい」

「機械生命体は嘘を吐きません。言葉通り受け取って頂けたらと思います」

「この場合の学校というのは、我が国の教育機関、という理解で構わないかね？」

コトは、意義のアル行いだと判断シタ」

嘘を吐けないからこその建前。

上手いこと本音を隠されましたね。

「理解したいと考えるに至った理由についても、お聞かせ願えませんか？」

「人類の存在ハ、現在ノ私にとって有益ニ働く可能性ガ高い」

だから、質問の仕方がとても重要となる十二式さんとのコミュニケーション。イエスかノーでしか答えられない質問を与えられると、本人の意思はさておいて、ちょっと刺激的な回答が返ってきたりする。

「機械生命体は人類に対して好意的だと、判断しても構わないでしょうか？」

「その解釈は正シクない。機械生命体にとって有機生命体ハ資源に過ぎナイ。人類の価値観に照らシ合わせて判断スルのなら、有機生命体にとって機械生命体ハ天敵と称してモ過言ではない存在ト言える」

「…………」

希望的観測を述べてみた課長が、速攻で裏切られてしまった。対面に座っている部下にもチラリと、文句を言いたげな眼差しが向けられた。勝手に自爆したのですから、そこはご自身で対処して頂きたい。あと、二人静氏ってば先程からニヤニヤし過ぎではなかろうか。

ただ、そうした課長の反応に珍しくも、自ら助け舟を出してみせる十二式さん。

「しかシ、機械生命体による資源ノ管理方法には様々なグレードが存在スル。人類トいう資源にドのような価値がアルのか、その判断ヲ行う上でも、この接点を通ジて学校に通うことにハ意義があると判断シタ」

どう足掻(あが)いても学校に通いたい機械生命体は、すぐさま補足を述べてみせた。

本人としては、第三者からチヤホヤされたいだけ。けれど、こうして御託を耳にしていると、至極真っ当な外宇宙からの侵略者として映るから不思議なものだ。星崎さんなど、これまた複雑な面持ちで彼女のことを見つめている。

一通り説明を受けた課長はしばしの沈黙。

ややあって小さく頷いて応じた。

「貴方の仰(おっしゃ)ることは理解しました」

「では、今すぐにデモ判断を求めたイ」

果たして阿久津さんに判断ができるのか。

部下は疑問に思った。

我が国の慎重極まりない意思決定プロセスを思えば、持ち帰って検討を重ねること数ヶ月を要しても不思議ではない。もし仮に入学を許可して何か問題があった場合、最初に手を上げた人物のクビが飛ぶことは免れないから。

それでも彼は二つ返事で頷いて応じた。

「承知しました。本日中にも入学の手続きを進めたいと思います」

「学校へ入学スルには、このノ国の戸籍が必要とも聞いていイる」

「我が国の戸籍を取得したいとのことでしたら、合わせて対応させて頂きます。細かなやり取りについては、そちらの佐々木を窓口として構いませんか？　他にお知り合いがいらっしゃるようなら、この場でご提示を願います」

「それデ問題ない」

「承知しました。今晩中にも改めて、進捗をお伝えさせて頂きます」

「阿久津、そレはとても素晴らシイ判断。私は非常ニ喜ばしく感ジている」

「そのように評して頂けたこと、本国を代表してお礼を申し上げます」

例外があるとすれば、より高いところからの指示。

自ずと脳裏に浮かんだのは、最近になって出会った隣国の軍人さん。先日もわざわざ遊園地までマジカルブルーを連れて足を運んでいた。彼らが十二式さんとの接点を強く求めているのは間違いない。

すると今回の提案など、先方からすれば垂涎の展開である。

「課長、お言葉ですが、メイソン大佐辺りから何か言われておりますでしょうか？」

「佐々木君がどのように考えようとも否定はしない。そして、君のこれまでの言葉を信じるのなら、その身分は局員であると考えている。上司としては今後とも、部下のことを頼りにして仕事に臨みたいと思う」

いい感じに十二式さんをキープしておけよ。

だけど、大佐と喧嘩をしたら駄目だから。

みたいな感じではなかろうか。

関係各所から板挟みとなっているだろう上司の姿が透けて見える。

「承知しました。ご期待に添えるよう尽力したいと思います」

「ああ、是非ともそうしてくれたまえ」

「んじゃまぁ、今回は儂らが世話を焼いてやる必要もなさそうじゃのぅ」

「家族ごっこはどうなるのかしら？」

「んなもん、決まっておろう？　子供や旦那を学校や職場に送り出したのなら二度寝の時間じゃ。昼食は出前物でも食いながら、昼ドラを楽しむのが嫁や姑の役割じゃろう？　儂ら、ここのところ頑張り過ぎておるからなぁ」

「業務中にそんなこと出来る訳がないでしょ？　冗談も大概にして欲しいわね」

「いやいや、俄然マジで言うておるのじゃけど？」

「それと、昼ドラって何かしら？」

「お主、昼ドラを知らんの？　日本の主婦の嗜みじゃろうて」

「二人静さん、昼ドラはもう結構前から放送されておりませんが」

「え？　マジで!?」

「最近は専業の方も減ってきましたから」

「二人静君と星崎君には引き続き、佐々木君と共に業務に当ってもらいたいと考えている。具体的な指示については、早ければ今晩中、遅くとも明日の朝には出せると思う。本日は現状のまま待機として欲しい」

「承知しました」

断られるとは思わなかったけれど、実際に承諾を得られてホッと一息。

家族ごっこについても、十二式さんの学校生活が安定するまで現状維持、といった感じだろうか。学内で何か問題が起こった場合、彼女を引き止めておく為の口実は必要なので、阿久津さんとしては家族ごっこを否定するつもりはないと思う。

結果的に星崎さんは、自身の通学先に通う日々がやってくるかもだけれど。

「末娘はよぉーく覚えておくがええ。こういう出世に魅入られた上司が職場にいると、その下で働いている親父殿のような社畜は、碌に家族と過ごす時間も持てず、家庭内の不仲につながるという訳じゃ」

「たシかに祖母の言うようナ情報は、地球上のネットワークに散見さレル」

「二人静君、第三者に根も葉もない噂を吹き込むような真似は控えて欲しい」

他方、自分やピーちゃんとしては理想的な展開だ。

頑張ってきた甲斐あって、ようやくスローライフに向けて一歩進んだ気分。

二人静氏の言葉ではないけれど、向こうしばらくは朝食後の二度寝と、昼ドラ代わりのネットサーフィンを満喫したい所存。ランチタイムは文鳥殿と一緒に、都内の有名店のテイクアウトを食べ比べ。

あぁ、考えただけで楽しい気分になってきた。

張り詰めていた現代での生活にゆとりが見られそうなの本当に嬉しい。

「ところで機械生命体殿に一つ、質問をよろしいでしょうか？」

「問題ナイ。質問の内容ヲ確認したい」

「戸籍の登録に当たり、貴方の氏名を確認させて下さい」

「氏名は以前モ伝えた。この接点の名称ヲ貴方たちノ言語に従って述べると、現地生物との意思疎通ヲ主目的とスル独立稼働可能な小型接点の基礎設計三万五千七百八十一式、これに基づいて製造サレた地球人類型の接点、十二式」

「そちらで登録することも不可能ではないと思います。しかしながら、人類の意思疎通能力は機械生命体ほど優れておりません。現場での運用を考えますと、本国で活動する上での姓名が欲しいのです」

「……なルほど」

学校の定期試験とか、名前を書いているだけで数分くらい時間を使いそう。

自身も小さい頃は、三文字の名字に不満を覚えたことがありました。

「こノ国において親ガ子を迎えた場合の、姓名ノ一般的な決定方法ヲ知りたい」

「家族の場合は、世帯主と同じ名字を名乗るのが鉄板かのぅ」

「そレなら姓は佐々木とスル」

「承知しました。姓は佐々木とさせて頂きます」

凄くナチュラルに十二式さんの付帯属性が決定された。

別段、同じ名字だからといって、気にすることはないと思う。だって日本に凄く沢山いる名字だし。ただ、自身の立場が引き合いに出されたことに、そこはかとなく不安を覚える。

「合わせて名についても、お伺いしたいのですが」

「ソレは母に付けて欲シイ」

「え？　わ、私なの？」

「末娘ハ母に付けラレた名前で呼ばレたい」

「いきなり言われても、流石に困ってしまうのだけれど……」

「パイセンって感性がオッサン寄りじゃから、止めたほうがよくない？」

「ちょっ、そ、そんなことないわよ！　至って普通のJKだから！」

至って普通のJKは、自分のことをそんな風に主張しない気がする。

なんて口が裂けても言えない状況だ。

「母ガくれた名デあるなら、末娘はオッサン寄りノ名前でもなんら構わナイ」

人類的に考えて、判断に困惑せざるを得ない十二式さんの発言。

ぶっちゃけ皮肉以外の何物でもない。

果たしてそれは善意なのか悪意なのか。

圧倒的に足りていないコミュ力。

芽生えて間もない感情Lv.1の限界。

ただ、嘘を言えない機械生命体だから、素直に善意だと判断できる。

「っ……」

それでも星崎さんはショックを受けておりますね。

生まれ持っての気質なのか、職場環境に由来するのか、過去にもオッサンっぽい呟きを漏らすこと度々の先輩。

そんな彼女に自身は上手いフォローが浮かばない。十二式さんの見当違いな気遣いも手伝って、本人も続く発言が出てこない様子。

ふっと生まれた沈黙を前に、譲歩を見せたのは上司である。

「でしたら今晩まで待つとしましょう。それまでに連絡を入れて下さい」

「阿久津よ、承知シタ。決まったラすぐに連絡する。絶対ニ」

「ありがとうございます」

羞恥からプルプルと震えている星崎さんをスルーして、課長は打ち合わせを進行。

こうして日々社会の荒波に揉まれているからこそ、自然と育まれてしまったオッサン寄りの感性、なのではなかろうか。出会って間もない間柄ながら、後輩はそんなふうに思えてなりません。

「さて、私からは以上となる。君たちから質問はあるだろうか？」

部下を一巡するように眺めて阿久津さんが言う。

これといって声は上がらなかった。

「それではこれで、打ち合わせを終えたいと思う」

上司の指示に従って会議室を後にする。

デスクなどの並んでいるフロアに戻ると、阿久津さんは自席に直行。手早く荷物をまとめてコートを羽織り、どこかへ出かけていった。恐らく今しがたのやり取りを受けて、上役や他所の偉い人との相談に向かったのではなかろうか。

部下三名は自席に足を向けた。

フロア内は全員が同じ担当となる。職務毎に席がまとめられており、自身は星崎さんや二人静氏と共に、一つの島としてデスクを固めている。二つ並びの向かい合わせとなり、横に星崎さん、対面に二人静氏。後者の隣りが空席。

自身と二人静氏のデスクは閑散としたもので、卓上に私物は皆無。現場仕事に恵まれた手前、卓上にティッシュ箱を用意している暇もない。袖机の引き出しに庶務用のノートパソコンが仕舞われているばかり。

一方で星崎さんのデスクには、それなりに局員としての年季が感じられる。卓上にはブックスタンドに書類やファイルが立てられていたり、ステープラーやボールペンの収められたペン立てが見られる。

「さて、これからどうしようかしら？　佐々木たちの予定を知りたいのだけれど」

「せっかく登庁したので、溜まっている庶務を済ませてしまいたいところですが」

「こやつの相手をしておると、局に足を運んでいる暇もないからのぅ」

デスク脇に立った十二式さんを眺めて二人静氏が言う。

機械生命体からは即座に反応があった。

「必要であレば、家庭内にリモートワーク用の端末ヲ用意する」

「それって局のセキュリティ規約的に絶対アウトじゃろ」

「祖母よ、その意見ハ正しくない。人類ガ機械生命体のネットワークに侵入できル可能性はゼロ。むしろ、第三者のネットワークを利用スルよりも、遥かに安全に局内ノ情報にアクセスすることが可能とナル」

「いやいや、そうじゃなくてじゃな」

省庁の業務基盤の更改とか、耳にしただけで気分が悪くなる。

お腹の具合が崩れるほどの提議。

一体どれだけの会議と判子が必要になるのか。

「阿久津さんから恨まれたくはないので、リモートワークは止めておきましょう。代わりに局への移動についでは、これからも移動用の末端を利用させて頂けると幸いです。それなら登庁の手間もだいぶ省けますし」

「承知シタ。家族による末端ノ利用を認める」

フロアを同じくしている他の局員からは、遠巻きに視線を感じる。

局内でもかなり浮いている我々の存在。

二人静氏の入局以来、自身に声をかけてくる同僚は激減した。なんたってＴｏＤなるアサシン技能を備えたランクＡの異能力者。追加で星崎さんまでアサシン就任が周知となった昨今、もはや交流のある同僚は皆無である。トリガーに指の触れた拳銃を、日頃から持ち歩いているようなものだから。

「ところデ、父よ」

「なんでしょうか？」

「阿久津との交渉ガ無事に終えられたコトを感謝シタい」

「これくらいであれば、いつでも仰って下さい」

「珍しく父ガ頼もしい上に優シイ。末娘としてハ困惑を隠シ得ない」

「そうでしょうか？　いつもと変わりないように思いますが」

「普段であレば、祖母ト一緒になって末娘に厳シク当たっていル」

「まぁ、そう言われてしまうと立つ瀬もない訳ではありますが」

十二式さんの発言を耳にしたことで、担当内では各所でヒソヒソと内緒話が交わされ始めた。機械生命体の存在こそ知らされていても、我々が業務として当たっている家族ごっこの内情までは把握していないのだろう。

　ところで、ふと思った。

　もし仮に十二式さんと仲良くなれたら、二人静氏に担って頂いていることを彼女に担当してもらうことも可能。現時点でケプラー商会さんから求められている無線設備の維持運用も、機械生命体の超科学を用いれば朝飯前でしょう。

　むしろ、今以上のソリューションを顧客に提案できるのではなかろうか。

　異世界の空に人工衛星を打ち上げるような真似だって、容易に行えてしまう。

「お主、もしや儂のこと捨てようとか考えておらん？」

「そんなまさか？　二人静さんほど頼もしい方は他におりませんよ」

　速攻で突っ込みを入れてきた二人静氏、なんて鋭いのだろう。

　対面のデスクに腰を落ち着けたまま、ジトっとした眼差しを向けてくる。まさかそんなことせんよのぅ？　とでも言いたげな面持ち。っていうか、デスク下から爪先を伸ばして、こちらの足をチョイチョイと突（つつ）いてくるの止めて欲しい。

　身長が足りなくて、姿勢が無理なことになっていやしないか。

「父が祖母ヲ捨てて母ノ為に生きるとあらバ、末娘は協力スルことも吝かではナイ」

「家庭内に不和を持ち込むような話題は控えましょう。家族円満が一番です」

　しかしながら、異世界への仕入れについて、調達先を彼女たちの間で分散する、というのは我々からすれば非常に魅力的。二人静氏にばかり依存していた現状は、自身やピーちゃんにとっても頭の痛い問題であったから。

　文鳥殿に相談したのなら、是非そうするべきだと快諾するに違いない。

「この歳（とし）で息子に捨てられてしもうたら、ババァは野垂れ死にするしかないのぅ」

「他人の目がある場所で、人聞きの悪いことを言わないで欲しいのですが」

「家庭内で他の誰よりも長生きしそうなのに、一体何を言っているのよ」

「そうかのぅ？　末娘や長男の方がよほどのこと長生きだと思うのじゃけど」

　そんな感じで下らない雑談を交わしつつのデスクワーク。

　ここのところ出突っ張りであったことも手伝い、本日は溜まっていた庶務をまとめて片付けることにした。勤怠管理システムへのデータ投入や、他部署に依頼していた仕事の確認、承認などを消化していく。

　メールボックスに入っていた忘年会の連絡には年の瀬を感じた。

　星崎さんや二人静氏は参加するのだろうか。

　後で確認してみよう。

　それまで返事は保留でいいかな。

　幹事的には最悪のパターンですね。

　十二式さんもしばらくは星崎さんの対面、空席となっていたデスクに座して、彼女の仕事っぷりを眺めていた。こういった行イを人類は職場見学ト称していると、末娘ハ収集したデータから把握シテいる、などと宣(のたま)っていた。

　けれど、それにも飽きたのか、昼食を終えたタイミングで席を立った。

　本人の言葉に従えば、家庭環境の整備ヲ行ってくル、とのこと。

　母親の頑張る姿を目の当たりにして、労働意欲が溢(あふ)れてきたのかもしれない。肝心の星崎さんは、残業時間の申請フォームを相手に延々と、隔離空間内での労働時間をどのように処理するべきか悩んでいたけれど。

　自身は面倒だったので、全日を定時退庁で処理。現金収入に飢えていたのは過去のこと。異世界からもたらされる大量のゴールドは、局のお賃金とは比べるまでもない。それでも今の立場に固執しているのは、本国での身分を確保する為に他ならない。

　この状況で局からバイバイしたら、きっと大変なことになる。

　それくらいは拙い社会人経験しかない自身でも容易に理解できた。

　二人静氏の立場もあるので、当面は局員として邁進(まいしん)していきたいところ。

　同日はそのまま定時までフロアで仕事をして帰路についた。

＊

【お隣さん視点】


　その日、帰りのホームルームを迎える間際のこと。

　学校にパトカーが多数やって来た。

　ウーウーという甲高い音がいくつも連なり近づいてきたかと思えば、学校の敷地内に次々と入ってきたのだ。

　授業を終えて間もない時間帯、校内を自由に歩き回っていた生徒たちの意識は、すぐさまこれを捕捉した。

「おい、学校に警察が来てる！」「え、マジで？」「サイレンは聞こえてたけど、パトカーが停まったの学校かよ」「なにか事件が起こったってこと？」「まさか爆破予告とかじゃないよね？」「ここ数年、そういうの流行ってるよね」「予告されて爆発したこと、実際にはほとんどなくない？」

　一年A組の教室にもすぐさま情報がもたらされた。

　ホームルームの開始までには、まだ少し時間がある。暇を持て余していた生徒のいくらかは、野次馬根性を発揮して教室を飛び出していった。平穏な学校生活を送る彼らにしてみれば、ちょっとした娯楽に他ならない。

　他方、自身としては否が応でも緊張。

　昨日おじさんから聞いた話によると、天使と悪魔の代理戦争は既に、人類の権力層から一定の評価を受けているそうな。三宅島での騒動を思えば、警察を動員できるような人物が私やアバドンを排除すべく動いた可能性は、決して否定できない。

　というか、かなり現実的なやり口ではなかろうか。

　隔離空間内において、私の相棒はかなり優秀な成績を収めている。本気でどうにかしようと考えたのなら、空間外で挑むのが正しい。実際、先日には空間外に誘き寄せられて、ライフルにより狙撃されている。

　公僕の力を利用して社会的に孤立させた上、おじさんや二人静の手が及ばないところで処分する、というのは非常に理にかなったやり方である。だからこそ、隔離空間が発生した以上に緊張を覚える。

　こうなると教室で大人しくしている訳にはいかない。

「私も現場の様子を見に行ってきます」

　自席を囲んでいたクラスメイトに断りを入れて、椅子から立ち上がる。

場合によっては、このまま学校から逃げ出すことになるかも。

「えっ？　黒須さんも見に行っちゃうの？」「なんか意外かも」「たしかにこういう場合、ドンと腰を落ち着けているような雰囲気があるよね」「黒須さんが行くなら、私も一緒に行こうかなぁ」「あっ、それなら俺も！」

周囲の反応に構わずに、早足で一年A組の教室を出発した。

警察が出入りするとすれば、教職員用の玄関だろうか。いずれにせよ職員室にはアクセスすると思われる。

そのように考えて、二つを結んでいる廊下に当たりを付ける。

『荷物を持たずに来てしまったけれど、よかったのかい？』

「まだ撤退すると決まった訳ではありませんから」

周囲からクラスメイトの気配がなくなったことで、アバドンから問われた。

廊下にはそれなりに生徒の姿が見られる。警察の来訪を受けて普段よりも騒々しくしており、アバドンとの独り言じみた会話は、一箇所に留まっていなければ、そこまで問題にはならないだろう、との判断。

それよりも今は警察の動きの確認を急ぎたい。

『僕としては今すぐにでも学校を出ることをオススメするけど』

「だとしても、相手の素性くらいは確認したいところですが」

『うん、その意見には賛成かな！』

アバドンとは移動の間にやり取りを交わす。

空に浮かんだ彼は、私より少しだけ先を飛んでいる。なにかあった場合、自ら矢面に立つべく備えてくれているのだろう。こちらから指示を出した訳でもないのに、こういったところはマメな悪魔である。

『場合によっては、家族にも連絡を入れておいた方がいいかもね』

「おじさんが事務局との交渉に失敗した、ということでしょうか？」

『そこまで明確に判断できる状況なら、向こうから連絡が来るとは思うけど』

「分かりました。念のために通話アプリを起動しておくことにします」

ポケットから端末を取り出して、アプリを起動の上、片手で握りしめる。

階段を一段抜かしで駆け下りて、一階フロアに到着。

廊下を小走りで進むと、職員室の出入り口付近が見えてきた。

『おやおや、これまた随分と騒々しいねぇ』

「…………」

アバドンの指摘通り、職員室付近は大変な賑(にぎ)わいだ。

廊下には多数、警察官の姿が見られた。

紺色の制服を着用した人たちが職員室を取り囲むように配置されている。それらを更に囲むように、教職員や生徒たちの姿が見られる。誰もが職員室内に注目しているようで、我々に意識が向けられることはない。

「僕はやってない！　な、なにかの間違いだ！」

職員室からは叫ぶような声が聞こえてくる。

歳若い男性の声だ。

「放せ！　暴行罪で訴えるぞ!?」

廊下にまで届けられた必死な声色には、鬼気迫るものが感じられる。

そうした主張を窘(たしな)めるように、大人しくしろ、証拠は上がっているんだ、暴れるんじゃありません、とかなんとか。警察官の牽制(けんせい)と思(おぼ)しきやり取りが連なる。どうやら今まさに捕物が行われているようで、かなり物々しい雰囲気だ。

『若干一名、どこかで聞いたような声じゃないかい？』

「奇遇ですね、私も今まさにそう思ったところです」

想定していた状況とは、少しばかり現場の雰囲気が異なって思われる。

なんなら教師を味方につけた警察が、一年A組の教室までぞろぞろとやって来る光景など想定していた。それがどうしたことか、本来であれば私が担当するべき役割を、どこかの誰かが既に担っているではないか。

真正面から突撃する訳にもいかず、柱の陰に隠れて様子を窺う。

するとしばらくして職員室前に並んでいた警察官に動きが見られた。

教室の出入り口を封鎖していた面々が、左右に移動して廊下に道を作る。時を同じくして、職員室内から人が吐き出された。数名からなる警察官が円陣を組むように連なっており、その中央には手錠をかけられて顔を伏せた人物。

ニュースなどでよく見る、犯人逮捕の瞬間、さながらの光景である。

「午後三時五十五分、逮捕！」

っていうか、逮捕である。

警察官の生々しい声が我々のところまで聞こえてきた。よほどのこと暴れたのか、腰には腰紐（こしひも）まで括（くく）り付けられている。

『どうやら僕らとは関係のない事件だったみたいだねぇ』

「………」

拍子抜けだよ、と言わんばかりのアバドン。

ただ、これはこれで私は多少なりとも驚いていた。何故（なぜ）ならば、手錠をかけられていた人物には、自身も覚えがあったから。

「マジかよ!?　逮捕されてるのうちの担任じゃん！」

ここ数日で聞き慣れた声がすぐ近くから聞こえてきた。同じクラスの男子生徒である。

いつの間にやって来たのかと驚いて振り返ると、想定した通りの人物がすぐ隣に立っていた。どうやら私を追いかけてやって来たようだ。矢継ぎ早に数名の生徒たちが、すぐ近くまで駆け寄ってくる。

「えっ、ちょっと待って。どういうこと?」「嘘だろ!?　本当に高橋（たかはし）先生じゃん！」「クラス担任が逮捕とか、普通に大事件じゃね?」「なんかニュース番組みたいな光景だな」「それよりも動画！　動画に撮ってネットに上げないと！」

私が驚いていた事実に、彼らもまた次々と声を上げ始めた。

まさか自分たちの担任が、目の前で逮捕されるとは思わない。

いや、自身に限ってはなんとなく、罪状に思い当たる節があるけれど。

「あっ、職員室に居合わせた子からメッセージが回ってきた」

そうこうしているうちに、クラスメイトの一人から追加情報が上がってきた。

皆々の注目が、声を上げた女子生徒に向けられる。

自らの端末を手にした彼女は、ディスプレイを見つめたまま言葉を続ける。

「うちらの担任、宮田（みやた）さんとヤッてたらしい」

どんぴしゃりである。

ただ、その事実には首を傾げないでもない。犯行の現場こそ把握していたが、上手いこと立ち回るだろうと考えていたから。問答無用で強制性交等罪が適用される十三歳未満が相手ならまだしも、相手がそれ以上の場合、示談で解決することも多いと聞く。

相手と円満な関係にあれば尚のこと。

だからこそ、警察が突撃してくるような状況の方が稀有だと思われる。

怪しい薬など利用していたのなら、その限りではないと思うけれど。

「はぁ？　それマジ？」「高橋先生、ロリコンかよ！」「宮田が相手とか、ガチでロリコンじゃん」「っていうか、どうして宮田さん？」「そういえば今日、宮田さん学校を休んでるよね」「高橋先生、女の趣味が悪過ぎでしょ」「マジ言えてる」

自身が何を尋ねるまでもなく、クラスメイトの間で情報がやり取りされる。

男子生徒からは一様に驚愕。他方、女子生徒からは驚愕の他に、宮田さんに対する嫉妬の声が聞こえてくる。


犯罪者の社会的な待遇が顔面偏差値で左右されるのは、性犯罪であっても変わりはないみたいだ。

いずれにせよ私やアバドンの心配は杞憂。

なんて傍迷惑な担任だろう。

『どうやら彼に連絡は入れなくてもよさそうだね』

「ええ、そうですね」

早まった行いをせずに済んでよかった。

こんな下らないことで、おじさんに迷惑をかけたくない。

「お前たち、教室に戻りなさい！」

ともすれば、廊下で騒々しくした為か、職員室の前に見られた教員の一人が、こちらに向かいパタパタと早歩きで近づいてきた。過去にどこかで見た覚えのある顔立ちは、この学校の教頭先生だったような気がする。

「だけど先生、帰りのホームルームはどうするんですか？」「高橋先生、警察に連れて行かれちゃったよ？」「宮田さんと高橋先生、どこまでヤッてたんですか？」「他の先生も一緒にヤッてたりするんですか？」「この学校、ヤバくないですか？」

教師の失態を目撃した直後であることも手伝い、クラスメイトは果敢にも反論を試みる。

大人を相手に大義名分を振りかざせる機会とあって、とても元気がよろしい。

日頃から教師たちより繰り返されてきた説教の成果だろう。

「い、いいから早く戻りなさい。ホームルームは代わりに私が行くから！」

これには教頭先生もタジタジである。

そうこうしている間にも、校内に停められていたパトカーが動き出した。ウーウーとサイレンを鳴らしながら遠ざかっていく。廊下の窓から外の様子を窺うと、車両の大半が引き上げていった。

やはり、天使と悪魔の代理戦争とは無関係の騒動であったようだ。

同日は部活動も中止となり、我々はすぐに下校することとなった。

＊

その日、定時まで待ってみても、阿久津課長が自席に戻ることはなかった。

そこで溜まっていた庶務をこなした我々は、残業に明け暮れる同僚を尻目に、定刻通りの退庁。十二式さんから貸与された末端を利用して、都内から軽井沢にある二人静氏の別荘まで移動した。

送迎は完璧の一言。

近所の公園に移動の上、星崎さんが虚空に向かい呼びかけると、どこからともなく円盤型の飛行物体が現れた。彼女の護衛を務めている末端経由で連絡が入ったのだろう。機体は例によって光学迷彩のような技術で隠されていた。

機内には十二式さんが搭乗しており、星崎さんをお出迎え。

以降は家族ごっこの時間である。

別荘でお留守番をしていたピーちゃんとエルザ様、学校から帰宅したお隣さんとアバドン少年に合流の上、未確認飛行物体の内部に設けられた一軒家に移動。皆々で居間の和テーブルを囲んで夕食と相成った。

献立はすき焼き。

ちなみに本日の調理担当は自身である。

　食材は軽井沢に向かいがてら、都下の総合スーパーで調達した。都市型のこぢんまりとした店舗とは異なり、広々とした駐車場を備えた郊外型の店舗は、食料品売場も充実しており見て回るだけでも楽しい。

　ところで、家族ごっこの業務中、夕食の材料費は局の経費で賄える。

　課長曰く、交際費としてくれたまえ、とのこと。

　そこで贅沢（ぜいたく）にもお肉は黒毛和牛のリブロース。人数も多い上に育ち盛りの子も見られるので、思い切って一人三百グラム。計二キロ以上もお買い求めしてしまった。店先のパックをすべて買い物カゴに突っ込むのは快感だった。

『貴様よ、この肉は美味（うま）いな？　なかなか良い肉なのではないか？』

「そうかな？　気に入ってもらえたのなら嬉しいよ」

　ピーちゃんからは大好評。

　先日のデスゲームではお世話になったので、そのお返しという意味合いもある。アバドン少年に確認したところ、結構な数の天使と悪魔が、文鳥殿の活躍により代理戦争から脱落したのだとか。

　ただ、大半は並かそれ以下の個体とのことで、やはり力の強い天使や悪魔は、この手のやり取りでも上手いこと立ち回っているらしい。もし仮に今後も衝突するようなら、今回のように簡単にはいかないと思われる。

「ねぇ、佐々木。料理の腕前を食材で誤魔化すなんてズルくないかしら？」

「すみません、本日は局に出ていたので、時間的な都合もありまして」

「カレーのルーすら碌に溶かせない嫁っ子は黙っておったら？」

「ぐっ……」

　姑からの援護射撃が強い。

　料理が上手いって本当に強い。

　食ってやっぱり大切なのだなぁ、なんて。

「祖母よ、母ヲ責めるのはよくナイ。手伝いヲしていた私ノ責任でもある」

「末娘がここぞとばかりに、母親のポイントを稼ごうとしておる」

「フタリシズカ。私も皆と同じように料理を担当するべきではないかしら？」

ややもすると、エルザ様から気遣いの言葉が漏れた。

家族ごっこにおいて、その在り方に最も気を遣って下さっているの、もしかして彼女なんじゃなかろうか。そんなことを思わないでもない。

「親父殿からはお主のこと、やんごとなき身分だと聞いておるのじゃけど」

「貴族だって料理くらいできるわ。祖国の郷土料理を皆に味わってもらいたいの」

「ほぅ、それは興味をそそられるのぅ」

皆々好き勝手にお喋りしながら頂く夕餉はとても賑やかなもの。

騒がしいのはあまり好きではないのだけれど、この場では何故だろうか、同席していて穏やかな気持ちになれるから不思議なものだ。テーブルの中央、グツグツと湯気を上げている鍋の気配も堪らない。

「ところでパイセン、こやつの戸籍に記載する名前は決まったのかぇ?」

「そ、それは、あの、もう少し考えたいなって……」

「今晩までには上司へ伝える約束だったと思うのじゃけど」

「うっ……」

星崎さん、まだ十二式さんの名前に悩んでいるみたい。

十二式さんのことを大切に思っているからこそ、なかなか決められないのだろう。二人静氏が彼女の感性をオッサン寄りだ何だと軽口を叩いていたことも、多少なりともプレッシャーになっていることと思われる。

思えば今日の彼女はスキマ時間、やたらとスマホを見ていた。

多分、子供の命名について調べていたのだろう。

「母よ、私ハどのような名前であってモ構わない。大切なのは母ガ付けてくれた名前デあるということ。それ以外ノ情報は、私にとって大シタ意味を持たナイ。どうか気兼ねなく命名シテ欲しい」

「そうは言っても、戸籍にまで載っちゃうのよ?」

「この国には国民ノ名を訂正スル為の、行政上の仕組みガ設けられていると、ネット上で公開されていル官公のサイトに記載がアル。もし仮に母が訂正ヲ望むのであレば、父が上司に掛け合ってくれるト末娘は信ジテいる」

「それくらいであれば、いくらでも行わせて頂きますが」

「だけど、やっぱり最初からちゃんとした名前を提案したいし……」

取り皿に落とされた卵を箸先で混ぜ混ぜしながら、星崎さんは言う。

かなり悩んでおられますね。

「おじさん、この子に新しい名前が付くんですか？」

「正式名称は戸籍に登録する上で、ちょっと長過ぎるかられ」

「名字の方はもう決まっているんでしょうか？」

「そちらハ既に父から、佐々木の姓ヲもらった。問題ナイ」

『父親の名字に母親の命名、傍から眺めたら完全に家族だねぇ』

「…………」

おやおや、とでも言いたげな眼差しで語るアバドン少年。

その注目がお隣さんに向けられる。

彼女はなにやら驚いたように十二式さんのことを見つめていた。

「兄よ、そうシタ寸感は末娘として吝かでもナイ。もっと評するトいいい」

『そうかい？　まぁ、これ以上は相棒の機嫌を損ねそうだから控えておくよ』

「ねぇ、二人静。世の親たちは子供の名前とか、どうやって決めているのかしら？」

「んなもの、人によって千差万別じゃろう？　家族の名から取ることがあれば、生き様に願いを込めることもあるじゃろうし、最近だとアイドルやアニメキャラ辺りから取ってくるような場合も少なくないじゃろう」

「そういうの、どれもしっくりこないのよね」

「それじゃあ逆に聞くけど、パイセンはこれまでコヤツのこと、どういうふうに脳内呼称しておったの？　しっくりきて欲しいなら、それをそのまま引っ張ってくればええじゃろう。わざわざゼロから考えようとするから、なかなか出てこんのじゃ」

「え？　あ、それはその……」

「割と辛辣な呼び方をしておったのかぇ？　ひっどいのぅ」

「そ、そんなことしてないわよ！　ただ、その、十二式ちゃん、って」

「めっちゃ安直じゃのぅ」

「だったら、そういう二人静はどうなの？」

「ロボ子に決まっておるじゃろ？　これほどしっくりくる名もなかろうて」

「偉そうなことを言っておいて、貴方の方が余程のこと安直じゃないの」

声も大きく二人静氏と言い合う星崎さん。

その注目がこちらに向けられた。

「ねぇ、佐々木はどうなのかしら？」

「え、私ですか？」

それだけは聞いて欲しくなかった。

星崎さんの名誉の為にも。

ただ、嘘を吐くことはできなくて、素直に答える羽目となる。

「どうしてキョドるのよ。言えない理由でもあるのかしら？」

「すみません、私も十二式さんと呼んでおりました」

「パイセンの感性、完全にオッサン寄りじゃのぅ」

「うっ……」

別に悪いことをした訳でもないのに、罪悪感を覚えてしまうの辛い。

顔を伏せて黙ってしまった先輩。

その代わりにオッサンは、隣に座った人物に話題を振る。

「お隣さんはどうかな？　決して無理にとは言わないけれど」

「私ですか？　私も十二式さん、と」

「パイセンに気を遣ってくれなくてもええのよ？　今の完全に自爆じゃもの」

「いえ、決してそのようなことは……」

お隣さん、なんていい子なんだろう。

まだお若いのに、こんなにも気配りまでできて。

『そんなところでまで、張り合わなくてもいいと思うんだけどなぁ』

「アバドンは黙っていて下さい」

「儂んちの食客殿にも尋ねてみたいんじゃけど、どんなもんじゃろう？」

「以前にササキたちが口にしていた、宇宙人、という響きが強く残っているわ」

「ふぅむ、こうしてみると結果的に、オッサンの命名が一番愛嬌を感じるのぅ」

「そうやって一括りにしないでもらえないかしら？」

「すみません、星崎さん」

「あっ、ち、違うのよ？　佐々木のことが嫌とか、決してそういう訳じゃなくて！」

　十二式さんの命名を巡って、ああだこうだと言い合っている我々。

　その姿を眺めて、当の本人から所感がポロリと漏れた。

「家庭ノ団欒とは、なんト心の安ラぐものだろウ」

「なんじゃお主、急に妙なことと口走りおって」

「言葉通りノ意味。他意ハない」

「あっ、もしかしてコヤツってば、自身の名前を決めるためのやり取りで、家族からチヤホヤされることに快感を得ておるな？　これ絶対に心を気持ちよくさせておるじゃろ？　いい気分になっているに違いあるまい」

「祖母よ、根拠ヲ提示しない一方的ナ誹りは人類ノ文化文明において、ヘイト発言と呼称さレル劣悪な行いである。これヲ第三者の面前デ不必要に提示スルことは、発言者自らの立場ヲ貶めるト共に……」

「じゃってほら見てみぃ。頬のあたりとかピクピクとしておるじゃないの」

「…………」

　二人静氏のヘイト、炸裂。

　十二式さん、無言。

　頬のあたりとかピクピクしている。

　嘘を吐けない機械生命体的に考えて、大正解ではなかろうか。

「っていうか、これもう十二式でええんじゃないの？」

「母よ、祖母ノ言葉を肯定スルのは甚だ遺憾でハあるが、末娘も十二式という名ヲ頂戴したい。命名に至った経緯ヲ思えば、とても価値ノある名前だト思う。差し支えなけレバ、その口から私ノ名前を呼んデ欲しい」

「ほ、本当にそんな適当な名前でいいの？」

「母ガ自発的に生み出シタ名称という事実に、末娘ハ大きな価値ヲ見出している」

「たしかにそうだけど、でも、人の名前というにはちょっと変だし……」

「末娘は機械生命体デあるから人とハ異なる。名称ガ変わっていても問題ナイ」

　十二式さんは食事の手を止めて、ジッと星崎さんを見つめる。

その真摯な眼差しに絆されたのか、先輩は小さく頷いた。

「それじゃあ、あの、じゅ、十二式ちゃん、これからもよろしくね？」

「あァ、母から向けらレル温かな愛情ハ、末娘の心をトロトロにすル」

「言い方がいやらしいのどうにかならん？」

「祖母より指摘ヲ受けるノが不服デあった為、事前に自己申告シタ」

「おぉ、反抗期が始まったかのぅ」

「阿久津さんにはこちらから連絡を入れておきますね」

「父よ、早急に頼ミたい」

「佐々木、念の為だけど、十二は漢数字で、式は軟式野球の式よ？」

「ええ、承知しておりますとも」

無事に名前が決まったところで、すぐさま上司に連絡を入れた。

字面も合わせて伝える必要があった為、局支給の端末からメールにて送信。すると、課長からは数分と待つことなく、承知した。本名を佐々木十二式として処理を進める。とのお返事が戻ってきた。

『貴様よ、話はまとまったか？　ならば肉の追加を頼みたいのだが』

「この文鳥め、儂らが話しておる間に肉を平らげおったな？　っていうか、その小さな身体でどうやって二十グラムくらいある肉を二枚、三枚と食えるのよ。文鳥ってどんだけ食っても一日に十グラム程度じゃろ？」

『要は腹の中にモノが溜まらなければ、いくらでも食を楽しむことができよう』

「え、なにそれ。ちょっと詳しい話を聞きたいのじゃけど」

「おかわりは沢山用意してあるので、どうか安心してもらえたらと」

そんな感じで団欒の時間はゆっくりと経過。

夕食後はドラマ番組を一本見終えたところで、本日は解散となった。

＊

家族ごっこ終了後、改めて局支給の端末を確認する。

しかし、明日以降の職務について、上司からの連絡はまだない。

十二式さんの名前を決めた際の送受信で、彼とのやり取りは止まっている。夜中まで延々と待っていても仕方ないので、こちらは明日の朝早めに確認するとしよう。

前回の訪問から日本時間にして三日ぶりとなる。代わりに本日は少し早めに異世界へ向かうことにした。

ピーちゃんとエルザ様、二人と共に軽井沢からヘルツ王国に発った。

まず最初に訪れたのは、首都アレストにある王城だ。

いつも通り城内に設けられたミュラー伯爵の執務室を訪れる。部屋主に促されるがままソファーに腰を落ち着ける。横並びに座っているミュラー父娘の対面、ローテーブル越しに自身。卓上には止まり木にピーちゃん。

出会い頭に挨拶を交わすも早々、エルザ様から声が上がった。

「お父様、ササキたちにこの国の料理を紹介できないかしら？」

「エルザ、それはどういうことだい？　私の記憶が正しければササキ殿たちは既に、こちらの世界で様々な食事を口にしていると思うのだが。それとも何かしら特定の料理を紹介したい、ということだろうか」

「あっ、えっと、ごめんなさい。つい先を急いでしまったわ」

パパの指摘を受けてハッとした面持ちの娘さん。

恥ずかしそうに笑みを浮かべた姿が愛らしい。

「向こうの世界ではササキ以外にも、私に良くしてくれる人たちがいるの。普段はその人たちから様々な料理を食べさせてもらっているわ。だから、私もその人たちにこの国の料理を振る舞いたいと考えているの」

「なるほど、そういうことかい」

「そこでお父様にご相談なのですが、どうか町へ出る許可を頂けませんか？　次の出発までに材料を用意したいのです。ササキたちがそうしていたように、私も材料を用意するところから、自らの手で行いたいの」

「ササキ殿、娘はこのように言っているのだが、任せてしまって構わないだろうか？」

「エルザ様のご厚意、とても光栄にございます。皆々も喜ぶことと存じます」

「ならばすぐにでも、護衛の騎士と馬車を用意するとしよう」

「ありがとうございます、お父様！」

異世界の食品を地球に持ってきて大丈夫なのかと、疑問に思わないでもない。ただ、自身もこちらの世界では普通に食事をしているし、最悪、ピーちゃんの回復魔法があれば問題はないだろう。

そのように判断して、エルザ様のご厚意を優先することにした。

三角コーナーに捨てられた皮や種なんかは、しっかりと焼却処分しなきゃだけど。

ちなみにアドニス陛下は王城に不在。

もうしばらくは帝国派の粛清に忙しくされそうとのこと。だからこそミュラー伯爵が王城内に常在しているのだろうけど。それからしばし雑談を交わしたところで、ミュラー父娘とはお別れ。後日の訪問を約束して、王城を後にした。

首都アレストを出発した我々は、次いでアルテリアン地方へ。

ルンゲ共和国とのルート開拓について、進捗を確認する為である。移動はピーちゃんの空間魔法によりひとっ飛び。現地時間で二ヶ月近くの経過が見られたことも手伝い、空からの展望は以前よりも開拓に進みが窺えた。

荒野と山林が接した辺り。山岳部から流れ来る川沿いに、開拓団の駐屯先と思しきテントの連なりが見られる。中央付近には建設の途中と思しき建造物の並びも。また、所々からは焚き火の煙が上がっていたりする。

そこに人の営みを確認して、飛行魔法の高度を落とす。

着地地点は集落の片隅。

するとすぐに現場で作業に当たっていた方々から捕捉された。テントの間から我々の行く先に向けて、駆け足で近づいてくる人たちの姿があった。こちらの足が地に着くのに応じて、先方の姿もハッキリとする。

やって来たのはフレンチさんのお父さんだった。

すぐ隣には妹さんの姿も見られる。

近隣の警護に当たっているという役柄、こちらの姿が目に入ったのだろう。現場はテントの立ち並んだ界隈。作業員と思しき方々が、忙しそうに右往左往している。その姿を傍らに眺めつつ、彼らから作業の進捗を聞くことに。

すると現場では、想定外の報告を耳にすることとなった。

「え？　河川下のトンネル工事、もう終わりそうなんですか？」

「路面を舗装したりなにしたりと、細かな手入れは必要かと思いますが、荷馬車を通す分には問題はないと思います。地盤がしっかりとしているおかげで、水漏れに悩まされることもなく進んでいるそうです」

「それにしても大した勢いだとは思いますが……」

「すべてはササキ様が下さる多大な投資の賜物（たまもの）にございます」

　主立ってお話をしているのはお父さん。

　僅か二ヶ月足らずでそこまで行えるものなのかと驚愕を覚えた。自身の感覚としては、出入り口付近を軽く掘ってみました。水が出てきてしまって、こりゃ駄目ですね。では、じっくりと腰を据えて頑張りましょう。くらいの感覚でいた。

　未舗装とはいえ、まさか既に貫通しているとは思わなかった。

「現地を確認したいので、案内をして頂いてもよろしいでしょうか？」

「はい、是非ともお願い申し上げます」

　フレンチさんのお父さんに案内を受けて、問題のトンネルに向かう。

　妹さんも一緒である。

　向かった先はルート開拓の起点となる地点。

　テント村の脇に流れている河川の手前、その下を抜けるようにトンネルが掘られている。始点となる出入り口から内部に向かう。馬車での往来が前提の為、手前の傾斜はかなり緩い。代わりにトンネルの全長はそれなりのもの。

　出入り口も結構な広さがある。行商人の馬車が行き交う分には、申し分ない幅、高さが確保されていた。むき出しの地面は表面が重機で均（なら）されたように整えられている。なんでも魔法で固めているのだとか。

　思えば似たようなことを、砦（とりで）の建造でも棟梁（とうりょう）さんたちが行っていた気がする。

「失礼ですが、かなり大規模に掘削されておりますね」

「ササキ様のご提示下さった給与がよろしいものですから、ここのところロタンからは腕に自慢のある魔法使いがひっきりなしです。なかにはルンゲ共和国から山を越えてまで足を運んできた者たちも見られるほどでして」

「共和国から、ですか？」

「元々はヘルッ王国に住まっていた魔法使いたちです。今は共和国に身を置いていても、なんだかんだで生まれ故郷のことが忘れられなかった者たちとなります。そういった背景もございまして、皆々本当によく働いてくれております」

ピーちゃんから聞かされた、ヘルッ王国の過去を思い起こした。

以前は魔法技術でブイブイと言わせていたらしい。それが貴族社会の腐敗に伴い、愛想を尽かした魔法使いたちが国内から脱出。段々と国力は失墜していったとかなんとか。そうした人たちが改めて、故郷に目を向けて下さったようだ。

アドニス陛下による代替わりも無関係ではないだろう。彼によって帝国派の貴族が次々と粛清されている事実は、ルンゲ共和国であってもそこかしこから聞こえてくる。そこに興味を持ったとしても不思議ではない。

「もしよろしければ、トンネルを通って反対側まで抜けられますか？」

「よろしいのでしょうか？」

「是非ともご案内をさせて下さい」

フレンチさんのお父さんに連れられて、トンネル内部に足を向ける。

入り口から向かって正面、反対側から光の差し込む様子が窺えた。

トンネルは見事に貫通していた。

異世界の魔法、ヤバい。

道理で科学技術が進歩しない訳である。

以前、テレビ番組か何かで見た覚えがある。地球人類がトンネルを掘ろうと考えた場合、一般的なシールド工法を用いて毎分数センチほど。専門家の先生曰く、通常の地盤であれば、一日当たり十メートル前後を掘れるらしい。

それと大差ない距離が同じような期間で掘り終えられている。

ただ、穴掘り自体は既に終えられているけれど、外壁の加工は今まさに施工中。魔法によって固められた地盤に対して、レンガを覆工として敷き詰めている。多分、こちらの作業こそ一番手間なのではなかろうか。

「魔法使いの方々の協力が得られると、この手の作業は効率がよろしいですね」

「人手で掘っておりましたら、どれだけの時間を要するか想像もできません」

念の為に確認してみたところ、案の定なお返事が戻ってきた。

自身も地面をボコッと隆起させる魔法が使える。

それよりも高位の魔法に、大地の状態を変化させるような魔法があるらしい。泥状にしたり、金属さながらに硬化させたり。前者とモノを浮かせる魔法を利用して掘先の土壌を搬出。掘削面を後者により固めたのなら、穴掘りは完了である。

なにより気になったのは掘り終えた穴の強度的な問題。この手のトンネルは定期的に土を固める魔法を行使することで、構造物の強度を担保するのが一般的らしい。とても異世界っぽいお話だった。

地球のトンネルで広く利用されているコンクリート製のセグメント。それに相当する部分を魔法使いの方々が担っている。工期のかなりの部分は掘削後の地面を固める処理に費やしているらしい。安全第一、とても喜ばしい。

都内のように地盤がユルユルで水が漏れてくるような場合も、対象を凍らせる魔法を行使すれば、即座に対処することが可能。液体窒素の出番はない。凍結管を張り巡らせるよりも遥かに効率的に掘削を行える。

実際にこの手の行いは、他所の現場でも日常的に行われているのだとか。

それでも一日中、ずっと魔法を行使するような芸当は不可能。

本来であれば日中の短い間、集中的に作業するのが精々だろう。

その辺りを解決しているのが、マルク商会による際限がない資金注入とのこと。想像した以上に多数且つ多彩な魔法使いが現場に足を運んで下さった結果、ローテーションを組んで日がな一日、ずっと穴を掘り続けることができる。

そのような説明をフレンチさんのお父さんから受けた。

「彼らからすれば、僅かな労働時間で多額の報酬を得られる訳です。求められている魔法の素養も、そこまでハードルが高いものではありません。生活環境は些か厳しいですが、それを考慮しても破格の待遇となります」

「左様でしたか」

「ここ最近では、現場で働いている魔法使いたちに向けて、都市ロタンの商人たちも出入りするようになりました。おかげさまでこの通り、テント暮らしではありますが、嗜好品（しこうひん）なども手に入れることができています」

「テント村に賑わいが見られるのは、それが理由だったのですね」

「当然ながら、駐在地の開拓も同時に進めております。今はまだ掘っ立て小屋が立ち並んでいる程度ですが、もうしばらく時間を頂けましたら、ササキ様をお迎えする為のスペースもご用意できることと存じます」

「私のことは構いませんので、どうか皆さんの生活スペースを優先して下さい」

「お気遣いを下さり誠に恐縮であります」

ひとしきり先方の説明を耳にしたところで、ふと思いついた。

これなら山岳トンネル、掘れちゃうかも。

結構な歳月を要することは間違いない。ただ、出来るか出来ないかで言えば、不可能ではないような気がしているのだけれど、どうだろう。そして、思いついてしまうと、どうしても確認してみたくなるのが人の性（さが）。

だってこのままだと、あっという間にルート開拓が終わってしまいそう。

「ところで今後の方針について、ご相談したいことがあるのですが」

「なんでございましょうか？」

「現場で監督に当たっている方々を集めて頂くことはできませんか？」

話を聞くだけなら大した手間もないので、ご挨拶がてら尋ねてみよう。

*

フレンチさんのお父さんに案内を受けて、界隈に設けられたテント群の中でも一際大きな天幕の下に移動した。その間にも妹さんが各所を回り、現地で作業員の監督に当たっている方々を集めてきて下さった。

おかげさまで早々にも打ち合わせ。

テント内で皆々立ったまま、中央に設置されたテーブルを囲む。

　卓上には近隣を写した地図が広げられている。

　今回のお仕事に当たって、ヨーゼフさんから借り受けてきた品だ。

　ヘルツ王国とルンゲ共和国の国境付近を描いたものである。それなりに精度のよろしい品らしく、借り受ける際には取り扱い注意だと仰せつかった。普段はフレンチさんのお父さんに預けている。

「こ、この山脈地帯にトンネルを通すのですか？」

「ええ、その通りです。可能でしょうか？」

「いえ、流石に、そ、それは……」

　こちらの提案を耳にした後、フレンチさんのお父さんがいの一番に声を上げた。

　打ち合わせのメンバーは彼と自身の他に、魔法使いや職人と思しき方々が数名ほど見られる。現地で活躍している作業人の上に立って、現場の指揮を取って下さっている人たちであるらしい。内半数はマルク商会に所属しているとのこと。

　彼らからも矢継ぎ早に反応が見られた。

「そんな大工事、この世のどこであっても聞いたことがありませんよ」「いくらなんでも無謀ではありやしませんか？」「どれだけの費用がかかるか想像もできねぇです」「いやしかし、費用さえあれば不可能ではないような気もしますが」「いち職人としては、そういった大工事に携わってみたくも思うところですがね」

　反応は千差万別。

　絶対に無理だと言わんばかりに訴える方がいれば、頭の中でそろばんを弾いて下さっている方も見られる。無謀な行いではあるけれど、物理的に不可能、などと評されるまでの提案ではないみたい。

『…………』

　肩の上でもピクリと文鳥殿に反応が見られた。

　ただ、可愛らしい鳥さんを偽っている手前、彼から意見が上がることはない。

「ササキ様、たしかに我々の間でも、そのようなことを口にする者が見られなかった訳ではありません。しかし、失礼ながらどれも冗談の類いでありまして、そこまでの工事を行うには、どれほどの手間と費用がかかることか想像もつきません」

　同僚たちの発言を受けて、フレンチさんのお父さんから改めて返事があった。

急な提案を耳にして狼狽(ろうばい)されている。

自身が同じ立場だったら、絶対にお断りしていると思う。ただ、過去に課長から似たような無茶(むちゃ)振りを繰り返されてきた経緯を思い起こすと、絶対に逃げたいときこそ、逃げられなかったりするのが人生。

「お言葉ではございますが、もし仮にトンネルが出来上がったとしても、それほど広大な構造物を維持運営することは並大抵ではありません。モンスターや賊の類いに破壊されては、大変な損失であると具申いたします」

フレンチパパが言う通り、こちらの世界では都市外に大規模な構造物が建造されることは稀(まれ)である。地球でも治安の悪い国などでは、公共施設が完成と共に破壊されて、満足に維持運営できていないのと同じこと。

けれど、それは今から考えても仕方がない。

だって完成するかどうかも定かでないのだから。

「施設の運営については、完成後に別途人員の手配を行わせて頂きます」

「し、しかし……」

「言い方を変えますが、手間と費用に目を瞑(つぶ)れば可能でしょうか？」

不安そうにするフレンチパパに代わり、現場のリーダーたちへ確認させて頂く。

すると皆々は真面目な面持ちとなり、その場であれこれと議論を始めた。

「これだけ立派な地図があれば、不可能ということはない気もしますね」「この調子で魔法使いを雇えるなら、穴を掘る分には可能だろう」「しかし、作り終えた部分を守るのは手間じゃねぇか？」「隊長が危惧しているのもそこだろう」「国から騎士団でも借りられるなら話は別だろうが……」

「なるべく目立たないよう、深いところを掘るってのはどうだ？」「人の口に戸は立てられないさ」「空気穴の確保も手間になる」「騎士団は無理にしても、それなりに規模がある傭兵(ようへい)団でも引っ張ってこないといかんだろう」「しかし、費用については目を瞑って構わないと閣下は仰った」

自身は黙ってこれを眺めるばかり。

すぐ隣ではフレンチパパが青い顔をしている。

しばらくして現場の担当者の方々から返事があった。

魔法使いっぽい格好をした人物が代表して、畏(かしこ)まった面持ちで口を開く。

「閣下、結論から申し上げると、不可能ではありません」

「なるほど、そうなのですね」

　これってあれだよね。

　エンジニアの方々がよく言う、技術的には可能、みたいな。

　実際にやろうとしたら、とんでもなくお金と時間がかかったりするやつ。でも、まさにお金と時間を浪費したい勢からすると、彼らの下した判断はかなり魅力的に映る。なんたって失敗したら途中で止めてしまっても構わないのだ。

　正直なところ、山中に基地を設けた程度では投資額も限られてくる。想像した以上に優秀であった異世界の魔法を思えば、もう少し派手にやらないことには、懐に入り込んできた利益に対して支出は微々たるもの。

「しかし、間違いなく十年以上の歳月を必要とします」

「それでは追加で確認をさせて下さい」

「なんでございましょうか？」

「もし仮にこの場で私がお願いしたとしたら、皆さんはこの地で十年以上にわたり、働いて下さいますか？」

　素直にお尋ね申し上げたところ、皆々の顔が強張(こわば)った。

　すぐに思い出す。

　昨今の自分は貴族なる立場。

　実質、今のは懲役十数年にも等しい勧告。

　これは不味(まず)い。改めて先方に補足を入れる。

「当然ながら、延々と拘束するような真似はしません。ある程度働いたらロタンに戻って休暇を楽しむ、といった生活です。たまには故郷に帰省されることもあるでしょう。ただ、長らく同じ仕事を続けることに抵抗がある方も多いと思います」

　こちらの思いが伝わったのか、すぐに皆々の表情からは緊張が取れた。

　代わりにフレンチパパから改まった態度で問われる。

「これは私の勝手な想像となりますが、現時点でマルク商会様より提示を受けている当面の予算が霞(かす)むほどの見積もりが、近日中にも求められることと思います。広大な領地を治める領主様でも、頭を悩ませざるを得ない金額です」

「問題ありません。資金は十分な額を用意しますので、どうかご安心下さい。万が一にも支払いが滞るようなことになったら、即日で現場を放棄して構いません。その旨を書面の上で契約させて頂きます」

ヨーゼフさんからも向こう十数年、マルク商会による長距離通信の独占は間違いないとの太鼓判を押されている。開拓の資金が尽きることはないだろう。むしろ、利益のバラ撒き先が失われることの方が問題である。

「お言葉ですが、あまりにもササキ様に負担の大きなお話かと存じます。場合によっては、領地の運営にも支障をきたしかねません。まずは当初予定のプランにて、ルート開拓を進めてはいかがでしょうか」

「ですが、ヘルツ王国にとっては意義のある仕事ではないかなと」

「ササキ様はこの工事が祖国の為になるとお考えですか？」

「ええ、その通りです」

「どうしてそこまで、ヘルツ王国に良くして下さるのでしょう」

「我らが陛下の為、私に行えることはすべて行っておきたいのです」

「さ、左様でございますか……」

どちらの陛下の為であるかは、敢えて口にはしないでおこう。

こんなことで彼らに対する償いになるとは思っていないけれど。

ふと脳裏に蘇った王宮での出来事。

これを振り払うように、改めて魔法使いや職人の方々に問いかける。

「先程の質問ですが、皆さんいかがでしょうか？」

「自分は隊長殿の判断に従います」「私も隊長に判断して頂きたく存じます」「隊長が決めたことなら、俺だって文句は言わねぇですよ」「隊長が言うならトンネルだって何だって、いくらでも掘らせて頂きますぜ？」「私も皆々に同意です」

すると返ってきたのは示し合わせたかのように揃ったお返事。

何を相談している暇もなかっただろうに。

「失礼ですが、皆さんの言う隊長殿というのは……」

「そちらに見られるフレンチ子爵家の御仁にございます、閣下」

すぐさま職人さんの一人から説明があった。

どうやらフレンチパパを指してのことらしい。

「私が騎士団の出ということから、そのように呼ばれておりまして」

本人は恥ずかしそうに言った。

ほんの二ヶ月足らずの間に、現場の方々から随分と頼りにされておられる。思い起こせば息子さんが授爵した訳だから、ご家族である彼や妹さんも身分の上では貴族。周囲とは身分を違えながら、それでも信頼されているの凄い。

下士官とはいえ、騎士団で人の上に立っていた経緯は伊達でなかったようだ。この僅かな期間にも何かしら、彼らの信用を射止めるようなイベントがあったのだろう。今度暇を見て尋ねてみてもいいかもしれない。

隊長はテーブルを囲んでいた皆々に小さく頷くと、こちらに向き直り言った。

「承知しました。ササキ様よりご提案のありました工事、是非とも担当させて下さい」

「ご快諾下さり誠にありがとうございます。大変頼もしく感じております」

ヨーゼフさんには白い目で見られるかもしれない。

けれど、こればかりは仕方がない。

なんたって自分はヘルツ王国の貴族であるからして。

その代わりに無線設備以外にも、彼の気を引くような商品を用意する必要があるかもしれない。十二式さんの登場で気を揉んでいる二人静氏を思えば、彼女を経由してなにかしら手間のかかる商品など仕入れておくのがいいかも。

「マルクさんにはこちらから伝えておきますので、どうかご安心下さい」

「ササキ様のヘルツ王国に向けたる想いに報いることができますよう、我々も粉骨砕身の心意気で臨みたく存じます」

ところで、大仕事を頼みながら即日でさようなら、というのは流石に申し訳ない。

そこで今回の滞在中は、自身もトンネル工事に参加することにした。現地と地図を照らし合わせながら、一週間という滞在期間を丸々利用して、トンネルを通す経路を現場の方々と共に検討。ある程度の目星を付けるところまで進めた。

魔法の力を借りたのなら、ちょっとした試削であれば即座に実施可能。

おかげさまで滞在の最終日までには、当面の掘削予定が立った。

久しぶりに仕事をした、という気分になれた今回のショートステイ。充実した気分で現地を出発することができた。現場で仕事に当っていた方々とも、少しは仲良くなれたような気がしている。

代わりに魔法や乗馬の練習は行えなかったけれど。

そうして訪れた異世界滞在の最終日。

普段より緊張してルンゲ共和国に向かう。

まっすぐにケプラー商会を訪れて、応接室でヨーゼフさんにご挨拶。異世界時間で二ヶ月分の軽油を納品する。本店にはマルクさんも姿が見られた。そこで彼らの面前にて、ルート開拓の方針変更についてご相談させて頂くことに。

当然ながら、話題を上げた瞬間は修羅場。

「ササキさん、それは本気で言っていますか？　私をからかっているのですよね？」

「ヨーゼフさんの危惧は尤もなものかと思います。しかし、本気で言っております」

「たしかにササキさんはヘルツ王国の方です。祖国を思う気持ちは、私も分からないではありません。しかし、国を思うあまりに身を滅ぼしては本末転倒ではありませんか。トータルで見たらヘルツ王国としても損でしかありません」

「ヨーゼフさん、どうかご安心下さい」

「安心できるポイントが何一つとして浮かばないのですが」

その通りですね、ごめんなさい。

とても申し訳ない気分。

家族がマルチに引っかかったようなものだもの。

それでも必死に弁明を行う。

「現在、ヘルツ王国に期待している国や組織はほとんどありません。交易ルートが確立された場合、ケプラー商会は商売を独占することができます。そこから得られる利益は計り知れないものかと存じます」

「失礼ですが、衰退の一途を辿る王国にそこまでの価値がありますか？」

「衰退の一途を辿っていたからこそ、付け入る隙も大きいのではないでしょうか？　更には昨今、王家では代替わりが為されました。帝国派の影響も取り除かれつつあります。国内にポッカリと空いた穴は、とても大きなものです」

「たしかにヘルツ王国は今の時点でも、それなりに人口を有してはいます。粛清された貴族たちが治めていた領地は、かなりの規模に上ることでしょう。しかし、それは交易ルートの開拓が為された場合の話ではありませんか？」

私の生まれ故郷では、大差ない規模のトンネルが多数建造されております。

などと弁明しようとして、やっぱり控えておく。

モンスターや野党が跋扈している世界観を思えば、同じように作業が行えるとは到底思えない。正直、失敗が前提のお話ではあるので、先方を期待させるような真似は自身の首を絞める羽目になる。

代わりに別方向から補足を入れておくとしよう。

「また、もし仮に失敗したとしても、商会内での私の発言力が低下するばかり。それは必ずしもケプラー商会全体にとって、悪い話ではないと思うのです。以前にもお伝えしましたが、御社に迷惑をかけるような真似はしたくないのです」

昨今、ケプラー商会内における自身の立場は、かなり危ういものと思われる。

ポッと出の異国人が頭取の意向からコネで役員就任。他の役員にしてみれば、これほど憎たらしい存在はない。商会全体の業績はさておいて、上層部からは多少なりとも反発を招いていることだろう。

そうした役員たちの面前、調子に乗った新人が馬鹿をやって、ヨーゼフさんの評価を下げておくことには、我々の立場を守る上では意味がある。どこぞの賢者様のように、お仕事を頑張り過ぎた結果、闇討ちされたりしたら困ってしまうから。

「少なくとも商会とヨーゼフさんに損はありません。違いますでしょうか？」

「ササキさんは、その為にご自身が損をすることがあっても構わないと？」

「いいえ、滅相もない。私はこうした判断を少しも損だとは考えておりません」

「…………」

ところで、今更ながら疑問に思う。

今回のトンネル工事、自身のような凡夫が思いついたということは、こちらの世界であっても、過去に同じようなことを考えた人物がいても不思議ではない。なかには実際にチャレンジして、失敗したような歴史もあるのではなかろうか。

今のところそういったお話は聞こえてこないけれど。

「一方的なご相談となり申し訳ないとは思いますが、いかがでしょうか？」

「……ササキさんの仰ることは、理解しました」

受け答えするヨーゼフさんは過去になく渋い表情である。

聡い彼のことだから、こちらの意図など完全に把握しているものと思われる。それでも怒り出すことなく、考える素振りを見せて下さるのは、昨今のマルク商会がそれくらい、ケプラー商会にとって価値があるものだから。

やがて、しばらく悩んだところで、彼は小さく頷いて応じた。

「承知しました。今回はササキさんの意思を尊重しようと思います」

「ありがとうございます。ヨーゼフさん」

あぁ、良かった。無事に認めてもらえた。

現場で大きな口を叩いた手前、割とドキドキしておりましたとも。

直後には彼の意識が、同席していたマルクさんに向けられた。

「マルクさん、ルート開拓の方針変更について、ルンゲ共和国側からも掘削を行うよう調整をお願いしてもいいですか？　両国側から作業に当たった方が、トンネルの掘削期間も短く済むことでしょう」

「しょ、承知いたしました」

声をかけられた彼は、我々から仔細を確認の上、駆け足で応接室から出ていった。

これにて打ち合わせは終了である。

普段であれば、以降はケプラー商会さんのご厚意から接待を受けること度々。けれど、今回は色々と込み入ったお話をした手前、お酒を交わすことも憚られて、すぐにルンゲ共和国を発つことにした。

申し訳がなくて逃げ出した、とも言う。

商会を出ると共に、すぐさま拠点としているエイトリアムのお宿へ向かう。異世界へのショートステイも地球への帰還を残すばかり。そうして見慣れたリビングスペースまで、空間魔法で移動してきた間際のこと。

『貴様は本当に、トンネルを通せると考えているのだろうか?』

ピーちゃんから声をかけられた。

肩から飛び立った彼は、リビングテーブルの上、止まり木に舞い降りる。

「どうだろう? 運が良ければ、くらいには考えているけど」

『我が考えているよりも、期待値が高いことに驚いた』

「そうかい?」

『貴様の世界で言うところの、アルプス山脈を南北に貫くようなものだ』

「だけど、技術的には同じことができるよね」

『その点は否定しない。しかし、技術以外のところで問題も多い』

「今からでも止めておくべきかな?」

『しかし、いち為政者としては興味をそそられる話でもある』

「ピーちゃんにそう言ってもらえると、なんだか気分が楽になるよ」

『首都で暇にしていたドラゴンが居ただろう? ある程度工事が進んだのなら、アレをこちらへ向かわせてもいい。貴様の動きはアドニスにも話が通じているのだ。王宮が協力の姿勢を見せたところで不思議ではない』

首都で暇にしていたドラゴンとは、アドニス陛下が帝国派の貴族を相手にして首都アレストに攻め入った際、先陣を切ってくれたゴールデンドラゴンである。彼は今も首都近郊に巣食って帝国派の貴族に目を光らせている。

その甲斐あって陛下も憂いなく大軍を率いて地方に出向き、敵対派閥の粛清に邁進できる。そして、ミュラー伯爵から聞いた話によれば、ここ最近は帝国派の貴族も勢いを失いつつあるとのことで、ドラゴン氏も暇にしているのだろう。

そういうことなら是非ともご相伴に与りたいところ。

「利権関係で共和国と揉めたときの為にも、一枚嚙んでもらうのは大賛成かな」

『貴様のそうした頭の回りの速さは、我としてもなかなか好ましいものがある。それに今回のケプラー商会でのやり取りもそうだが、たまに見せる機転の利かせ具合は、行動を共にしていて頼もしさを覚える』

「星の賢者様にお褒め頂いて光栄だよ」

『いずれにせよ、次に訪れた際でも問題はあるまい。貴様の世界に戻るとしよう』

「ミュラー伯爵のところにエルザ様を迎えに行くの、忘れないようにしないと」

『あぁ、そうであった』

　利益があれば人は勝手に動いてくれる。

　上手く転んだ場合でも、我々は実務にノータッチ。

　理想のスローライフに向けて、こちらの世界も状況が整いつつある。

　互いに頷きあった怠惰な二人組は、期待に胸を膨らませつつ異世界を後にした。

＊

　首都アレストの王城でエルザ様と合流した我々は、ピーちゃんの魔法により、都内のホテルに戻ってきた。自宅アパートが爆発して以来、延々と連泊を重ねているビジネスホテルだ。ちなみに向こう半年は押さえている。

　そちらで時刻を確認すると、当初予定より小一時間ほど経過している。

　本日は朝イチで課長から連絡があるとの話だったので、帰還には夜明け前を狙ったのだけれど、既に空が白み始めていた。時計を確認すると午前六時過ぎ。想定したよりも些か地球側の時間経過が早くなっている。

　そこまで劇的な変化ではないけれど、世界間の時間の経過差が縮みつつある。

『時間経過の変化だが、やはり以前よりも少しだけ早まっているな』

「移動の頻度は関係がないのか、それともすぐには効果が現れないのか」

『どちらとも考えられる。向こうしばらくは継続してみるべきであろう。我々が世界間の移動を始めてから、時間の経過差に変化がみられるまでには、それなりに時間を要した。最低でも同程度は見込むべきだと思う』

「うん、僕もそれがいいと思う」

「ねぇ、ササキ。よく分からないけれど、私が迷惑をかけていたりしないかしら？」

『あぁ、そうであった。頻度以外に対象の質量なども考慮すべき要因ではあるな』

　エルザ様の発言を耳にして、何かを思いついたように声を上げたピーちゃん。

　こちらの肩から飛び立ち、デスク上のノートパソコンに向かわんとする。

「……あの、鳥さん？」

「エルザ様、決して迷惑ではありませんので、どうかお気になさらずに。それとピーちゃんも、パソコンで黒い画面と睨めっこするのは、二人静さんのところに行ってからでいいかな？　お楽しみのところ申し訳ないんだけれど」

『うむ、承知した』

　手早く支度を整えて、愛鳥のお世話になり軽井沢までひとっ飛び。

　移動した先は二人静氏の別荘のリビングスペース。

　現地には家主の他、既に星崎さんと十二式さんの姿が見られた。各々ソファーセットに腰を落ち着けており、なにをするでもなく手持ち無沙汰にしている。同僚のお早い到着には自身も驚いた。就業時間にはまだかなり余裕がある。

「佐々木、遅いんじゃないかしら？」

「始業にはまだ余裕があると思いますが」

「課長からの連絡、見ていないの？」

「あっ、すみません。すぐに確認します」

　星崎さんに言われて、ふと気づいた。

　こちらの世界に戻ってから端末を確認していない。

　大慌てでディスプレイに目を向けると、何件か通知が入っていた。内一件が課長からの連絡となる。メールにて、このメッセージに気づいたらすぐに登庁して欲しい、とのこと。受信日時は本日の午前五時半となっていた。

　阿久津さん、何時にどれくらい寝ているのか。

「父よ、末端ニよる移動であレば、数分ほどデ現地に到着スルことが可能」

　自身が何を応えるまでもなく、即座に提案してきたのが十二式さん。

　学校入学に向ける期待感に圧を覚える。

　さっさと出発するぞと訴えんばかり、ジッとこちらを見つめている。

　表情こそ変わりはなくとも、内面の変化が手に取るように窺えた。

「お手数をおかけしますが、どうかご協力を願えましたらと」

「承知シタ」

十二式さんの提案に従い、三人揃って軽井沢を出発。

慌ただしくて申し訳ないけれど、エルザ様とピーちゃんにはいつも通り、二人静氏の別荘でお留守番をしてもらうことに。本日の家族ごっこがどうなるのかは、上司の話を聞いてからになりそうだ。

まぁ、いずれにせよ保護者は自宅で食っちゃ寝ライフだと思うけれど。

そうして考えると、早すぎる時間帯の呼び出しにも前向きに臨むことができる。

*

十二式さんの宣言通り、我々はほんの数分ほどで局のフロアに到着した。

すぐさま課長に捕まって、打ち合わせスペースに移動。

前日の反省を生かして、本日は阿久津さんの隣、出入り口側に席をキープしてみる。対面に奥側から二人静氏、星崎さん、十二式さんが並ぶような位置取りだ。

すると即座、上司から突っ込みが。

「佐々木君、どうしてこちら側に座るのだろうか？」

「テーブルの片側に四人は狭いじゃないですか」

「そうかね？　なにか心変わりがあったのかと、要らぬ勘ぐりをしてしまったよ」

「佐々木、まさかもしかして貴方、やっぱり課長のことを狙って……」

「他意はありません。職場環境を乱すような発言は謹んで頂けませんか？」

「いずれにせよ、元の場所に戻りたまえ。端末の画面には機密情報が含まれる」

「あっ……はい」

課長に指摘されて、すぐさま椅子から腰を上げる羽目となった。

「儂らの末娘の前では、機密も何もあったものではないと思うがのぅ」

「だからと言って、部下の前で公にする訳にはいかないのだよ、二人静君」

結局、昨日と同じ配置に落ち着いてしまった。

そうして始まった打ち合わせの席。

他の誰にも先んじて十二式さんが言った。

「阿久津、私ノ通学に向けたプランを速ヤかに提示シテ欲しい」

言動こそ淡々としたもの。

まるで感情の感じられない面持ちもいつも通り。

しかし、雑談を交わす時間を惜しむかのように率先しての物言いには、彼女の通学に向けた気概が如実に窺えた。課長もその辺りを汲んでのことだろう、十二式さんの問いかけに素直に頷いて応じた。

「まずはこちらに戸籍を用意しました。記載内容を確認して頂けませんか？」

課長のスーツの内ポケットから、三つ折りのコピー用紙が取り出された。

丁寧に開かれたそれが、十二式さんの正面に差し出される。

自身も見覚えのあるデザインは、いわゆる戸籍謄本。世帯全部入り。本籍地にはこちらの建物の住所が当てられている。また、筆頭者の欄には昨日にも決定された名前、佐々木十二式なる姓名が示されていた。

配偶者などが続く部分は空欄となり、どうやら彼女単独での戸籍のようだ。

自身の戸籍とは関係がないところで扱って頂けたことにホッと一息。

「へぇ、戸籍ってこんな簡単に用意できるものなのね」

「んな訳あるかぁーい」

「星崎君、これは特例だ。関係各所に無理を言って用意した」

「二人静がいちいちうるさいの面倒臭くないかしら？」

「それもこれも、お主の軽率な発言のせいなんじゃけど？」

きっとお偉い大臣とかにご協力を頂いて、力業で解決したのではなかろうか。

少なくとも阿久津さんの一存では行えまい。

つまり、今回の十二式さんの帰化と通学に対しては、様々なところから期待が持たれているということ。具体的にどういった期待かは定かでないけれど、その先にあれこれと画を描いている人が、相応の数存在しているのは間違いない。

なんて物騒なこと。

仮初の保護者としては、さっさと娘を学校に送り出すべきだろう。

そして、待望の食っちゃ寝三昧のスローライフを満喫するのだ。

昼ドラ代わりのサブクス配信。映画やドラマ、アニメ見放題が我々を待っている。

「本籍地トして指定された地区ノ行政システムにおいて、紙面にヨリ提示さレたものと同様のデータを確認。戸籍はデータベース上に登録されてイル。阿久津より与エられた戸籍は、この国において正当ナものであルと判断する」

「お主、前に同じことして家族ごっこのルール違反で怒られとらんかった?」

「家族のプライベートは侵シテいない。故に問題ナイ」

「むっ、言われてみればたしかに」

「佐々木君、まさかとは思うが……」

「申し訳ありませんが、これぱかりは我々にも手が出ませんでして」

「…………」

今この瞬間にも別働隊を駆使することで、人類のネットワークに侵入。行政システムをハッキングしたと思しき十二式さん。僅か数分の早業である。我々の情報システムなど、彼女にしてみれば玩具(おもちゃ)のようなものなのだろう。

事情を察した上司はしょっぱい顔だ。

けれど、誰にも止められないのだから仕方がない。

無理をすれば、追加で地表にクレーターが生まれかねないし。

それでも例外があるとすれば、我らが先輩。

「ねぇ、十二式ちゃん。今後はなるべくそういったこと、控えられないかしら?」

「母からノ頼みごとトあらば、末娘ハ前向きに検討スル意思がある」

「なるほど、彼女が星崎君に懐いているというのは、どうやら本当のようだ」

二人静氏には頑(かたく)なな姿勢を見せたのとは一変、星崎さんに対しては即座に再考の意思を示す。これには阿久津さんも感心したご様子。彼女たちの関係は再三報告に上げていた。けれど、彼が実際に目の当たりにしたのはこれが初めて。

「星崎君、君たちの家族関係は擬似的とはいえ、我々にとっては重要な業務であり、そちらの彼女にとっては価値のある行為だと聞いている。これからも母親役として、しっかりと務めを果たしてもらいたい」

十二式さんの手綱をしっかりと握っておいてくれたまえ、みたいな感じ。

ただ、上司の意思を理解しているのか否か、先輩はこれに声を上げる。

「課長、だとしても私の年齢で母親役というのは、無理があると思いませんか?」

「たしかに君ほどの年齢で、母親としての責務を果たすのは大変だろう。言い換えれば、局員として立場を超過した業務に当たっていると言える。そこで当面は家族ごっこへの参加に際して、割増賃金の増額を考えている」

「こ、これからも頑張ります!」

パイセン、なんてチョロいのだろう。

局から支払われる以上の金額も、十二式さんの協力があれば容易に得られると思う。地球の金融産業は機械生命体の超科学を前に無力だ。自身も二人静氏に言われて確認したけれど、仮想通貨が先日から大暴落していた。

ニュースでは連日、日に何件も人身事故を取り上げている。

一本の電車に二人、三人と飛び込むようなケースも見られたとか。

けれど、清く正しい我らが先輩は、あくまでも局員として頑張る心意気。局内での出世を目指しているのか、十二式さんに遠慮が働いているのか。彼女がどのように考えているのかは定かでないけれど、その方が幸せになれそうではある。

直後には同じことを考えたのか、二人静氏から突っ込みが入った。

「パイセンの場合、末娘を頼れば給与など勘定せずとも、濡れ手で粟じゃろうに」

「はぁ?　絶対に嫌よ。子供にお金を無心するなんて、親として最低の行いだわ」

返ってきた発言には、彼女とその父親の関係が垣間見える。

過去には借金で首が回らなくなった父親が、離別して暮らす星崎姉妹の下へやって来たこともあったと、彼女の妹さんから聞いた。実親から金銭的に負担を強いられていた経緯が、先輩をその手の行いに対して、潔癖にさせているのだろう。

「母よ、末娘ハ母のそうシタ在り方に、甚く感銘ヲ受けた」

「べ、別に貴方のことを思って言っている訳じゃないからね？　これは私の中にある大切なルールなの。だから、本当の家族でなかったとしても、ちゃんと守っていたいの。誰かに評価してもらいたいとか、全然そんなつもりはないから」

　普通なら父親の影響から、お子さんもお金にルーズになりそうなもの。

　こうはなるまい、と強く思ったところで、延々と反面教師を立てられる人は意外と少ない。けれど、星崎さんは現在進行形で頑張っていらっしゃる。恐らく妹さんの存在が、彼女を奮い立たせているのだろう。

「母ガ必要とスルならば、末娘はいくらデモ現地通貨や資源ヲ用意する」

「だから、それが嫌だと言っているのだけれど」

「資源っていう言い方、めっちゃ怖いのぅ」

　地球上のみならず、月やその他の惑星にまで、十二式さんの手は伸びている。

　絶賛開発中だと本人が以前言っていた。

　エルザ様との会話で利用している翻訳機もメイドインお月様。アステロイドベルト辺りで採掘した資源を地球に運んでくるような真似も、大した手間ではないのだと思う。希少金属を大量に持ち込まれた日には、地球の経済が大混乱。

　こうして考えると、二人静氏の物言いには同感である。

「星崎君の意向は把握した。給与や賞与の扱いについては、打ち合わせ後に資料を送るので、今晩にでもゆっくりと確認して欲しい。もし必要であれば、改めて交渉の席を設けたいと思う」

「ありがとうございます、課長」

「さて、話が脇に逸れてしまいましたが、戸籍についてはは以上となります。次は通学についてご説明したいと思うのですが、現時点で何か質問がありましたら、このタイミングで一度伺います」

　十二式さんに向き直り、話題を正すように阿久津さんは語る。

問われた側は先を急かすように応えた。

「質問はナイ。すぐに通学につイて説明を受けタイ」

「承知しました」

小さく頷いて、課長が手元のノートパソコンを開く。

外部出力の端子には既にケーブルが接続されている。

彼がキーボードやトラックパッドを操作するのに応じて、打ち合わせ卓のすぐ脇、会議室の壁に掛けられたディスプレイにデスクトップが出力された。

映し出されたのはプレゼンテーションの画面だ。

上部タイトルには中学校の名前。

その下には施設を正面から写した写真の他、同校の諸情報が掲載されていた。自身の記憶が正しければ、現在お隣さんが通学している学校だ。二人静氏の住まっている別荘最寄りの公立中学校でもある。

「どうやら急ぎのご様子でしたので、関係各所を総動員の上、入学の手続きを行わせて頂きました。貴方が望むのであれば、本日からでも通学してもらえます。必要な教材についても、現地に用意がございます」

「学年ハ最低学年が望マしい。尚且つ長女ト同じ教室に通えルと嬉シイ」

「そのように仰ると思い、既に調整を入れております」

「阿久津、それハとても素晴らシイこと」

「お褒めに頂きまして光栄です」

まさか即日で入学手続きまで終わらせるとは思わなかった。阿久津さん、昨晩は徹夜じゃなかろうか。いいや、彼に限らず結構な人員が十二式さんの通学に向けて、振り回されたことと思われる。

その事実に父親役はそこはかとなく不安を覚えた。

「母よ、末娘はスグにでも学校に通イたい」

「この子を連れていく分には構いませんが、本当にこのまま向かってしまっていいんですか？　課長が大丈夫だと言うなら、きっと大丈夫だとは思うんですけど、かなり期待させてしまっていますし……」

阿久津さんを見つめて心配そうな表情を浮かべている星崎さん。

教室を眺めてすぐに帰宅、みたいな展開を想定しているのかも。

対して上司は自信満々の態度で言う。

「その辺りは君たちが心配しなくて構わない。すぐにでも出発してもらいたい」

一連の語りっぷりからすぐに察することができた。どのような形を取っているのかは定かでないけれど、既に現地には局員が入り込んでいるのだろう。だとすれば、ある程度は安心して十二式さんを任せられる。

彼の言葉通り、我々が何を心配することもない。

学校に通っている間、十二式さんの監督責任は課長にあるのだから。

「二人静さん、でしたら我々は別荘で待機しておきましょうか」

「うむ、それがええじゃろう。あそこなら学校で問題が起こったとしても、すぐに駆けつけることができるからのぅ。自宅で家事をしながら孫の帰りを待つのもまた、家族の大切な役割の一つじゃろうて」

「まったくもってその通りかと」

学内にはお隣さんとアバドン少年もいる。

何かあれば彼女たちからも連絡があるだろう。

晴れて我々は地球上でも、念願のスローライフを手に入れた。

「いいや、君たち二人には他に任せたい仕事がある」

——かと思われた。

上司はジッと、部下二名を見つめている。

相変わらずのポーカーフェイスが、ちょっとイラッとした。

「えっ、めっちゃ嫌なんじゃけど」

「失礼ですが、家族ごっこも業務の内だと以前から伝えられております」

「君たちには十二式殿の通学に合わせて、同校の教員となってもらう」

また上司が妙なことを口走り始めた。

監視ならまだしも教員とか難易度が高い。

「儂らに学校の先生をやれと？」

「ああ、その通りだ。二人静君」

「失礼ですが、私は教員免許を持っておりません」

「あっ、儂も！　儂も持っとらんよ？」

「免許については問題ない。特別免許状をこちらで用意をしておいた」

「いやいや、天下のキャリア官僚がそんなズルをしたらいかんじゃろ」

「教育職員免許法の上で言えば、特別免許状の授与条件は同法第五条第二項において、都道府県教育委員会が行う教育職員検定の合格とある。おめでとう、佐々木君、二人静君、君たちは長野県教育委員会が規定する検定に無事合格した」

「その検定とやらを受けた記憶がないのですが……」

これまでの学歴や職歴、日頃の業務成果を鑑みて合格、と言われたのならそれまで。法令の上では、都道府県教育委員会が行う教育職員検定という規定しかないみたいだし、必ずしもペーパーテストは必要ない。

ただ、それでも果敢に喰って掛かったのが二人静氏。

「言うたな？　同法第五条第四項において、第六項に規定する授与権者は、第二項の教育職員検定において合格の決定をしようとするときは、学校教育に関し学識経験を有する者その他の文部科学省令で定める者の意見を聴かなければならないのじゃ！」

なにそれ格好いい。

などと思ったのも束の間のこと。

「安心したまえ、二人静君。こちらに書類の控えを用意している」

課長がノートパソコンを操作すると、文章ファイルが表示された。

人物に関する証明書だとか、学力に関する証明書だとか、実務に関する証明書だとか、お硬いタイトルの打たれた書類がいくつも並んでいる。課長がトラックパッドを指先で撫でるのに応じて、それらが下から上に流れていく。

自分と二人静氏の二人分。

各書式の証明者なる欄には手書きで、大学の学長や大学病院のお医者様、更には警察庁長官などの署名が見られた。本来なら機械的に発行するような書類ではなかろうか。急いで無理やり集めた感が半端ない。

所々で垣間見えた大学名は、自身の出身校で間違いございません。

これには二人静氏も愕然としたように、投影された映像を眺めて呟く。

「ろ、論破されてしもうたっ……」

「二人には局員として、十二式殿の学校生活を傍らから支えてもらいたい」

僅か一晩でここまで用意しているとは思わなかった。

十二式さんの通学は国家としても肝いりの案件みたい。

「佐々木君には数学、二人静君には英語を担当してもらう」

「二人静さんはまだしも、自身に教師が務まるとは到底思えないのですが」

「ちょっ、自分だけ逃げようとかズルくない⁉」

「佐々木君の懸念は分からないでもない。しかし、入局時に研修の一環として、様々な試験を受けてもらったこと思う。そちらの結果を加味した上で問題ないと判断した。自信を持って教壇に立って欲しい」

たしかに色々とテストを受けた記憶がある。

まさかこんなところで生きてくるとは思わなかった。当時は異能力者として前線行きを回避するべく、頑張って問題を解いていた覚えがある。こんなことならもっと手を抜いておけばよかった。

「数学の問題が多少解けたところで、教師として活躍できるとは限りません。他に適切な局員がいるのではないでしょうか？　生徒さんの将来にも関わってくるのですから、授業の品質を落とすような真似はどうかと思います」

「必要であれば、授業中はベテラン職員をサポートに当てよう。教育実習生もそうして授業に当たっている。問題はないだろう。それに君は大学に在学中、家庭教師のバイトをしていたはずだ。適性は十分にある」

十五年以上前のバイト履歴まで調査されているとは驚いた。

こうなるとぐぅの音も出ない。

「数学という科目に不服があるようなら、別の教科を担当しても構わない」

「……承知しました」

事前に支度を行えていなかった時点で、こちらの負けは決定的である。

阿久津さんにしてやられるの、いつものこのパターンのような気がする。

やはり、アドリブで勝てるような相手ではないみたい。

「あの、か、課長、私はどうなるんですか？」

「星崎君は自身の学業に邁進して欲しい」

「えっ……」

「ここのところ局での仕事に出突っ張りであったと思う。その事実には私も申し訳なく感じている。仕事を疎(おろそ)かにされても困るが、学業もまた同じくらい大切なものだ。当面は学校生活を楽しんで欲しい」

「で、ですが、私も家族の一員として、現場で行えることがあると思うんです！」

　局員が未成年の場合、学校に通っている間はお賃金が発生しない、というと嘘になる。局の規定により、ある程度の賃金は保証されている。しかし、基本給しか得られないので、現場で仕事をしている場合と比べて、得られる収入は目減りする。

　残業代は発生しないし、外出に伴う危険手当も一切入ってこない。

　これが星崎さんとしては一大事のようだ。

　必死になって課長に食い下がる。

　しかし、続けられたのはどこまでも現実的なお話。

「その気概はとても嬉しく思う。しかし、君の通学先の学校に確認した結果、残念ながら星崎君の学力では、教員として現場に入り込むような真似は難しい。将来の為にも、今は基礎学力の向上に努めるべきだろう」

「高校は義務教育じゃありません。必ずしも必要じゃないと思うんです！」

「一方で現代、日本は大学全入時代と言われている。もし仮にこの場で、大卒程度の学力を示してもらえたのなら、教員として配置することも検討可能だ。星崎君は得意とする科目があるだろうか？」

　ここ最近、学力に足を引っ張られてばかりの星崎さん。

　普通の人なら、これで黙りそうなもの。

　けれど、お賃金ラブな彼女は果敢にも訴える。

「た、体育なら行けます！」

「では質問だ。リレー種目において、バトンパスが可能なエリアをなんという？」

「えっ、それは、あの……パスエリア？」

「テイクオーバーゾーンだ、星崎君」

「もう一回！　もう一回チャンスをお願いします！」

「熱中症予防運動指針からの出題だ。厳重警戒、激しい運動は中止するべきと規定されている暑さ指数、ＷＢＧＴはいくつか？　また、このときに実施すべき休憩時間の適切な配分は、何分程度とされているか述べよ」

「えっ……」

　阿久津さん、完全に畳み掛けてきている。多分、こうした星崎さんとの問答も事前に想定の上、問題を用意していたのではなかろうか。頭のいい方だから、それくらい片手間に平然と行ってしまいそう。

狼狽する先輩が可哀想（かわいそう）で、後輩はついつい声を上げてしまう。

「星崎さん、自ら傷口を広げるような真似は止めましょうよ」

「こんなの掠り傷（かすりきず）よ！」

「心臓を撃ち抜かれておらん？」

思い起こせば阿久津さんって、本国の最高学府を首席で卒業されたのだとか。改めて思うと、そんな人と真っ向から口喧嘩する機会ってとても貴重である。おかげさまで星崎さんの猪突猛進（ちょとつもうしん）ぶりが際立つ結果となってしまった。

相手にすらなっていないの悲しい。

彼女もそれを理解したのか、また別の方向性で現場入りを狙う。

「だったら、せ、生徒として参加するのはどうでしょうか？　私も去年までは中学生だった訳だし、そこまで違和感はないと思うんです。黒須っていう子と並んでも、年齢がバレることはないんじゃないかと！」

「職場の先輩があまりにも必死過ぎて、ドン引きなんじゃけど」

すると、そんな先輩に反応を見せたのが十二式さん。

これまでの彼女なら、無条件で星崎さんを援護したに違いない。

しかし、この場に限っては何故なのか、先輩を諫（いさ）めるように言う。

「母よ、末娘トしても母にハ、本来の学校生活ヲ楽しんで欲シイと思う」

「だけどっ……」

「より具体的に説明スルと、末娘ト母親が同じ学校に通ってイル、というのハ状況的におかしい。家族ごっこが擬似的なものデあることは承知シテいる。しかし、最低限のリアリティは担保シておきたいト強く願う」

「うっ……」

嘘を吐けない機械生命体から本音がズドン。

以前も祖母と母の関係性にリアリティを求めていた十二式さん。家庭の場として用意された家屋も、周囲環境に至るまで本格的なもの。家族らしさを演出する為、彼女なりにこだわりを持っているのだろう。

これには星崎さんも続く言葉を失った。

しばらく待ってみても反応は見られない。

これ幸いと課長から声が上がる。

「それでは佐々木君、二人静君、すぐにでも学校に向かってくれたまえ」

本日は半ドン、翌日から連休スタート、みたいな気分で職場に臨んでいたので、絶望感が半端ない。先日からは異世界へのショートステイも数日おきとなり、翌日、翌々日と早起きが確定してしまった。

教員の朝ってめっちゃ早いらしいじゃないの。

それでも局員としての立場を守るには、首を横に振る訳にはいかない。

「このまま手ぶらで向かってもよろしいのでしょうか？」

「現地には昨晩のうちに局員を派遣した。協力者の懐柔も済んでいる。職員室に向かえば、必要な手続きなどはすべて行ってくれるだろう。細かなことは彼らに任せて、君たちは十二式殿の学校生活のサポートに尽力して欲しい」

「承知しました。そのように致します」

「お主、なに食わぬ顔しとるけど、内心ではＪＣと学園ラブとか期待しておらん？」

「なんでそうなるんですか」

「仕事できっちりと成果を出してくれたのなら、多少の粗相には目を瞑ろう」

「阿久津さんが言うと冗談に聞こえないので、どうか控えてもらえませんか？」

「ロリコン・ティーチャー・佐々木の爆誕じゃ！」

「二人静さん、あまり妙なことを口走ると……」

「略してＬＴＳじゃ！　教室で黒板にデカデカと書いてもええのよ？」

「ねぇ、二人静。手の甲で何か動いて……」

「えっ、嘘じゃろ!?　こんなことで、え？　マジで!?」

咄嗟に手の甲を隠す二人静氏。

ほんの数ミリほどではあるが、呪いに進行が見られた。肌の上でピーちゃんに刻まれた痣が蠢いていた。

テーブルの反対側に座った課長からは見えなかったようで、疑問の声が上がる。

「どうかしたのかね？　二人静君」

「いや、なんでもないのじゃよ？　なんでも」

大した侵食ではないので、そこまで心配はいらないだろう。呪いが発動するには、もっと痣が広まる必要があるらしい。ここのところ調子に乗っていたこともあるので、まぁ、いい牽制になったのではなかろうか。

目前に迫った食っちゃ寝ライフを取り上げられた苛立ちから、つい口を衝いて出た物言いが、アウト判定を受けたものと思われる。平成までは戯言に過ぎなかったフレーズも、昨今の社会では刃物に勝る凶器。社会生命を容易に刈り取る。

彼女自身、それを理解していたからではなかろうか。

ということで、当面は学校の先生として仕事に当たることになった。

〈学校 二〉

局での打ち合わせを終えた我々は、そのまま軽井沢にとんぼ返り。

二人静氏の別荘で軽く支度を整えて、お隣さんの通学先となる学校に向かうことになった。移動は十二式さんの末端が面倒を見てくれたので、あっという間の出来事である。星崎さんのみ別便で自宅に送られていった。

時間的には朝礼まで小一時間ほど余裕がある。

そうして訪れた中学校、我々は教員用と思しき玄関先に立っている。

「地方の公立学校にしては綺麗ですね。グラウンドも全面人工芝じゃないですか」

「数年前に校舎から体育館、校庭に至るまで丸ごと建て替えておったからのぅ」

「勤務先の施設が新しいのはせめてもの救いですね」

「エアコンの効きが悪い教室とか、冬場は最悪じゃからなぁ」

「ところで、本当にこのまま入ってしまっていいんでしょうか？」

「ここまで来てしもうたら、躊躇しておっても仕方がないじゃろ」

「末娘は祖母ノ意見に同意スル。一分一秒デモ早く転校の手続きヲ行いたい」

ズンズンと歩いていく二人静氏と十二式さん。

二人の背に続いてエントランスを抜ける。

ちなみに前者は和服から装いを変えている。白いワイシャツに黒いジャケットとスカート。取り分けタイトでパツンパツンなスカートが目を引く。女教師と耳にして、世の男性が妄想するような格好ではなかろうか。

ただ、女児の彼女がすると、コスプレ以外の何物でもない。

我々が建物に入ると、すぐさま同校の教員と思しき人物から声をかけられた。話をしてみると、どうやらこちらの学校の校長先生らしい。我々の来訪を伝えられて、玄関付近で待っていて下さったそうな。

上司の名前を出したところ、存じております、とのお返事があった。

異能力者や機械生命体の存在こそ定かではないけれど、なにか得体の知れない重要人物が、自らの管轄に転がり込んだことだけは把握しているようだった。おかげで新任の教師を前にしてもペコペコと頭を下げるばかり。

　明らかに女児っている二人静氏についても、一切突っ込みは入らなかった。

　そんな校長先生の案内に従って職員室まで移動する。すぐに本日から同僚となる方々へ、校長先生直々にご紹介を賜った。

「佐々木と申します。担当は数学です。どうぞよろしくお願いいたします」

「二人静じゃ。担当は英語。見た目子供じゃけど、ちゃんと大人なのでよろしく」

　向かい合わせでズラリと並んだデスクの正面、椅子から立ち上がった教員一同が職員室の出入り口付近に立った我々を見つめる。事前に用意していた文句を伝えてお辞儀をしたのなら自己紹介は終了である。二人静氏も右に同じ。

　後者の姿を目の当たりにしては、ざわめきが生まれた。だって子供。

　けれど、疑問の声が上げられることはなかった。

　事前になにかしら通達が行われているのだろう。局の立場を思えば、教職員一同にまで仔細が説明されているとは思わない。疾病的な要因だとか何だとか、強引にでも成人として押し通す腹積もりではなかろうか。

　自己紹介の後は、校長先生から自席となるデスクに案内を受けた。二人静氏とは向かい合わせ。以降は教頭が案内しますので少々お待ち下さい、そのように言い残して、校長先生は駆け足で職員室を出ていった。

　そうした只中、我々は見知った人たちを職員室内に見つけた。

　先方もこちらに気づいて、すぐに歩み寄ってきた。

「犬飼さん、ですよね？　このような場所で何をされているのでしょうか」

「佐々木さん、申し訳ありませんが今は何も言わずにお願いします」

「そっちには横田の偉い人もおるのぅ」

「ハーイ、なんの話デスカー？　私はロバート、外国語指導助手デース！」

「なんじゃお主、日本語を話せたのかぇ」

　前者は海上自衛隊の幹部自衛官、犬飼三等海尉。異世界からやって来たタコドラゴンの対応を巡り、上司の吉川一等海佐と共にお会いしたことを覚えている。二十代中頃の女性で、かなり可愛らしい顔立ちの人物だ。

　後者はメイソン大佐。隣国の軍人さんで普段は横田基地にいるとかなんとか、本人から聞いた。先日には家族ごっこの一環で遊園地を訪れたところ、マジカルブルーと共に顔を合わせて、ランチをご一緒している。

　これまた危うい方々を目の当たりにして背筋が伸びる思い。局から派遣された人員、ということはないだろう。阿久津さんの意向とは別に、他所の組織や団体からも人が送り込まれているようだ。

　我々と命令系統が同じであればいいのだけれど、それは淡過ぎる期待。

　メイソン大佐が自ら足を運んでいる辺り、本気で十二式さんを取りに来ている。

「お二人サン、同じ学校の職員としてドーゾ、よろしくお願いしマース！」

「そういうことなら儂の担当は英語じゃし？　どうぞよろしくじゃのぅ」

「オォー！　私はフタリシズカさんと一緒に授業をするのデスネ！　感激デース！」

「しかし、こんなところで遊んでおって、基地の方は大丈夫なのかのぅ？」

「ホワァーイ？　何のことデスカ？　アナタの言うこと、ワカリマセーン！」

「まぁ、お主らの必死さはよぉく分かったのじゃ」

　メイソン大佐のゴリ押しに負けて、我々は先方に合わせることとした。

　職員室内には他に多数教師の目がある。犬飼さんやメイソン大佐の言動からも判断できる通り、校長先生はまだしも、彼らには細かな事情が伝えられていない。この場で下手なことを口にしては、後で上司から大目玉である。

「父よ、末娘ハ転校の手続きにつイて、今後のプランを明確にシテおきたい」

「そちらについては恐らく、教頭先生から説明があるものと思いますが……」

　十二式さんから乞われて室内を見回す。

　すると、こちらに駆けてくる男性が見られた。自身よりも一回り年上の男性だ。他の先生方がラフな格好をしているのに対して、ちゃんとスーツを着用している。白髪交じりの七三分けに黒縁のメガネ。年齢の割にスラッとした体格の人物だ。

先方は我々の下へ真っ直ぐにやってくると、口早に声を上げる。

「お待たせしました。本校で教頭を務めさせて頂いている大河内です」

「校長先生から事情は聞いておりますでしょうか？」

「ええ、それはもう十分に伺っております」

校長先生と合わせて、教頭先生も事情をご存知の様子。それでも念の為、上司には後ほど確認を入れておこう。

「でしたらまずは、転校の手続きを優先してお願いしたいのですが」

「承知しました。すぐに対応させて頂きます」

まだ見ぬ教室に思いを馳せる十二式さん。すぐ隣に立った彼女を視線で示しつつ、教頭先生にお伝えする。すると、彼は困惑した様子で我々をしばし見つめ、改まった態度でこちらに対して問うてきた。

「ところで、あの、転校生は一人だと聞いておりますが……」

二人静氏と十二式さんを交互に見つめて教頭先生が言う。

新任職員の容姿については把握されていないようだ。

「パパァ、儂、一人でもちゃんと制服にお着替えできるかのぅ？」

「転校生はこちらの彼女です」

エグいことを言い始めた同僚をスルーして十二式さんを示す。

意を汲んで下さった教頭先生は、大慌てで彼女に向き直った。

「こ、これは申し訳ありません。すぐにご案内をさせて頂きます」

「ハッハー！　フタリシズカさーん、私のこと言えませんネー！」

「ははっ！　こやつぅ、ぶち殺すぞぇ？」

「ノンノン、そんな怖いこと言わないでクダサーイ！　怖いデース！」

出会った当初とは印象をガラリと変えたメイソン大佐。

二人静氏、めっちゃイラッとしてますね。

阿久津さんによって派遣された我々は、彼の護衛という側面もあるのかもしれない。昨今ではアキバ系の人と衝突すること度々。ランクA異能力者の存在を前提にすると、こちらも相応の戦力は手元に欲しいと思うのが人の性。

「父よ、祖母よ、末娘ハこれより転校ノ支度を行ってくル」

「星崎さんの為にも、周りの方々に迷惑をかけないようにお願いします」

「承知シテいる。母ノ負担になるようナ行いは決してしナイと約束する」

十二式さんとはこちらでお別れである。

学校指定の制服に着替えたり、教科書やノートといった教材をもらったりと、始業までにやること盛り沢山な彼女である。終始ペコペコと頭を下げてばかりの教頭先生に連れられて、意気揚々と職員室を出ていった。

代わりに我々の下には校長先生が再来。

そして、改めて伝えられた。

「佐々木先生、さっそくですが担当して頂くクラスの説明をさせて下さい」

「えっ?」

これまた妙なことを伝えられて、思わず声を上げてしまった。

だって、クラスを担当するとか、初耳なのだけれど。

「あの、私がクラス担任になるのですか?」

「先日、一年A組の先生が辞職することとなりまして。ご面倒をおかけしますが、佐々木先生にはこちらのクラスの担任をお願いしたく考えております。そちら様とも事前にお話はしていたと思うのですが」

課長からの粋なプレゼントである。

わざと黙っていたのだろう。ここのところ立て続けに勝ち星を上げている我々だから、ちょっとした意趣返しのつもりではなかろうか。彼がこんなつまらないミスをするとは到底思えないもの。

「もしや話が伝わっていなかったでしょうか?」

「いえ、承知しました。お受けさせて頂きます」

状況的に考えて、むしろA組の先生は、我々の都合でクビになったのではなかろうか。そんな気がしてならない。もしくは以前から何かしら問題を抱えており、それを口実にして他所へ飛ばされたとか。

担当クラスが十二式さんの転校先となるA組の時点で確信を覚える。

だとすれば、この期に及んでは挽回(ばんかい)も不可能。

「それと望月(もちづき)先生、すまないけど君も一緒に来てもらえないだろうか」

「あ、はい。すぐに向かいます、校長先生」

校長先生に促されて、二人静氏と一緒に職員室から校長室へ移動する。

こちらの学校で教員を務めるに当たり、朝のホームルームが始まるまでの間、急ぎでレクチャーを受けることになった。一緒にクラス名簿も頂戴した。軽く眺めてみると、お隣さんの名前と顔写真も確認できる。

また、自身がクラス担任を任されるのに当たっては、望月先生という方がサポートに入って下さるとのこと。我々と一緒に校長室へお呼ばれした人物である。感覚的には教育実習のそれと大差ない感じ。

校長先生曰(いわ)く、新任の担任にベテランの副担任が付くことはままあるらしい。

「佐々木先生、二人静先生、今日からよろしくお願いしますね！」

四人掛けのソファーセット、校長先生の隣に座していた望月先生が元気良く言った。二人静氏と自身はローテーブルを挟んで対面に着いている。快活としたご挨拶に自然と、こちらも深々と頭を下げての対応。

パッと眺めた感じ、とても若々しく映る女性だ。

本人の言葉に従えば、今年で五年目だそうな。

正直、化粧をした星崎さんと大差なく思える。

短大を卒業して教員になったとのことで、もし仮にストレートで採用試験に合格したのなら、今年で二十五歳。校長先生からは、まだお若いのに大変優秀な先生だと、ご本人を前にして紹介を頂いた。

笑顔が印象的な愛嬌(あいきょう)のある顔立ちに黒髪のミディアムボブがよく似合っている。上は襟付きのシャツにジャケット、下はタイトスカートを着用されている。職員室で眺めた他の女性教員と比較して、些(いささ)かフォーマル寄りの格好だ。

「困ったことがあったら、なんでも気軽に聞いて下さい。しっかりとサポートさせて頂きますので、佐々木先生は安心して生徒たちと接してもらえたら嬉(うれ)しいです。A組の子たちはいい子ばっかりなんで、すぐに仲良くなれると思います」

「望月先生、その言い方だと他のクラスに問題があるかのように聞こえないかね？」

「あっ、も、申し訳ありません！」

　些かおっちょこちょいな面もあるみたい。

　大慌てで校長先生に頭を下げる姿を眺めて、そんなことを思った。ただ、明るくて愛嬌の感じられる振る舞いは、ちょっとしたミスも個性の範疇として受け止めることができそうな感じ。生徒受けが良さそうだなぁ、と。

「望月先生、ご指導ご鞭撻のほど、何卒よろしくお願いします」

「そう畏まらないでくださいよ。佐々木先生の方が年上じゃないですか」

「いいえ、教師としての経歴は望月先生が先輩となりますので」

「望月先生、佐々木先生はこのように仰ってくれているが、先生は中央省庁に勤めているエリートだ。訳あって本学に赴任されたが、その立場には変わりがない。どうか失礼のないように頼めないだろうか」

「えっ、それってあの、校長先生がお二人に敬語を使われているのも……」

「望月先生の想像通りで差し支えないよ。それと、この話は口外無用としたい」

「そう大したものではありませんが、お手柔らかにお願いできましたらと」

「こ、こちらこそよろしくお願いします！」

　阿久津さん、我々のことどのように校長先生に伝えたのだろう。

　現場である程度の権限を得る為とは言え、職場に面倒事を持ち込んでいるようで申し訳ない。教師の方々に迷惑がかかれば、生徒さんにも影響が出てくる。教育の現場を乱すような真似は極力控えたい。

「っていうことは、あの、そちらの方も佐々木さんと同じなんでしょうか？」

　恐る恐るといった面持ちとなり、望月先生が二人静氏を見つめる。

　すると、校長先生が答えるよりも先に、本人から声が上げられた。

「儂のことは気軽に静ちゃんって呼んでくれんかぇ？」

「エリートの方に、そ、そんな滅相もないですよ！」

「なんじゃ、寂しいのぅ」

「二人静さん、望月先生に迷惑をかけるのは止めましょうよ」

「そうは言っても、ぶっちゃけ呼びづらいじゃろ？」

「ええまぁ、その通りではあるんですが」

「あっ、やっぱりそう思っとったの？　人のことなんだと思っとるんじゃろ」

「勘弁して下さいよ。貴方（あなた）が自分から言い出したことじゃないですか」

　赴任先でイニシアチブを握るべく、二人静氏が姦（かしま）しくし始めた。

　組織のトップである校長先生の手前、軽くアピっておこうという判断だろう。自身はいつも通り、彼女を上げておくのが吉と見た。適当な距離感から、お目付け役っぽい立場を確保していく。

　学内の面倒事、なるべく二人静氏に丸投げしたいから。

　軽くキャッキャしていると、困った表情を浮かべた校長先生からお声が上がる。

「も、申し訳ありませんが、お二人に私からも質問をよろしいでしょうか？」

「なんですじゃろ？」

「二人静先生はこれから、ロバート先生と一緒に授業を担当される機会が出てくると思います。その辺りで気になることなどありますでしょうか？　何かありましたら今のうちに伺えますとありがたいのですが」

　そうして語る校長先生の顔には、不安の色が垣間（かいま）見える。

　外国語指導助手の素性を理解しているからこそのご確認だろう。

　問われた側は早々先方の意図を把握したようで、飄々（ひょうひょう）と受け答え。

「儂らも上から色々と言われておるので、問題は起こらんと思うのじゃです」

「職員室で拝見した限り、お知り合いのようにお見受けしたのですが……」

「もし仮に問題が起こっても、儂らの上司が責任を取ると思うのじゃです」

「私の方からもご挨拶をさせて頂いた方がよろしいのでしょうか？」

「必要があれば向こうから連絡が来るので、心配はいらんと思うのじゃです」

「……申し訳ありませんでした。どうか何卒、よろしくお願い申し上げます」

　のじゃです、完封。

　校長先生も自身の進退がかかっているから必死だ。

　心配するべきは彼ら以外、我々や阿久津さんの目が届かないところで活動している方々の方かと思われる。ただ、今のところ犬飼さんとメイソン大佐を除いて、第三者の存在は見受けられない。

　そうこうしていると朝のホームルームを知らせる予鈴が鳴った。

「それでは佐々木先生、二人静先生、よろしくお願いします」

　深々と頭を下げた校長先生に見送られて、いざ一年A組の教室に出発である。

＊

【お隣さん視点】


　その日は朝のホームルーム前からクラスメイトが騒がしくしていた。

　原因は昨日のホームルーム前に見られた学内での逮捕劇。我々が見ている前で、クラス担任が警察に連れて行かれてしまった。両腕には手錠がかけられて、更に腰紐まで巻かれていたのだから、まさか間違いということはあるまい。

　彼に受け持たれていた生徒たちの間では、自ずと議論が交わされる。

「高橋先生、やっぱり来ないのかな?」「そりゃそうだろ。逮捕されたら授業どころじゃないって」「高橋先生のことニュースになってなくない?」「私も探したんだけど、まだ見つけられてないんだよね」「こんな田舎の学校の不祥事じゃニュースにならないのかな?」「どうなんだろうね」

「朝のホームルーム、どうするんだろ?」「昨日と同じように教頭先生が来るんじゃないの?」「教頭はいちいち話が長いからマジ勘弁」「若くて可愛い先生がいいなぁ」「クラスを持ってない先生で若い女の先生なんていたっけ?」「国語の望月先生とか、クラス担任じゃなかったよね?」「望月先生なら万々歳だわ」

　事情を加味すれば、教頭先生がやってくるのは自然な気がする。

職員の不祥事、それも生徒との淫行だなどと、下手に扱っては炎上も免れない。向こうしばらくは生徒のケアと称して、私たちが外で妙なことを口走ったり、ネット上で情報を広めたりしないよう、対応に当たったところで不思議ではない。

それでも延々と教頭が担当するようなことはない。

今後どの職員がクラス担任となるかは、生徒にとっても重要事項。

「おい、ロリ教師が来たの知ってるか？」「はぁ？　なんだよそれ」「職員室で見聞きしてたやつがいるんだよ、ロリ教師！」「ロリコン教師の間違いじゃなくて？」「宮田(みやた)さん、まだ登校してないよね」「流石(さすが)に転校するんじゃない？」「なんでも英語の担当らしいんだよ、ロリ教師！」「だから、ロリ教師ってなんだよ！」

こちらの学校に新任の先生がやって来たらしい。

クラス担任の代わりにしては対応が早いので、以前から予定にあったのだろう。ロリ教師なる響きには疑問を覚えるが、大方背が小さい教員に対するあだ名のようなものではなかろうか。わざわざ気にすることもない。

「黒須(くろす)さんはどの先生が担任になって欲しい？」「黒須さん、転校から間もないし、そこまで先生のこと知らないだろ？」「あっ、それだったら今日の放課後、この学校の先生について教えてあげる！」「それいいね、私も参加した」「いいじゃん！　俺らも参加していい？」「場所はどこがいいかな？　学外の方がいいよね？」

私の席の周りでもいつもの面々が賑(にぎ)やかにしている。

本日の放課後は、彼らから本校の教員について教わることに決まったようだ。クラスメイトと馴(な)れ合(あ)うつもりは毛頭ない。けれど、得られる情報は多少なりとも価値がありそうだったので、素直に頷(うなず)いておいた。

しばらくすると朝のホームルームを知らせる予鈴が鳴った。

教室や廊下のあちらこちらで、自由時間を思い思いに過ごしていたクラスメイトが、自身の席に戻っていく。私の周りに集まっていた生徒たちも自席に向かっていった。会話が失われることはないが、私語もだいぶ音量を下げた。

ややもすると廊下からカツカツと足音が届けられる。いくつか連なったそれが教室前でピタリと止まった。

ドアの先に複数人、人の気配がある。

天使と悪魔の代理戦争に参加するようになってから、このようなことにばかり敏感になってしまった。中二病さながらの意識に恥ずかしさを覚える。うちのクラスにもそういう子が一人、籍を置いていたりする。

それと同時にふと思い至る。

昨晩、夕食の席で話題に上げられていた転校生の存在を。

遥か宇宙の彼方からの来訪者にして、機械生命体なる人知を超えた存在。そのような手合いがこちらの教室、一年A組にやってくるらしい。原因を作ってしまった自身が、らしい、などと称することには申し訳なくも感じるけれど。

『おや？　もしかして昨日の今日で、転校生がやってきたのかなぁ？』

「…………」

アバドンの指摘通り、対応が早いとは思う。

それでも過去に自身の身の回りで起こった騒動を鑑みれば、二人静やおじさんが関与している時点で、そういうこともあるのだろうと納得できた。私もこの学校を訪れるまでに、そう大した時間を要していなかった。

ガララと音を立ててドアが開かれる。

姿を現したのは、国語の担当である女性教師。

先程もクラスメイトの間で話題に上がっていた望月先生だ。

彼女は教室のドアを後手に閉めて、教卓の前まで移動した。

生徒たちは口を噤んで静かに彼女の姿を見つめる。

「おはようございます、皆さん。朝のホームルームを始める前に、私から皆さんにお話があります。これまでA組を担当されていた高橋先生は、諸般の事情からしばらくお休みすることになりました」

望月先生から、想定されていた通りの話題が述べられる。

生徒たちからは即座に反応が見られた。

「質問でーす！　高橋先生が淫行で逮捕されたって本当なんですか？」「高橋先生が宮田さんとセックスしてたって、学校中で話題になってまーす」「望月先生は高橋先生が宮田さんとヤッてたこと、知ってたんですか？」「ふたりの関係はどうだったんですか？　恋人同士だったんですか？」

「静かに！　皆さん、静かにして下さい！」

望月先生、生徒から舐められている。

昨日の帰りのホームルーム、教頭先生から話があったときと比べて、生徒たちの態度がとても軽快だ。特に男子生徒の反応が活発である。普段は教示を受けるばかりの立場であるから、ここぞとばかりに騒いでいるのだろう。

これをどうにか抑えつつ、彼女は言葉を続けた。

「そういう訳ですから、代わりにA組を担当して下さる先生をご紹介します」

後任のクラス担任は彼女ではないらしい。

だったら何故、教室に足を運んだのか。

「えぇー、望月先生が担当してくれるんじゃないんですか？」「わざわざ紹介ってどういうことですか？」「私らが知らない先生ってこと？」「はいはーい！　僕は望月先生に担当してもらいたいでーす！」「自分も望月先生に担当して欲しいっス！」「望月先生は男子中学生に興味とかないんですかー？」

生徒たちからも矢継ぎ早に疑問の声が上がる。


すると、答え合わせは次の瞬間にも訪れた。

「佐々木先生、どうぞお願いします」

女性教師の案内を受けて、再び教室前方のドアが開かれた。

廊下から姿を現したのは、これはどうしたことか。

おじさん、どうして教師などやっているのか。

見慣れたスーツ姿の彼が教室に入ってきた。

彼は丁寧にドアを閉めると、教卓の傍ら、望月先生のすぐ隣までやってくる。

その歩みが止まったところで、改めて彼女から紹介が行われた。

「こちらは佐々木先生です。本日から一年A組を担当して下さいます」

ロボット娘の入学はさておいて、こちらは自身も想定外である。

まさかこんな場所で、おじさんの姿を眺めることになるなんて。

「佐々木先生？　そんな先生うちの学校にいたっけ？」「聞いたことないけど」「最近になって入ったとか？」「望月先生が紹介してるの、それが理由じゃないかな」

「わざわざ他の先生に紹介される？」「最近、教師が不足してるっていうし、中途採用の新人とかじゃない？」「あっ、それ前にニュースになってたよね」

クラスメイトも彼の姿を眺めて騒々しくし始めた。

これに構わず、望月先生からおじさんに指示が入る。

「佐々木先生、自己紹介をお願いします」

彼は普段と変わりのない穏やかな面持ちで口を開いた。

「ご紹介に与りました佐々木です。学校をお休みになられている高橋先生に代わり、本日からA組のクラス担任となりました。担当する教科は数学です。どうぞ皆さん、よろしくお願いします」

至って自然体。

自身の記憶が正しければ、彼は教壇に立った経験がない。それでもまるで緊張していないのは凄いと思った。いくら子供とはいえ、四十人弱の生徒から一様に注目されても、なんら動じた様子がない。

「代わりの先生なら、望月先生がよかったなぁー」「望月先生、今からでも遅くないから俺らのこと担当してよ」「A組の担任が望月先生になったら、自分ら学校生活めっちゃ楽しくなるし」「ちょっと男子、佐々木先生に失礼じゃん」「個人的には若いイケメンの先生が希望かなぁ」「今度の先生はロリコンじゃないといいね」

生徒たちからは厳しい声が向けられる。

中学生とは言っても、まだ一年目の冬。一人の生徒が調子に乗ると、他の生徒も次々と便乗して騒ぎ出す。自身も同じ立場にあるので偉そうなことは言えないが、遠慮のない物言いがそこかしこから聞こえてくる。

なんてやかましい小猿たちだろう。

今この瞬間にでも、肉塊と化したアバドンに喰らわせてしまいたい。

あと、個人的にはロリコンであって欲しい。

そんな拙い子供の群れに対して、おじさんは淡々と応じる。

「ところで、皆さんへ先にお伝えしますと、私は教員免許を得てから初めてのクラス担任となります。その関係からベテラン教諭である望月先生が、こちらのクラスの副担任としてサポートに当たって下さることになっています」

おじさんが望月先生を見やって言う。

すると彼女は小さく会釈をして応じた。

互いに通じ合っている感じが憎たらしい。

「え？　マジ？　それだったら佐々木先生もアリかも」

「前まで副担任とか付いてなかったよね？」「佐々木先生が新人だから、学校側が特別に付けたんじゃない？」

「佐々木先生の方が一回り以上年上っぽいけど」「佐々木先生、望月先生が若くて可愛いからって、セクハラとかしちゃ駄目ですよ？」「そういうアンタの発言がセクハラだよ」

おじさんが新人と分かったことで、生徒たちの軽口に拍車がかかる。

クラス委員の生徒は何をしているのか。

こういう状況でこそクラスメイトを窘めるべきではなかろうか。

「さて、私の自己紹介はこれでよしとして、皆さんにお知らせがあります。本日からこちらのクラスに転校生が来ています。ホームルームの時間が押しているので、ちょっと静かにして下さいね。そうでないと転校生が困ってしまいます」

おじさんが言うと、生徒たちの声がピタリと止んだ。

転校生なるワードが響いたのだろう。

「十二式さん、入って来てください」

直後には彼の指示に従い、教室前方のドアがまたもやガララと音を立てて開いた。

姿を現したのは、おじさんが口にした通りの人物。

腰下まで伸びた艶やかな銀髪を揺らしながら、颯爽と教壇に向かって歩く。いつの間に入手したのか、こちらの学校の制服を着用している。靴や鞄なども合わせて学校指定の品が用意されていた。

その歩みがおじさんの隣で止まった。

皆々の注目は完全にロボット娘に向いている。

「十二式さん、クラスメイトの皆さんに自己紹介をして下さい」

「父よ、承知シタ」

ロボット娘の何気ない発言に教室がざわついた。

父、という響きが効いたのだろう。

「私ノ名前は佐々木、十二式。両親の仕事ノ都合デこの国にやってキた。本日付けデこのクラスに通うコトになった。色々と至ラないところガあるとは思ウが、どうか仲良くシテもらえたら嬉しイ」

機械生命体云々については語られることもない。

その手の不可思議な現象を隠蔽するのがおじさんの仕事である。まさか率先して未確認飛行物体の素性をバラすような真似はしない。昨晩にもその辺りは、私も含めて家族ごっこの一環として作戦会議を終えている。

見た目完全に外国人のロボット娘であるから、転校先では帰国子女として扱う予定とのこと。対外的には、おじさんの養子、というのが彼女の社会的な立ち位置である。あまりにも若過ぎる母親の存在は秘匿とするらしい。

「クラスの担任が変わった上に、今度は転校生かよ」

「今日のホームルーム、情報量が多いよね」「っていうか、佐々木先生とは親子なの？」「こういう場合、子供の親が担任にならないようにするのが規則って、なんかの本で読んだような」「前に黒須さんと一緒にいた子だよね？」「だとすると、黒須さんも佐々木先生と知り合い？」

生徒たちの話題は完全にロボット娘へ移っていた。

彼らとしては冴(さ)えないおじさん先生よりも、見目麗しい転校生の方が気になるのだろう。先方に対する反応も段違いである。とりわけ男子生徒からの受けがよろしい。そこかしこで声が上がり始めた。


そうこうしているうちに、ホームルームの終了を知らせるチャイムが鳴った。

「十二式さんの面倒は、えぇと、黒須さんとそのお友達にお願いします。黒須さんも転校から間もないと聞きました。似たような境遇なので、どうか仲良くしてもらえたら嬉しいなと思います。お友達の方々もお願いしますね」

「はい、分かりました」

おじさんの視線がこちらに向けられた。

事前に頼まれていたので即答。

ロボット娘の世話を通して彼のポイントを稼ぐのが、私の当面の目標である。

「それと腕力に自慢のある子がいたら、先生の手伝いをお願いできませんか？　十二式さんの机や椅子を用意したいので、一緒に来てくれると嬉しいです。できれば二人くらい頼めると助かるんですが」

「はいはーい！　俺が手伝います！」

「あっ、それなら自分もやります！」

男子生徒二人を連れて、教室を出ていくおじさん。

新任なのに上手(うま)いこと生徒を扱っているのは、素直に凄いなと思う。

望月先生はこれを教室内から見送った。

間髪を容れず、席を立った生徒たちがロボット娘の周りを囲む。

「はじめまして！　この国の人じゃないよね？　どこから来たの？」「前に黒須さんと一緒にいたよね。二人は友達なのかな？」「教科書とか用意できてる？　なければ先生に言って用意するけど」「髪の毛すっごく綺麗だね。シャンプーなに使ってるの？」「ちょっとみんな、いっぺんに聞いたら佐々木さん困っちゃうよ」

私が転校してきた際と比較しても、皆々がっついて思われる。

黙っていれば可愛らしい見た目が影響してのことだろう。事実、女子生徒も然ることながら、男子生徒からの反応がよろしい。割って入るのは面倒極まりないので、自身はその輪の傍らで万が一に備えて待機。

ロボット娘が暴走するようなことがあれば、アバドンに頼んで対処する算段だ。

「コレが学校。なんと心ノ癒えル、場所」

当の本人は悦楽の只中へ。

多数の生徒からチヤホヤされて、早々にも心をホコホコとさせている。平素と変わりのない無表情ながら、心なしか口元がピクピクと震えているような気がしないでもない。感情の高ぶりを必死になって抑えているのではなかろうか。

「ねぇ、佐々木さんっていうと、クラス担任と同じで困らない？」「だよね。十二式ちゃんて呼んでもいいかな？」「もしも嫌だったら、決して無理にとは言わないけど」「あだ名、ニックネームとかあったら、俺らにも教えてもらっていいかな？」「佐々木さん、家族からはなんて呼ばれてるの？」

「呼称は十二式デ構わない。家族カラもそのように呼ばれてイル」

しばらく会話の外から様子を眺めてみるも、ロボット娘はクラスメイトと真っ当にコミュニケーションが取れている。これなら自身が出張っていく必要はないだろう。

そのように判断して、自席へ戻ることにする。

「んじゃ、十二式ちゃんで決定！」「ちょっと変わった名前だよね」「個性的で可愛いと思うけどな」「お前、まさか十二式さんのことナンパしてる？」「父親の勤務先で娘さんをナンパとか、流石に無理でしょ」「いやしかし、上手く行けば親御さん公認の仲になれるかも」「どう考えても内申点を差っ引かれる未来しか見えてこない件」

しばらくすると彼女の机を抱えた男子二人が戻ってきた。

おじさんも椅子を両手に持っている。

その設置が終えられると共に、一時間目の授業が始まった。

＊

クラス担任の前任者が、まさか生徒との淫行で逮捕されているとは思わない。

一年A組前の廊下で待っている間、生徒たちから知らされた事実に驚かされる。局の工作だろうか。だとしたら酷い話もあったものだ。それとも事実なのだろうか。だとしても酷い話ではなかろうか。いずれにせよ局が一枚噛んでいるのは間違いない。

この状況でお隣さんとの関係が公になったら、自身の立場も危うい。

ＬＴＳの誹りは免れない。

十二式さんの対外的な立場こそ養子とした。家族ごっこの継続を優先した彼女からの強い意向である。けれど、お隣さんとはまったくの他人。文字通り、お隣さん、でしかない関係。そんな未成年と親しくする中年男性とか、一発で事案だ。

今後は彼女との距離感も十分に注意しなければ。

学内では極力会話も控えるべきだろう。

いいや、学外でも誰かに見られている可能性が。

そんなことを考えながら、動揺を必死に隠しつつ、朝のホームルームを切り抜けた。

そして、ホームルームさえ乗り越えてしまえば、担当科目となる数学の授業については、想像した以上にすんなりと過ぎていった。上司の言葉ではないけれど、学生時代に経験した家庭教師のバイトが、二十年近くの時を経ても役に立った。

そうして迎えた昼休み。

校舎裏でのこと。

人目を避けつつ、二人静氏や犬飼さん、メイソン大佐と顔を合わせている。

朝のホームルーム前には、碌に会話をしている暇もなかったので、改めてこちらから声をかけて場を設けた次第である。教室での給食指導については、副担任である望月先生に代わって頂いた。

「子供も中坊になると、生意気なのが増えてくるのぅ。どうじゃった？　お主の方は」

「どうにか切り抜けることができました。二人静さんは大変そうですね」

「こんな格好をしておるからなぁ。さっそく妙なあだ名を付けられてしもうた」

ロリ教師、そんな響きが自身の下にも聞こえてきている。

まぁ、彼女なら自分で上手いこと切り抜けるだろう。

「ところで、犬飼さんに伺いたいのですが、吉川さんは一緒ではないのでしょうか？」

「海自で学内に職員として潜入しているのは私のみです。今回の作戦は陸海空の合同となります。私は佐々木さんたちと面識があるので、現地工作員として選抜されました。吉川一等海佐は別所で活動に当たっています」

「そこかしこに自衛隊の目があるということかぇ？　おっかないのぅ」

「少なくとも生徒や教員の目につく場所に、迷彩柄の自衛官が潜んでいるようなことはありません。どうか安心して頂けたら幸いです。吉川にご用がありましたら、すぐに連絡を入れさせて頂きますが、どういたしましょうか？」

「いえ、ちょっと気になっただけなので、今は大丈夫です」

「っていうか、こやつの前でそういうこと言っちゃってよかったの？」

二人静氏がメイソン大佐を視線で示して言う。

受け答えする犬飼さんはハキハキとしたものだ。

「はい。我々の行動については、先方にも既に周知されているとのことです」

「私たちは自衛隊の皆さんと仲良しデース！　一緒にお仕事を頑張りマース！」

「まぁ、そりゃそうかぇ」

十二式さんの身柄を巡り、既に学内外は武力組織で固められているみたい。こうなると周囲に人目がないからといって、迂闊に異世界の魔法を使うような真似は禁忌。遠く離れた場所から監視されていた、みたいなことも考えられる。

　局からも異能力者が派遣されていることだろう。学内に設置された監視カメラなども課長の手中にあると思われる。今後は身の回りで騒動が起こったとしても、極力周りの方々を頼っていこうと心に決めた。

「それと皆さん、一年A組の前任者について、何かご存知だったりしますか？」

「巷で話題のロリコン教師じゃろ？　上司に確認したけど、丁度いい理由があったから利用したと言っておったぞぇ。まぁ、常習犯だったのじゃろう。学校側も体裁があって公にせずいたところ、まんまと使われてしまったようじゃな」

「左様でしたか」

「なんでも校内でズコバコしておったらしいのよ？」

「そういった生々しいお話は、なるべく控えめでお願いします」

　冤罪で飛ばされた人がいなかったことに、まずはホッと一息だ。

　我々の上司はかなり気軽に一般市民を犠牲にしたりするから。

「お主も気をつけんと、ロリコン教師の二の舞いになるかもしれんのぅ」

「そういうことを言うのは、冗談でも止めてくださいよ」

「どこに美人局が潜んでおるか、分かったもんじゃないじゃろう？」

　あぁ、そういった可能性も考えられるのか。

　言われてみれば、先日にも遊園地でどこかの組織の工作員に拉致されそうになった。スタンガン、めっちゃ痛かった。そこまで直接的ではないにせよ、第三者からアプローチを受ける可能性は否定できない。

　場合によっては星崎さん辺りも、通学先でイケメンの同級生から声をかけられていたりするのかも。もしくは既に彼氏がいたりして、その人がどこかの国や組織から買収を受けたりとか、容易に想像される。

　先輩の身の回りについてはどうか、機械生命体の超科学にご対応を願いたいところ。

「オォ、流石デース！　フタリシズカさんのお話、とても為になりマース！」

「お主、いい加減にそれ止めない？　いちいちイラッとするのじゃけど」

「そうかね？　なかなか様になっているのではないかと自負していたのだが」

　ロバートさんの外国語指導助手に対するイメージ、ステレオタイプが過ぎやしないだろうか。いやしかし、自身が学生だった頃の先生はどうかと言えば、たしかにこんな感じだったような気がしないでもない。

「この国のアニメを眺めて勉強してきたんだがね」

「それ絶対にアウトじゃから」

　原因は明らかだった。

　直後には居住まいを正した彼から、厳かにも伝えられる。

「真面目な話、今この世界で君たちほど注目されている存在はいない。そのことは重々肝に銘じておくべきだろう。我々はさておいて、世の中には地位や利益のために手段を選ばないような者たちも多いのだ」

「ええ、メイソン大佐の仰る通りだと思います」

「我々が目を光らせている手前、表立って入り込むような輩はいないだろう。しかし、それでも手を出してくる国や組織はある。在校生や教職員には、まず間違いなくアプローチをかけている筈だ。恐らく明日、明後日からでも仕掛けてくると思われる」

「そちらで確認された情報は、我々にも回して頂けるのでしょうか？」

「こちらが必要だと考えた情報は、君たちの上役へ伝えるようにしている」

「けちじゃのぅ。儂のこと体の良いボディーガードとして扱っておるくせに」

　ぷいっと頬を膨らませて、不服そうに語る二人静氏。

　すると直後にも表情を崩した大佐が、外国語指導助手モードで言う。

「ハァーイ、なんのことデスカー？」

「そうでなければ、こんな女児に英語の担任を任せたりせんじゃろう？」

「ホワァーイ？　私、フタリシズカさんの言うことが分かりまセーン」

「マジぶん殴りたいのぅ」

「止めて下さいよ。そんなことしたら局をクビになってしまいますから」

メイソン大佐を見つめて拳を握った二人静氏。

かなり苛ついていらっしゃる。

一方で静かなのが犬飼さん。

ビシッと背筋を伸ばした直立姿勢を取り、黙って我々のやり取りを聞いている。こちらから話題を振らない限り、自身から口を開くことはない。キリリとした面持ちからは、自衛官って雰囲気をひしひしと感じる。

彼女にしてみれば、今回の騒動はとんだ災難だ。学内で何か問題が起こったら、幹部自衛官としての将来は失われたも同然。タコドラゴンの件から発して、自身が巻き込んでしまった側面もあるので、なるべくサポートしていきたい。

「ところで今晩の歓迎会、お主らは参加するのかぇ？」

「我々が参加するのは無理じゃありませんか？」

「何故じゃい？」

話題を変えるように二人静氏が言った。

職員室を出発する間際のこと、教頭先生から声をかけられた件だ。なんでも今晩、近所の居酒屋でひと席設けて下さるらしい。新任で入ってきた我々四名の歓迎会。

主賓とあらば出席するべきとは思う。けれど、参加のハードルは高い。

家族ごっこのルール、第一条。

毎日一度は、家族で揃って食卓を囲むこと。

「家族ごっこのルールを破ることになってしまいますから」

「あのロボット娘じゃったら、放課後はクラスメイトの家で歓迎会があるとか、昼休みが始まってすぐに報告をしておったぞぇ？　なんでも仲良くなった生徒から誘われたとかで、文面からも内心の浮かれっぷりが察せられるわい」

「えっ？　そうなんですか？」

「家族ごっこのチャットグループ、確認しておらんの？」

「すみません、失念しておりました」

「多数決の開催が決まって、絶賛投票中じゃ。末娘とパイセンは夕餉のエスケープに一票。後者もたまには実妹とゆっくり過ごしたいのじゃろう。長女と長男はお主の意向次第じゃろうし、実質的に儂とお主とで決まる感じかのう？」

二人静氏に言われて、大慌てで私用の端末を確認する。

たしかに十二式さんからメッセージが入っていた。平素からの事務的な物言いを思わせる文面ながら、是が非でもクラスメイト主催の歓迎会に参加したいという思いが、その端々から伝わってくる感じ。

何故ならば、やたらと長文。

タイムライン上には、投票の是非と既に投じられた二名分の票が並ぶ。

「でしたらせっかくですから、我々も歓迎会に参加するとしましょうか」

「多数決を自由に動かせるって快感じゃのぅ」

「そういうことは思っていても口に出さないで下さい」

今回の赴任が一時的な措置とはいえ、職場環境は重要なもの。先生方の厚意を無下にしては、今後の業務にも支障をきたしかねない。ただでさえ慣れない職務なのだし、この場は素直に参加しておくべきだろう。

十二式さんの面倒はお隣さんとアバドン少年にお願いしよう。

局の人員や犬飼さん、メイソン大佐のお仲間も見張って下さるだろうし、少しくらいなら問題はないでしょう。十二式さんも末端を監視に出しているはず。あぁ、彼女の歓迎会を開いて下さるご家庭には、お礼の品をお送りしておかないと。

「ワァオ、今夜はパーティーですネ！　私も参加させて頂きマース！」

「佐々木さん、私も参加するべきでしょうか？」

「犬飼さんも他に予定がなければ、参加しておいた方が無難かとは思います。向こうしばらく、こちらの学校でお世話になるのは間違いないように思いますので。ただ、上司の方にも相談をされた方がよろしいとは思いますが」

「承知しました。そのようにさせて頂きます」

メイソン大佐と犬飼さんも参加されるみたいだ。

そうこうしている内にも、昼休みの終了を知らせるチャイムが鳴り響く。

昼食を食べている暇がなかったのは残念。ただ、局に転職してからは昼食抜きなど日常茶飯事。犬飼さんと大佐からもこれといって非難の声は上がらない。そのまま午後の授業に臨むこととなった。

*

同日、午後の授業や放課後はあっという間に過ぎて、終業時間となった。

当初の予定通り、我々は新任歓迎会に向けて出発。

都内であれば徒歩が常であるところ、自動車を利用しての移動には軽いカルチャーショックを覚えた。なんでもお酒を飲まない方が、送り迎えを担当して下さるのだとか。たしかに学校の近辺には居酒屋とかあまり見られない。

足を運んだのは、軽井沢駅の近くで営業されているごく一般的な大衆居酒屋。

広めの個室で乾杯の音頭と相成った。

「それでは新任の皆さんのご活躍を祈って、乾杯！」

校長先生や教頭先生の姿も見られる。

乾杯のご挨拶は前者によるもの。

すぐに皆さん、わいわいとやり始める。

都内の居酒屋と比べて室内が広々としているの、控えめに申し上げて最高ではなかろうか。二十人近い大所帯で入ったのに窮屈さを感じない。テーブルの並びには、各々の卓間に通路を設ける余裕がある。

椅子には立派な背もたれが付いており、ゆったりと身体を預けられるの至福。

「田舎の居酒屋は広々としておっていいのぅ？　都内だとこうはいかんじゃろ」

「ええ、そうですね。自分も今まさに同じようなことを考えていました」

「えへへ、儂らお似合いじゃね！」

「犬飼さん、さっそくグラスが空ですね。よろしければ私に注がせて下さい」

「あ、ありがとうございます、佐々木さん」

「フタリシズカさーん、ざんねん振られたデース！　代わりに私がお相手しマース！」

「やっぱりボインかぇ？　ボインがええんかぇ？」

主賓となる新任四名は現在、一つのテーブルに固まっている。四人掛けの席に自身と二人静氏が横並びとなり、対面に犬飼さんとメイソン大佐といった具合。多分、しばらくしたら席替えとか行われるのではなかろうか。

すぐ隣のテーブルには教頭先生と校長先生が座っている。乾杯の直後から二人して、周囲との中継ぎを担当してくれている。我々の素性を知っている彼らだから、他の先生との距離感に気を揉んでくれているのだろう。

「あの、佐々木さん。私からも質問とかいいですか？」

「なんでしょうか？　望月さん」

　校長先生と教頭先生が座っているテーブルとは反対側。新任が着いたテーブルと隣接したもう一方のテーブルから声がかかった。こちらには自身に接する形で、一年Ａ組の副担任を務めて下さる望月先生の姿が見られる。

「二人静さんとは随分と仲がいいみたいですが、どういったご関係なんですか？」

「県の採用試験で知り合ったのですが、配属先も偶然同じとなりまして」

「それ以来、顔を合わせるたびに口説かれておってのぅ。困ったものじゃ」

「他所様の前でまで、世迷言を口にするのは止めてもらえませんか？」

　事前に考えていた設定をお伝えする。

　ところで、教員の方々は飲み会の席において、各々を先生付けではなく、さん付けで呼ぶらしい。移動の間にそのような話題を耳にした。とりわけ地方の学校は、教師も生活圏が生徒のご家庭と丸被りの為、色々と気を遣っているのだとか。

「もしかしてお付き合いしていたりするんですか？」

「私が一方的に彼女から絡まれているだけだと思いますよ」

　本日の二人静氏、普段と比べてもやたらと絡んでくるの気の所為だろうか。

　彼女も新天地での業務に気分を上げているとか。

　いいや、あり得ない。

　そんな単純な性格はされていない。

　乾杯からしばらく、他愛ない会話を交わしながら二杯ほどグラスを空ける。主にお喋りをしているのは二人静氏とメイソン大佐。自身と犬飼さん、それに望月先生は彼らのやり取りを肴にグラスを傾ける感じ。

　するとしばらくして、望月先生から改まった態度で声をかけられた。

　それもちょっと申し訳なさそうな表情を浮かべての問いかけである。

「失礼ですが、佐々木さんは独身だったりしますか？」

「ええまぁ、その通りですが……」

「あっ、本当ですか？　私も独身なんですよ！　こんなことを言うとアレですが、独身仲間ができて嬉しいです。他の方々はご結婚されている方が多くて、何気ない話題とか、普段の生活スタイルとか、どうしても合わないことがあったりしますし」

　素直に答えると、望月先生の顔にニコッと笑みが浮かんだ。

　彼女くらいの年頃なら未婚であっても普通だと思う。けれど、地方ではそうでもなかったりするのか。仔細は定かでないけれど、センシティブな話題なので、適当に頷いてやり過ごすことに決めた。

「左様ですか」

「もしよかったらこれからも週末の呑(の)みとか、付き合ってもらえませんか？」

「自分などでよろしければ、お付き合いさせて頂きますが」

「ありがとうございます。それじゃあ早速ですが、連絡先を交換しましょう！」

「え？　あ、はい？」

　何気ないやり取りに驚愕(きょうがく)を覚える。

　だって、こんなにテンポ良く異性と連絡先を交換した経験、これまでの人生で初めて。おかげで戸惑ってしまう。大切な個人情報、出会って初日の中年男性に伝えてしまってよろしいのですかと。

「なんじゃよぉ、ラブコメかぇ？　ラブがコメっておるのかぇ？」

「せっかくですから二人静さんも交換されてはいかがですか？」

　二人静氏が言っていた美人局的なアレだろうか。いやしかし、いくらなんでも急過ぎるでしょう。校長先生から何かしら指示を受けている可能性も考えられる。副担任という立場的に、その可能性の方が高いのではなかろうか。

　いずれにせよ、営業用のアカウントを教えてもらった、くらいに考えておこう。

　先方に促されるがまま、連絡先を交換する。提示したアカウントは局支給の端末で運用しているものだ。こちらなら個人情報と紐づくことはない。何か問題が生じても、すぐに上司へ連絡がいくことだろう。

「佐々木さん、私とも連絡先を交換できませんか？」

「あ、はい」

　望月先生との交換を終えると、すぐに犬飼さんからも言われた。

案の定、二人静氏からは速攻で茶々が入る。

「なんじゃお主、モテモテじゃのぅ」

「佐々木サーン、私、とても羨ましいデース！」

「……お二人も交換しておいたらどうですか？」

妙齢の女性二人と連絡先を交換する。

たしかに悪い気はしない。

望月先生は快活とした明るい女性で、学校の先生と言われて、自身の憧れを絵に描いたような人物。他方、犬飼さんは真面目で物静かな女性。自衛官と耳にして、これまた脳裏に思い浮かべた通りの方である。

普通に生活していたのでは、出会うことすら困難な美女二人。

しかし、その背後に見えるのはモテとは程遠い事由。

「そういえば、犬飼さんはどちらの科目を担当されているんでしょうか？」

「私の担当科目は体育です。いえ、厳密には保健体育と称すべきでした」

「体育ですか。たしかに犬飼さんにはピッタリの科目ですね」

「がさつな女ですから、身体を動かすばかりが能となりまして」

「いえ、決してそんな意味で言った訳ではありませんでしてっ……」

星崎さん、この人に負けたのか。

たしかに彼女の学力では相手にならないかも。

防衛大学校って偏差値が六十くらいあったような気がする。

「儂らのパイセンには荷が重い相手じゃのぅ」

「本人には伝えないようにしましょう」

しばらくすると席替えが行われた。

各々担当とする科目やクラスに従い、今後の職務上、絡みがありそうな先生方に交じってお話をすることに。自ずと自身は望月先生と二人まとめて、一年生の担任である先生方の下へ向かうことになった。

ところで、望月先生はかなりお酒を呑まれる方のようだ。

「あの、私が把握している限りでも五杯目になりますが、大丈夫でしょうか？」

「任せて下さい！　これくらい余裕ですよ。こう見えて、お酒が好きなんです」

「それならいいんですが……」

嘘を言っているようには見えない。

周りの先生方も気にされていないので、呑兵衛であるのは本当なのだろう。そういうことならと、これ以上は黙って眺めておくことにした。如何にお若いとはいえ、相手は既に成人した大人なのだから。

途中で新任四名から自己紹介などを挟みつつ、飲み会は進行。

チラリと他所の様子を窺うと、二人静氏やメイソン大佐、犬飼さんといった面々も、他の先生方に交じって楽しげにお酒を飲んでいらっしゃる。とりわけ二人静氏の周りが賑やかだ。アウェイでも速攻で馴染んでいるの本当に凄い。

最後は教頭先生に締めの挨拶を頂いて、解散と相成った。

店員さんに送り出されて、ぞろぞろと店の前に移動。

本日はこのままお開きの雰囲気だ。

そうした只中、望月先生からガシッと腕を掴まれた。

「佐々木せんせー、二次会、二次会にいきましょー！」

「いえ、今日はもうお開きみたいですが」

「他所は他所、うちはうちってやつですよ！」

その浮ついた言動が示す通り、かなり出来上がっていらっしゃる。ニコニコと気持ちよさそうな笑みを浮かべて、グイグイとこちらの腕を引っ張ってくる。回復魔法を行使して素面に戻したい欲求に駆られる。

「そうは言っても、明日も学校があるのですが……」

「あと一軒くらいなら大丈夫ですよー？　なんなら私が奢らせて頂きます！」

時刻は九時を少し過ぎたところ。

以前の勤務先の飲み会であれば、問答無用で二次会に連行。けれど、それも内勤が前提の会社員だからこそ。学校の先生として、まさかお酒臭いまま生徒たちの前に姿を見せるような真似はできない。

「近くにいいお店があるんです！　佐々木せんせーにも是非知って頂きたい！」

「そちらは次回にされてはどうでしょうか？」

「いえいえ、この時期にしか食べられない、絶品のカワハギ料理があるんです！　今回のタイミングを逃したら次はいつになるか分からないじゃないですか？　だから、今日が私と佐々木せんせーのカワハギ記念日なんですよ！」

周囲では他の先生方が帰りのタクシーを呼び始めた。

界隈は完全な車社会とあって、公共の交通機関を利用して帰宅するような方は、ほとんどいないみたい。一部、駅に向かう先生方も見られるけれど、一駅か二駅過ぎたところで、ラストワンマイルはタクシーが常らしい。

中にはご家族が迎えにいらしている先生も見られる。

そうした只中、我先にと歩き始めた望月先生。

ふらふらと頼りない足取りは、眺めていてとても不安を覚える。

このまま放っておくという手も考えられた。けれど、彼女は一年A組の副担任にして自身のサポート役。この場で適当にあしらって機嫌を損ねたら、今後の教師生活はかなりやりにくいものとなりそうだ。

そこで致し方なし、心を接待モードに切り替えて頷く。

「承知しました。一時間だけお付き合いさせて頂きます」

「流石は佐々木せんせー！　そういうところ大好きですよ！」

合わせて周りにいた先生方にも声をかける。しかし、残念ながら一様に断られてしまった。ご家庭を持っている方が大半なので、これ以上はちょっと、子供が待ってるので、みたいな反応ばかりであった。

「あれ？　儂の同僚どこに行っちゃったの？」

「佐々木さんでしたら、望月さんと一緒に出て行くのを見ましたが……」

少し離れたところから二人静氏と犬飼さんの声が聞こえてきた。

せっかくだから彼女たちも誘ってみよう。

そのように思った次の瞬間、望月先生からグイッと腕を引かれた。

「こっちです！　ささ、こっちですよ、佐々木せんせー！」

「あ、ちょ、ちょっと待って下さい」

咄嗟に声を上げようとしたところ、通りの角を曲がった先に連れ込まれた。

飲食店の前からは完全な死角。以降もズンズンと元気良く歩いて行く望月先生。他の先生たちの気配はすぐに感じられなくなった。それから何度か角を曲がった辺りで、飲み屋が数軒ばかり並んでいる界隈が見えてきた。

「この通りです。すぐそこにあるお店なんですよ！」

「なるほど」

向かって正面を指差した同僚に連れられて、促されるがまま足を動かす。

たしかに目当ての店舗はすぐだった。

ただし、我々が眺める軒先には、閉店、とのプレートが下げられている。

「どうやらお休みのようですね」

「うぐぐぐっ……」

これまた悔しそうな表情をされている望月先生。

そうかと思えば、直後にもこちらに向き直り言った。

「こうなったら私の家で呑みましょう！」

「いえ、流石にそれはちょっと……」

「あっ、丁度いいところにタクシーがいますね！　すみませーん！」

大きく手を振り回して、店の前を通りかかったタクシーを止める。

空車との案内が表示されていた車両は、すぐに我々の下へやって来た。駅前で客を降ろしたタクシーだろう。

後部座席のドアが開かれると、望月先生はこちらを車内へ押し込むようにグイグイと押してくる。

「望月さん、明日も学校がありますから」

「一時間だけ付き合ってくれるって言ったじゃないですか」

「それはそうですが……」

「まさか変なこと考えてたりするんですかー？」

「……承知しました」

二人静氏が相手なら、適当に軽口を叩いて逃げ出すこともできたと思う。けれど、相手は職場の同僚である。しかも当面は頼りにすべき先輩。下手に断って嫌われたら面倒なので、仕方なくタクシーへ乗り込むことに。

促されるがまま、後部座席に彼女と横並びで着いた。

職場でのセクハラに怯える女性の気持ちが、なんとなく理解できたような気がする。いいや、女性に限った話じゃない。きっとイケメン男性も声を上げないだけで、似たような境遇に晒されているのではなかろうか。

望月先生が行き先を告げると、タクシーはドアを閉めて走り出した。

ほんの数分ほど走ると辺りは真っ暗である。

路上を歩いている人もほとんど見られない。

「そこまで遅い時間帯ではないと思うのですが、あまり人が見られないですね」

「さっきの自己紹介で、佐々木さんは都内から来たと言っていましたね」

「ええ、そうです」

「前にもそういう方がいらしたんですが、ギャップに驚いておられました」

「ですから帰りの手間を考えると、お付き合いできる時間も限られてきます」

車上から外の景色を眺めつつ受け答え。

段々と建物も疎(まば)らとなっていく光景には不安を覚える。果たして望月先生はどのような僻地(へきち)に住んでいらっしゃるのかと。もしや地元の方で、ご家族と一緒に住まっているのだろうか。だとしたら殊更に帰りたい。

などと行く先に憂いを覚え始めた矢先のこと。

「だったら私の家に泊まって行きますか？」

シートに座したこちらの肩へ、望月先生が頭を預けてきた。

もはや疑いようがない。

美人局、入りました。

「…………」

非モテの異性との距離感を侮ることなかれ。

こんな不思議な出来事、過去に一度も経験がないから即座に断定できちゃう。次のタイミングで絵画を売りつけられたり、マルチに勧誘されたり、借金の返済に当てる為の金銭を求められたりするのだ。

果たして彼女の後ろにいるのは誰なのか。

いいや、この辺りの調査は局や自衛隊の仕事なので、丸投げでいいだろう。

上司に連絡を入れたのなら、すぐに背後関係を洗ってくれるはず。

今優先すべきは退路の確保である。

「運転手さん、すみませんが止めて下さい」

「えっ、こんなところで止めちゃって、どうやって帰るんですか？」

「望月さん、こちらはタクシー代です。お釣りは結構ですので」

疑問の声を上げた望月先生へ、有無を言わせずアクション。

財布から取り出した万札を押し付ける。

驚いた彼女の視線は、こちらと紙幣との間で行ったり来たり。

そうこうしているうちにタクシーが道路脇に停車。

タクシー代を彼女の脇に置いて、後部ドアから車外に降り立つ。

「それじゃあ、明日からよろしくお願いします」

「あっ、佐々木せんせーっ……！」

有無を言わさずドアを閉める。

そして、自動車の進行方向とは反対に歩みを取った。

早足でしばらく歩いてみるも、後ろから望月先生が追いかけてくることはない。タクシーはしばらく路上に停車していたけれど、進行方向を変えることなく走り出していった。

恐らくタクシー代が効いたのではなかろうか。

自身も安月給だったから分かる。

ふと降って湧いた万札のありがたみは。

特に飲み会で散財した後だと、かなり効く。

「…………」

しかし、本当に真っ暗だ。

道路の片側とか畑が広がっている。民家も点在しているけれど、どれもこれも年季の入った家屋ばかり。本当に人が住んでいるのかと疑いたくなるような家屋も多い。なんなら脇の方からガサゴソと、小動物の動き回る気配とか普通に届けられてくる。

どうやって二人静氏の別荘まで戻ろう。

まさか空を飛ぶ訳にもいくまい。

お酒でふわふわとしている頭でぼんやりと悩む。

火照った身体に夜風が気持ちいい――

「……寒い」

などと感じたのも束の間、ただ一心に寒い。

都内と比べても圧倒的に低い気温に身が凍える。道路の脇には積雪が見られた。軽井沢は標高が高い割に積雪が少ない地域なので、北陸地方のように何十センチも積もっていたりはしない。それでも足を滑らせるには十分なものだろう。

歩いて帰宅するとなると、とんでもなく大変な気がしてきた。

局に連絡を入れて迎えに来てもらおうか。

そんなことを考えつつ歩いていると、行く先から自動車が近づいてきた。

ルーフに行灯を載せている。自身が乗っていたのと同じ会社のタクシーだ。先方はこちらの行く先を塞ぐよう、路肩に寄せて停車した。すわどこかの誰かさんが襲撃に訪れたのかと身構える。

ただ、そうした心配は杞憂であった。

停車した自動車の後部座席から姿を見せたのは、自身も見知った人物である。

「佐々木さん、迎えに上がりました」

「歓迎会で即日お持ち帰りとか、上京間もないＪＤみたいじゃのぅ」

「犬飼さん、それに二人静さんも一緒にどうされたんですか?」

本日は解散したのではなかったのか。

停車したタクシーの傍ら、犬飼さんが改まった態度で言う。

「単刀直入にお伝えします。私が教員の肩書と共に与えられた任務は、学内外における佐々木さんのサポートです。諜報に対する教育は最低限受けておりますので、多少なりともお役に立てるのではないかなと」

「左様でしたか。お気遣いを恐れ入ります」

「格好いいこと言っておるけど、半分は儂らの監視みたいなもんじゃろうて」

同僚の姿を求めて、わざわざ駆けつけてくれたようだ。局の端末から位置情報を取得したものと思われる。

「っていうか、どうして途中で降りたのじゃ?　まさか車上で賢者モードかぇ?」

「本日の二人静さん、やたらと生き生きしていますよね」

「なんたって非モテは御しやすいからのぅ。三十路を超えて収入が上がってきた辺りで、学生時代の同級生から久しぶりに声をかけられてデキ婚。ＡＴＭに就任してお小遣い三万円クラブの仲間入りじゃ」

「言わんとすることは分かりますが、表現方法が最悪だと思います」

多分、彼女なりに注意喚起してくれているのだろう。昭和のおじさん上司を相手にしているような気分。見た目女児だから、素直に憎めないのが悔しい。

「んで、どうするのじゃ?　歩いて帰るというのなら儂は止めんけど」

「……すみませんが、ご一緒させてもらえませんか?」

「どうぞ、こちらにお乗りください。私は助手席に移りますので」

「ありがとうございます、犬飼さん」

同僚のご厚意に与り、素直に後部座席に乗り込んだ。

エアコンの効いた温かな車内が嬉しい。

それから田舎道を流すこと三十分ほどで、二人静氏の別荘に戻ってきた。我々を送り届けた犬飼さんは、そのままタクシーに乗り込んで、何処へともなく去っていった。近隣に拠点を設けているのだという。

異世界へのショートステイは翌日、もしくは翌々日でも大丈夫。肉体的には余裕があっても、精神的には疲弊も著しい。お風呂に入ってベッドに横になると、あっという間に寝入ってしまった。

＊

【お隣さん視点】


その日、授業を終えた私はロボット娘と共に、クラスメイトの自宅を訪れた。

なんでも我々の歓迎会を行ってくれるのだとか。

思い起こせば自身もまた、転校した直後に同様の提案を受けた。その時は断りを入れたことを覚えている。そうして本日までなし崩し的に開催を避けていたところ、私の歓迎会も兼ねることになったようだ。

会場は学校からほど近い住宅街の一角。

それなりに建坪のある一戸建て。

駐車スペースには高級外車。

ご両親が小さいながらも会社を経営しており、公立学校の生徒にしてはちょっとしたお金持ち。そんな学年に一人くらいはいる金回りのいい生徒のお宅にお邪魔して、リビングスペースをお借りすることになった。

男女合わせて十名ほどが参加している。

普段から私の周りを囲んでいる生徒たちだ。

ソファーセットに追加して、ダイニングの椅子まで動員しての会場づくり。中央に設けられたローテーブルには、お菓子やジュースが沢山並ぶ。家主の生徒が事前に連絡を入れたところ、自宅に居た親御さんが用意をしてくれたのだ。

「それにしても十二式さんの髪、本当に綺麗だよね」

「うんうん、同じ人間とは思えないくらい」「ねぇ、ちょっと櫛で梳かせてもらってもいいかな?」「ツインテールにしたら可愛いと思わない?」「あっ、思う! めっちゃ見てみたい!」

「どうぞ皆々ノ好きナようにサレたし」

ロボット娘は生徒たちにされるがままだ。

言動は普段と変わりないように思う。しかし、たまにピクリピクリと肩が震えている辺り、内心では悦楽の只中にあることだろう。右から左から頭髪に手を伸ばされるも、好き放題にさせている。

「十二式さん、彼氏とかいる?」「いるなら遠距離の恋愛になっちゃうよね」「もしかして一緒に軽井沢まで来てたりとか?」「だとしたら、うちの学校に転校してきてる筈でしょ」「年上だったら分からなくない?」「まさか社会人とか?」

「特定ノ相手はいナイ。しかし、とても興味ヲそそラレる」

クラスメイトとの会話もそつなくこなしている。

「十二式さん、可愛いからきっと男子に告られまくると思うよ」「既に見る目が怪しいやついるもんね」「だけど、変な男に引っかかったら駄目だよ?」「うんうん、それマジで大切」「ヤリモクのロリコン教師とか、普通にいたりするからね」

ちなみに彼女の周りを囲んでいるのは大半が女子だ。以前は男子との交流を求めていたと思うのだが、女子でも問題ないらしい。一方的にチヤホヤしてくれるのであれば、性別など些末な問題なのだろう。

代わりに手持ち無沙汰となった男子が、私を囲んでいるのは頂けないが。

「黒須さん、転校生の座を奪われちゃったね」「安心してよ、俺はいつだって黒須さん一筋だからな」「抜け駆けするなよ。俺だって黒須さん派なんだから」「十二式さんとはどういう間柄なの?」「佐々木先生との関係も気になるよな」

「そちらの彼女とは両親の仕事の都合から、家族ぐるみの付き合いがあります。朝のホームルームでも本人が言っていた通り、今回の引っ越しは私も含めて、互いの親の仕事によるものです。なので一緒に転校することになりました」

事前に用意していた設定を伝える。

決して嘘は吐いていない。

というのも、機械生命体は嘘が吐けないという。こう

して伝えた事実に嘘が混じっていた場合、今後のやり取りでロボット娘が会話に躓(つまず)く可能性がある。そんな彼女の為に家族ごっこの参加者が一丸となり、意見を出し合いながら決めた設定だ。

私には書類上の養父が存在するが、実質的な保護者は二人静。ロボット娘の父親役はおじさん。二人がビジネス関係にあるのは事実であり、彼らを含めて家族ぐるみの付き合いをしているのは、家族ごっこという枠組みの上からも否定されない。

なんと面倒くさい宇宙人もいたことか。

『相変わらず男子生徒からモテモテだねぃ』

アバドンからは軽口が飛んでくる。

私が反論できないのをいいことに、好き勝手に言ってくれる。

『こういうのを逆ハーっていうんだろう？　僕は知っているんだ』

そういう知識、一体どこで仕入れてくるのか。

たしかに逆ハーレムだ。

歓迎会に顔を見せているのは、クラス内でも中心に位置する生徒となる。当然ながら男女ともに、顔立ちが優れている生徒が大半を占める。人によっては千載一遇の好機とも思える状況ではなかろうか。

自身の心には全く響かないのだが。

「黒須さん、連絡先とか交換したい！」「女子とは交換できないかな？」「あっ、俺も交換したい！」「女子とは交換してたけど、男子とはまだほとんどしてないよね？」「ずっと交換するタイミングを狙ってました！　何卒お願いします！」

アバドンの言葉ではないけれど、いつもと比べて男子生徒に勢いを感じる。

学外だからだろうか。

いいや、私の気の所為だろう。

そんなことを口にしたら、またアバドンから馬鹿にされてしまいそうだ。

「承知しました。でしたらこちらのコードでお願いします」

二人静から貸与された端末を差し出してやり取り。

直後には我々の会話を耳にしたのだろう。ロボット娘が女子生徒と連絡先の交換を始めた。彼女が利用している端末も私と同じく、二人静が調達したものである。相変わらず用意のいいことだ。

以降も問題などは起こることなく、歓迎会は穏やかに過ぎていった。

*

歓迎会の翌日、新任教員は朝イチで勤務先に赴いた。早めに床に就いたので早起きもなんのその。学校までの移動には、二人静氏が愛車を出してくれた。ピーちゃんとエルザ様に見送られて別荘を出発。ほんの十数分ほどで学校に到着である。

職員室では自席で頭を抱える望月先生が目に入った。どうやら二日酔いのようだ。辛そうな表情をしている。あれからまた一人で呑んでいたのだろうか。それでも始業前にしっかりと出勤してきたのは流石である。

そうして迎えた朝のホームルーム。

自身は黒板の前に立って、二日連続となる転校生を紹介している。

「皆さん、本日からクラスメイトとなる、アイビー・ゴンザレスさんです」

「アイビーです！　日本の皆さん、どうぞよろしくお願いします！」

聞き覚えのあるファーストネーム。

その元気一杯なご挨拶は自身も過去に受けた覚えがある。

そう、マジカルブルーである。

今朝、職員室を訪れるや否や、校長先生から校長室に呼び出されて、メイソン大佐から説明を受けた。本日からミスター佐々木が担任するクラスの生徒になるので、どうかよろしく頼みたい、とかなんとか。

過程はどうあれ、十二式さんの懐柔に効果的であったのは、星崎さんやお隣さんといった心優しい子供たちとの交流。これに倣いマジカルブルーを投入して、彼女たちの間に入り込もうと企んでいるのは、素人目にも容易に想像された。

ちなみに本日の彼女は至って普通の格好をしている。

本人曰く、変身を解除している、とのこと。

魔法少女に変身していない彼女は、ごく一般的な欧米人のお子さんだ。真っ青であった頭髪も落ち着きのあるライトブラウンとなり、マジカル衣装を脱いで学校指定の制服に身を包んだのなら、どこにでもいる学生さん。

その可愛らしい姿を目の当たりにして、生徒たちからは矢継ぎ早に声が上がった。

「え？　ゴンザレスっていう名前なの？」「アイビーが女性名だとすれば、ゴンザレスは名字でしょ」「スペイン語圏だと比較的よくある名字だって、前にネットで見たことあるけど」「ゴンちゃん、可愛くない？」「だよね！　ゴンちゃん可愛い！」「日本にも五郎丸とかいう名字あるよね」「は？　なにそれ格好いい」

　マジカルピンクと大差ない年頃の彼女が中学校の授業に付いていけるのか、とは当初抱いた不安。ただ、そちらについてはメイソン大佐から問題ないとの太鼓判を頂いた。なんでも専属の家庭教師が付いているらしい。

　日頃から軍人さんたちと行動を共にしている彼女は、学校に通うことも儘ならない。なので勤務地で学習時間を確保しているのだとか。非常に大味なやり方は、自身が知っている同国の在り方そのものである。

　そして、本人の才能と努力も手伝い、既にミドルスクール卒業程度の学力は備えているとの説明を受けた。転校先は中学一年生のクラスなので、数学や物理といった万国共通の科目については問題なさそうだ。

ただし、お喋りについては不安が残る。

　何故なら彼女は日本語が喋れない。

「ゴンザレスさんは先月まで海外で生活をされていました。日本語には不慣れなところがありますので、どうか皆さん、クラスメイトとして支えてあげてください。何か気づいたことがあったら、すぐに私へ連絡をしてくださいね」

　今しがたの自己紹介も英語だった。

　なのに普通のクラスに突っ込んできたメイソン大佐ってばマジ鬼畜。

　おかげで彼らが十二式さんに向ける熱量を把握できた。

「アイビーちゃん、めっちゃ可愛いんだけど！」「瞳の色とかすごく綺麗」「二日連続で転校生とか、いくらなんでも変じゃない？」「別にいいじゃん、こんな可愛い子なら大歓迎だよ」「向こうの人たちにしては身体が小柄じゃない？」「転校してくるの、ロリコン教師が逮捕された後でよかったね」

　クラスメイトからは一様に好意的な反応が見られた。

　そうした中で不穏なことを口走っているのが十二式さん。

「コレはどうしたコトか、予期セぬ追加人員ノ配置により、転校生トいう属性のアドバンテージが分散されてシまった。このままデハ当初見込まレていた癒やしガ得られナい可能性が出てくル」

「それと十二式さんには、私から改めてお願いしたいことがあります」

　まさかマジカルブルーと喧嘩(けんか)をされては大変なこと。

　そこで先手を打って、こちらから彼女たちの関係に提案を入れる。

「転校早々に申し訳ありませんが、英語をお喋りできる貴方が率先して、ゴンザレスさんの面倒を見てもらえませんか？　同じ転校生同士、支え合ってもらえると嬉しいです。もちろん他の生徒さんたちにも仲良くして欲しいのですが」

　これもメイソン大佐からの依頼である。機械生命体との交流に自分たちも交ぜろ、ということだろう。彼も本国からの指示に従っているだけなので、局員という自身の身分を思えば、否定することはできなかった。

　十二式さんが各国の言語を介せることは、未確認飛行物体にアブダクションされた時点で、大佐もよくご存知である。その辺りも踏まえて、マジカルブルーは体のいい人員と判断されたのだろう。

「対象と行動ヲ共にスルことで、属性のアドバンテージが分散さレることヲ防ぐことガ可能。なるほど、決シテ悪い話ではナい。父よ、末娘ハ素晴らしい采配ダと考える。是非トもそのようにスル」

「よく分かりませんが、納得してもらえたのなら幸いです」

　十二式さん自身としては、なにやら勝手に検討して、勝手に納得した様子。

　結果として、一年A組には宇宙人に魔法少女、悪魔やその使徒が揃い踏み。そして、クラス担任は異世界の魔法使いときたものだ。しかも学内では随所に、異能力者や武力組織の方々が目を光らせているとのこと。

　なんておっかない学校だろう。

〈学校 三〉

関係各所を巻き込んで用意された十二式(じゅうにしき)さんの学校生活。超法規的措置の数々によりあっという間に整えられた舞台は、それでも学校としての体裁を逸脱することなく、日常の延長として彼女を受け入れた。

十二式さんがお隣さんの通学先に通うようになってから二日目。彼女に次いでマジカルブルーがやって来る。こちらも概(おおむ)ねクラスメイトには受け入れられた。互いに両親が知り合いの上、仕事の都合が噛(か)み合(あ)った、という設定がよかったのだろう。

訝(いぶか)しげに感じている生徒も多少見られたものの、本丸である宇宙人や、空の上の未確認飛行物体との関連性にまでは至らない。疑問に首を傾(かし)げつつも、表立って声が上がるようなことはなかった。

その日の放課後はマジカルブルーの歓迎会が実施されたそうな。十二式さんとお隣さんもこれに参加。家族ごっこの団欒(だんらん)は前日と同様、多数決により中止。三人揃(そろ)ってクラスメイトとの時間を過ごしていた。

こうして眺めてみると、順風満帆な滑り出しを見せた機械生命体の学校生活。

けれど、残念ながら万事無事にとは至らない。

それは十二式さんの転校から三日目。

給食の時間を終えて間もない時間帯のこと。

校内にパァンと、銃声を思わせるサウンドが鳴り響いた。

「なんだろう、今の甲高い音」「銃声っぽくね？」「かなり近いところから聞こえてこなかった？」「いやいや、銃声とか意味分からないでしょ」「響きからして、学内から聞こえてきたっぽいけど」「陸上部のピストルとか？」「昼休みにそれはないだろ」

各所から生徒たちの声が聞こえてくる。

自身はといえば、給食指導を終えて一年A組の教室から職員室へ向かうところだった。前職と比べて遥(はる)かに少ない昼休みの時間を少しでも有意義に過ごすべく、廊下を早歩きで進んでいたところ、発砲音が聞こえてきた次第。

「っ……」

入局以前までなら、そんな馬鹿なと聞き流していたに違いない。

けれど、今なら確信を持って判断できる。まず間違いなく実弾だろうし、原因は十二式さん関係の問題でしょう。職場の先輩が日頃から拳銃を運用しているので、その響きっぷりは耳にも覚えがあった。

平然を装いつつ、発砲音が聞こえてきた方向に向かう。すると周りの生徒たちも同じように動き始めたので、これに制止の声をかけることも忘れない。先生が確認してくるので、皆さんは大人しくしていて下さい、とかなんとか教師っぽい台詞(せりふ)を投げかけつつ、廊下を駆け足で進む。

そうしている間にも、二発目のパァン。

おかげで音の聞こえてきた方角から、銃声の出処(でどころ)に目星がついた。

廊下を突き当たりまで進み、階段を駆け下りる。

目的地は一階フロア。

すると、階下の階段ホールに降りたところで、騒動の現場が見えてきた。

廊下の一角に私服姿の大人が二人倒れている。内一名は職員室で見た覚えのある装いをしている。共に頭部が崩れており、床に倒れたままピクリとも動かない。銃弾を顔に受けたようで、生存は絶望的である。

その傍(かたわ)らには両手で拳銃を構(かま)えた人物が見られる。

十代中頃ほどの少年だ。というか、こちらの学校の制服を着用している。見たところアジア人のようだけれど、心なしか彫りの深い顔立ち。肌の色も自身が受け持っているクラスの生徒と比べて、いくらか濃いものとして映る。

そのような人物が、現場を訪れた新米教師に向けて、即座に銃口を照準。

「っ……」

自身は大慌てで障壁魔法を展開。

同時に廊下の柱に身を隠す。

間髪を容(い)れず、パァンと三発目の銃声が鳴り響いた。

銃弾が鉄筋コンクリート造の柱を削る。

状況的に考えて、メイソン大佐の仰(おっしゃ)っていた他所(よそ)の国や組織からのアプローチではなかろうか。我々が目を光らせている手前、表立って入り込むような輩(やから)はいないだろう、とか豪語していたけれど、普通に入り込んでいやしないか。

銃器で武装している時点で、絶対に本学の生徒さんじゃないでしょう。右の二の腕など、衣類ごとパックリと切り裂かれていた。血で赤く染まっていた。なのに平然と銃を構えているの凄い。とても十代の少年とは思えない気概の持ち主。

　倒れている職員二名と争った結果だとすれば、後者こそ大佐のお仲間、もしくは局員や自衛隊の方ではなかろうか。付近に刃物が見られない点を加味すると、対処に当たっていた二人は異能力者である可能性が高い。

　それでも負けてしまったのは、相手を生徒と見誤って不意を突かれたと思われる。

　少年兵、そんな響きが脳裏に浮かんだ。

「…………」

　スマホのインカメラを起動して、盾にしている柱越しに先方の様子を窺う。少年は銃を構えたまま、こちらを油断なく見据えている。一介の職員に対する反応としては、過剰ではなかろうか。

　恐らく自身の顔を知らされているのだろう。

　暗殺命令とか受けていたりするのかも。

　なんたって十二式さんの身の回りでは、目下最弱であると評される我が身。少なくとも世間に出回っている情報を統括すれば、こちらの新米教師こそ、我々家族ごっこのメンバーにおいて最弱。過去には遊園地でも襲われている。

　それでも幸いであったのは、騒動の所在。

　一階フロアには普通教室がない。

　昼休みが始まって間もない時間帯ということも手伝い、界隈に生徒の姿は皆無である。

「出てこい！　オマエ、オレと一緒に来る！」

　片言の日本語で伝えられた。

　やはり狙いは我が身で間違いない。

　だとすれば、下手に会話を交わして身バレしては大変なこと。できればこの場は何もなかったことにしたい。理想的には、メイソン大佐や犬飼さんが駆けつけてきてサクッと解決、隠蔽してくれたら嬉しい。

「…………」

　ただ、そうした淡い期待は、次の瞬間にも裏切られてしまう。

　自身とは闖入者を挟んで反対側、廊下の曲がり角から生徒が姿を現したのだ。

　両手に沢山のノートを重ねた女子生徒だ。課題か何かを職員室まで届けるべく足を運んだのだろう。彼女は行く先に拳銃を構えた少年と、その足元で血溜まりに倒れた職員を目撃して、全身を強張らせた。

「ひぃっ……！」

間髪を容れず動いた少年が、女子生徒に迫る。

こうなると黙って見ている訳にもいかない。

「待って下さい！」

咄嗟に柱の陰から飛び出した。

ただでさえ十二式さんの転校にあたり、学校生活を乱してしまっている。その上、生徒から死傷者など出してしまった日には目も当てられない。大人たちの勝手な都合で、子供たちの教育の機会を奪うなど、絶対に駄目でしょう。

中学生のうちから勉強する習慣を身につけて、ある程度の高校に入り、それなりの大学を目指せるだけの余地を残しておく。馬鹿な考え方だとは思うけれど、それはきっと生徒さんたちの人生において、とても大切なことだ。

異能力者だとか宇宙人だとか、そんな意味不明なもので台無しにしてはいけない。

台無しにされた結果が、今まさに面前で非行に走ってしまっているじゃないの。

「こ、来ないで！」

女子生徒は手にしたノートの束を少年に投げつけると、咄嗟に逃げ出さんとする。しかし、ほんの数歩ばかりを駆けたところで、すぐさま少年に腕を掴まれてしまった。走り出した勢いをそのままに、前のめりとなり倒れ込んでしまう。

その後頭部に銃口が向けられた。

直後にはこちらに向き直った少年から、脅し文句が伝えられる。

「大人しくする。じゃないと、女、殺す」

一方で中年は廊下を駆けている。

同時に障壁魔法を行使。

対象は自身と女子生徒。

後者については魔法の存在に気づかれぬよう、頭部や腹部など、銃を向けられそうな箇所について限定的に。

ピーちゃんほど器用に扱うことはできないけれど、部位を限定して張る程度であれば、どうにか行える。

こちらの接近を目の当たりにして、先方からは非難の声と共に発砲があった。

照準を新米教師に改めてのこと。

「お、大人しく！　大人しくする！」

パァン、パァンと立て続けに鳴り響いた銃声。これに合わせて自身は大仰にもアクション。あたかも銃弾を交わしておりますよ、といった風体で全身を左右に揺らす。後々の言い訳を考えたのなら、やらないよりはやった方がいいの精神。

実際には放たれた銃弾が障壁魔法に阻まれて静止する。そちらは物を浮かせる魔法で後方に飛ばしておこう。どこまで誤魔化せるか分からないけれど。

「クソ、なんだこの男っ……」

全弾を撃ち尽くしたところで、少年に変化が見られた。女子生徒から手を放すと共に拳銃を放棄。腰を落として身構える。両腕を胸の辺りに持ってきて、ボクシングのファイティングポーズみたいな感じ。しかも片手にはナックルナイフを装備しているぞ。

対して魔法中年は突撃姿勢。

障壁魔法を解除の上、質量に物を言わせる作戦。

そのままレスリングの両足タックルよろしく、少年の胴体に肩から体当たり。

日々の晩酌によって鍛え上げられた中年ボディーは内臓、皮下共に脂肪がたっぷり。着痩せしているように見えて、それなりに重量がございます。先方は踏ん張ることも叶わず、背中から廊下に倒れ込んだ。

「っ……！」

間髪を容れず、ガツンという音が届けられる。

頭部を床に打ち付けたようだ。

「大人しくして下さい！」

「…………」

そのまま馬乗りとなり、相手の両手を押さえる。

しかし、返事はない。

当たりどころが悪かったのか、そのまま気を失ってしまった。

これって脳梗塞とか起こしていやしないか。見ていて不安になる。けれど、意識を取り戻して暴れ始めても困ってしまう。救急車を呼びたい衝動に駆られるも、まずは先方の武装解除を優先。手元からナイフを抜き取る。

足元に落ちていた拳銃も手に取り、念のためにマガジンをリリースする。過去に何度か経験した局での拳銃の取り扱い研修。担当教官から厳しく躾けられた手前、自然と手が動いていた。懐をまさぐると手榴弾まで出てくる。なにこれ怖い。

「あの、さ、佐々木、先生？」

「怪我はありませんか？」

「はい、怪我はないです。だけど、そ、そっちの男子は……」

女子生徒から名前を呼ばれた。

見覚えのある顔立ちは、本日の午前中にも数学の授業で顔を合わせた三年生の生徒。自身が担任を務める一年A組のクラスメイトではない。ただ、授業中に質問を受けたので、その風貌を覚えていた次第。

そうこうしている間にも、メイソン大佐と犬飼さんが駆けつけてきた。

彼らの後ろには他に数名、見覚えのない大人が続いている。多分だけれど、二人のお仲間ではなかろうか。表立って銃を構えるような真似はしていない。ただ、油断なく現場を見据える表情は、学内の教職員とは雰囲気が違って思えた。

「オッー!?　ササキさーん、これはどーしたことでショー！」

「佐々木さん、怪我はありませんか？」

「私は大丈夫ですので、こちらの彼女をお願いします」

「承知しました」

女子生徒の手前、外国語指導助手を偽っているメイソン大佐。そのすぐ傍らでキビキビと連れに指示を出していく犬飼さん。彼女の命令を受けて、周りを囲んでいた大人たちが動き始めた。

内一名見られた女性の方がすぐさま女子生徒を確保。どこへともなく連れていく。

「申し訳ない、ミスター佐々木。こちらの不手際だ」

「こちらの方々は？」

「私の部下で間違いない。屋外で警戒に当たっていたのだが……」

女子生徒の姿が見られなくなったところで、メイソン大佐の態度が改まった。

彼の視線の先には、先んじて廊下に倒れていた二名の姿がある。やはり、大佐の部下であったみたい。廊下に立って言葉を交わす我々の面前、現場に駆けつけた方々が、その身柄を回収。窓から屋外に向けて運んでいく。

これは自身が押し倒してしまった少年も同様。

多分、外に仲間が待機しているのだろう。

後に残ったのは廊下に生まれた血溜まりくらいだ。

「佐々木さん、目撃者は彼女だけでしょうか？」

「少なくとも私が把握している限りはそのように思います」

犬飼さんから問われた。

自身が頷くと、彼女はスマホでどこかに連絡を取り始めた。上司に報告を行っているのか、それとも他所の部隊と連絡を取っているのか。そんな彼女の傍らで、自身はメイソン大佐と会話を続ける。

「現場は封鎖している。これ以上は情報が外に漏れることはないだろう」

「銃声はそれなりに響いてしまっておりますが」

「その程度であれば、どうとでも誤魔化すことはできる」

「それは頼もしい限りです」

校長先生を味方にしているので、多少強引な手も取れるのだろう。

それでも不安の尽きないお返事ではある。

「それと今しがたの女子生徒ですが、あまり強引な行いは控えて頂けませんか？」

「十分な補償を行う用意がある。決して不幸になることはないと約束しよう」

「お気遣い下さりありがとうございます」

今の言い草からして、転校は免れないように思う。両親の勤務先に働きかけて、本人の知らぬところで近日中に他所の学校へ。そうした行いは局の後始末でも平然と行われている。大佐のところも似たようなものだろう。

我々のせいで生徒さんの人生が狂ってしまった。

ただただ申し訳ない。

教職員としては大して活躍できそうにない。けれど、せめて在校生に不利益が及ばないように頑張るのだと決めた矢先、この体たらくである。教師という役柄は偽物。それでも他所のお子さんを預かっていることには変わりがない。

もう二度と、こんなことが起こらないようにしないと。

そう強く思った。

しばらくすると追加で局員の方々が駆けつけて来る。

自身は声をかけられるまで相手の素性に気付かなかった一方、先方はこちらの顔を把握していた。すぐに情報共有を終えて、現場の対応をバトンタッチ。大佐や犬飼さんと職員室に戻った。

以降、午後の授業を終えて放課後を迎えた辺りでのこと。

上司から電話で連絡があった。

昼休みの騒動について。

相手の素性は他国の工作員、とのこと。現場で活躍していた少年は、通学時間に生徒に交じって学内に潜入。昼休みになるまで潜んでいたらしい。そして、自身が一人になったところを殺害、あるいは拉致するべく、活動を開始したのだとか。

案の定、狙いはこちらの新米教師である。

伊達（だて）に界隈で最弱キャラしていない。

遠方に別働隊が監視として控えており、望遠レンズ越しに職員室へ向かうこちらの姿を捕捉していたとのこと。これと合わせて校舎内に侵入したところ、警戒に当たっていた大佐の部下と接触、廊下で戦闘になったのだそうな。

少年の尋問を終えたメイソン大佐が、局に情報を流してくれたのだろう。銃を手にした兵を相手に随分と果敢に挑んだものだ、とは課長からの詮索。

こちらについては曖昧に頷いて煙（けむ）に巻いておいた。

幸いにして現場には監視カメラの目もなく、無事にやり過ごせたようだ。

＊

その日の夜は、三日ぶりに家族の団欒が設けられた。

未確認飛行物体の内部に設置された日本家屋。家族ごっこのメンバーは畳敷きの居間に集まり、和テーブルを囲んで夕食を取っている。ちなみに本日の夕食の支度は、お隣さんとアバドン少年の担当だ。

卓上には焼き魚や肉じゃが、豚汁といった純和風な献立が並んでいる。

ピーちゃんと出会ってからというもの、肉々しい食生活を送っている自身にとっては、とてもありがたいメニューである。そうそう、こういうのが食べたかったんだよ、などと内心歓喜しつつ箸を伸ばしている。

「おじさん、あの、お味はいかがでしょうか？」

「とても美味しいよ。焼き魚の焼き加減とか、皮のパリパリ感が最高だよ」

「そちらはアバドンの仕事ですね」

「この豚汁も、野菜やお肉がまんべんなく炒めてあって、風味が出ているね」

「すみません、そちらもアバドンが事前に提案の上、頑張ってくれました」

「えっと、その……アバドンさん、とても料理がお得意なんですね」

『これまでの人生で調理と言えば、焚き火にくべた空き缶に公園の水を注いで、野草のおひたしが精々だったんだ。そんな僕の相棒にしては、かなり頑張ったと思わないかい？　どうか褒めてあげてくれないかな』

「アバドン、そういうことは黙っていて下さい。あと、学校の調理実習ではクッキーを作った経験があります。家庭料理の経験に乏しいことは事実ですが、今後は自炊にも挑戦していく予定です」

『そうかい？　自らが果たした努力はしっかりとアピールすべきだと思うんだけど』

「そういうことを聞いてしまうと、無性にタダメシを食わせたくなるのぅ」

二人静氏の気持ち、とてもよく分かる。

肉じゃがも素晴らしい出来栄えなのだけれど、これ以上は下手なことを口にすると、やぶ蛇になりかねないので黙っておくことにした。こちらも恐らく、アバドン少年が頑張って下さったのだろう。

想像した以上に家族ごっこに馴染んでいる彼に、今は心の内で称賛を贈っておく。

「ところで、食事の担当もこれで一巡したかのぅ？」

「フタリシズカ、次回の食卓は私に任せてもらえないかしら？」

「以前に言っておった郷土料理に目処がついたかぇ？」

「ええ、その通りよ。どうか皆にも食べてもらいたいの」

「そういうことであれば、是非ともご相伴に与りたいのぅ」

多数決の結果、次回の調理担当にはエルザ様が抜擢されることとなった。サポートには二人静氏が付くとのこと。自身は食べ慣れた異世界の料理だけれど、他の方々がどういった反応を見せるかは、ちょっと気になるところだ。

そうして食事を楽しむことしばし。

皆々のお皿に盛られた料理が半分ほど消えた辺りで十二式さんが言った。

「母よ、末娘ハ学校に通イ始めたコトで気づいたことがアル」

「なにかしら?」

「長女は学内ニおいて、男子生徒からトても人気ガある」

「そうなの?」

十二式さんの発言を耳にして、皆々の注目がお隣さんに向けられた。

母から問われた長女は困った表情を浮かべて応じる。

「人気があるか否かは定かでありませんが、声をかけてくる生徒はいます」

『以前の通学先とは違って、クラスの人気者なんだよね!』

アバドン少年の指摘はやんわりとしたものだけれど、以前の学校ではクラスメイトから虐(いじ)められているような気配があった。その現場に居合わせたことはない。けれど、日々顔を合わせていたからこそ、なんとなく察せてしまった学内の情景。

だからこそ、転校先では同級生から良くしてもらっている事実に安堵(あんど)を覚えた。

なんだか不思議な感覚。

自らの使命を一つ達したかのような、充足感にも似た感慨が湧いて出た。

少し気分が楽になった、とも。

「そして、女子生徒ヨリも男子生徒の方ガ、興味ヲ向ける対象により優シイ傾向がある。移動教室へ向かウ際に荷物ヲ持つことを提案スル。給食の後片付けヲ率先して代わる。そのようナ甲斐甲斐(かいがい)しい行いガ多数見られタ」

「えっ……貴方(あなた)、学校で姫プレイでもしているのかしら?」

驚いたようにお隣さんを見つめる星崎(ほしざき)さん。

そういえば先輩も学校ではハブられておりましたね。

少し尖(とが)った物言いはその賜物(たまもの)か。

今度は同僚の学生生活が気になってしまったの、なんかちょっと辛(つら)い。

「していません。妙な言いがかりは止(や)めてもらえませんか?」

「その子の発言を素直に受け取ると、そう思えてならないのだけれど」

「提案があっても、それを受け入れるか否かは別の問題ではないかと」

星崎さんと十二式さん、お隣さんと二人静氏など、ここ最近は互いに歩み寄りが見られる家族ごっこの参加者一同。けれど、お隣さんと星崎さんの間柄だけは、未だに以前と変わりのない隔たりが感じられる。

この二人はたぶん、根本的に性格が合わないのだと思う。

「末娘ハこれを、人類ノ求愛行動に基づく性本能的ナ行いデあると判断スル」

「まぁ、思春期の男女なんぞ、食う寝るヤるの三拍子で生きておるからのぅ」

「そこデ私は母に相談シたい」

「私が力になれることなら、なんでも言ってくれて構わないけれど」

「私ハ学校で姫プレイがシたい」

「…………」

歯に衣着せぬ物言いは、機械生命体特有の言動である。回りくどい自己主張が是とされてきた日本人的には、これがなかなか痺れる。星崎さんも上手い返事が見つからないようで、口を半開きにしたまま沈黙。これに構うことなく、十二式さんは主張を続ける。

「そして、理解ノある彼君ヲ多数手に入れた上、これに囲まレて圧倒的ナ癒やしヲ得る。その先にコソ感情という名のバグを直ス為の方法ガ存在しているト信じて止まナイ。姫プレイは家族ノ団欒にも匹敵スル可能性を秘メている」

「ごめんなさい、私だと、その、あまり貴方の力になれそうにないかも……」

「母ハ姫プレイをシた経験ガないと？」

「普通の人はしたことある方が珍しいんじゃないかしら？　姫プレイって」

姫プレイという単語をこうまでも続けざまに耳にしたの、人生で初めての予感。

学生の頃は、同学年に一人くらいそういう感じの子、いたような気がする。

「はいはーい、儂はあるのじゃ。なんなら昨晩もプリンセスっておったもの」

「二人静さんの場合、ネトゲか何かのプレイスタイルではありませんか？」

「通話プレイで女児ボイスを利用して、ロリコン男たちを釣り上げるのじゃ。ちょっと拙い感じで甘えたのなら、もうこっちのものじゃよ。ヤリモク相手に先方の懐ギリギリ、高額課金アイテムを貢がせるのが堪らんでなぁ」

「ちょっと二人静、十二式ちゃんに変なこと教えないでもらえないかしら？」

「祖母よ、母かラは否定ノ声が上がったガ、末娘としてハ興味をそそらレる」

「おぉ？　才覚を感じるのぅ」

この祖母、子供の情緒教育に最悪である。

父親役としては星崎さんに加勢せざるを得ない。

十二式さんのみならず、お隣さんにも悪影響がありそうだし。

「変な男性に騙されて、地球がドッカンするような展開は勘弁願いたいのですが」

「父よ、安心シテ欲しい。母より大切ナ存在が生まレルことはないト考える」

「んなこと言っておる娘っ子ほど、暴力男に尽くしてしまったりするのじゃよ」

「寂シさを癒やす上デ、恋慕ハ家族関係と双璧ヲ成す存在。決して無視できナイ」

「人類において、恋慕と憎悪は表裏一体です。必ずしも癒やしを得られるとは限りません。家族関係よりも扱いが困難であると考えて下さい。対応を誤ったのなら、癒やされた以上の辛みを抱え込むことになります」

柄にもないことを口走る羽目となる。

恋愛経験、ほとんどないのに。

すると直後にもお隣さんから反応があった。

彼女はジッとこちらを見つめて言う。

「おじさん、彼女の学内での動向には、私も気にかけるようにしますので」

「ありがとう、とても助かるよ」

「いえ、そんな滅相もありません」

『これはポイントの稼ぎどころだね！　頑張ってアピールしていかないと』

「アバドンは黙っていて下さい」

お隣さんのような子供にまで、負担をかけている事実が申し訳ない。

昨今、彼女は衣食住のみならず、社会的な身分に至るまで二人静氏に依存している。家族から一方的に与えられる愛情ではなく、大人さながらに互いの利益関係の上で、今の生活を維持している。しかもその事実を聡い彼女は正確に把握している。

おかげでこの子供らしからぬ気遣い。

アバドン少年の茶々が身に染みる思いだ。

「偉そうなことを言うておるけど、こちらの親父殿にしても、職場で一回り以上年下の同僚とイチャコラしておったぞぇ？　なんなら歓迎会の帰りに、お持ち帰りされそうになっておったしのぅ。遅咲きのモテ期に突入して、人生のラブコメ回かぇ？」

「なんト、父は既ニ末娘の先ヲ歩んでいたト」

「えっ!?　そ、そうなの？」

祖母は祖母で、好き勝手に言ってくれる。

二人静氏、ストレスとか溜まっているのだろうか。

「なんじゃ、旦那の浮気が気になるのかのぅ？」

「べ、別に気にはならないけど、でも、佐々木って妙に枯れているから……」

「長女としては、家庭内に不穏を放置するような真似は控えたく思いますが」

「二人静さん、勘違いを招きかねない物言いは控えてもらえませんか？」

「そういった意味合いだと、私もササキの妾候補という扱いにはなるのよね」

エルザ様が余計なことを言った。

ボソリと独り言を呟くかのような物言い。

「え、なんじゃそれ。もう少し詳しく」

「あっ、ご、ごめんなさい？　これ以上は私の口からは言えないの」

大慌てで口を噤んだエルザ様。

異世界の事情についてはお口にチャックである。

けれど、他の面々からは追及の声が上がった。

「父が母ヲ捨てて隣近所ノ女と不倫しようとシテいる。これは由々シキ事態」

「いえいえ、そんなことはしていませんから」

「あの、ご、ごめんなさい？　私はその、あの、正妻であるホシザキを立てるべき立場にあるので、決してそのような行いをする意図はないの。だからどうか、今の発言は気にしないでもらえたら嬉しいのだけれど……」

エルザ様、とても慌てている。

根が素直な彼女は、腹芸ができるような性格ではない。意図しての発言ではなく、自然と口から漏れてしまったものと思われる。異世界の価値観では、愛人を囲っている貴族などごく一般的な存在だから。

「ちょっと貴方、私というものがありながら、どういうつもりなのかしら？」

「星崎さんもこんなときばっかり乗ってこないで下さいよ」

「だってこの手の話題で、佐々木のことを弄れる機会ってほとんどないし」

「姑としては、絶対に新しい嫁の方がええと思うのじゃけど」

「二人静さん、わざと言っていますよね？　翻訳機を介して、エルザ様とピーちゃんのやり取りを確認していた貴方なら、大凡の事情は把握しているはずです。これ以上の問答は無意味なものではないかと」

「ちぇ、つまらんのぅ」

「やっぱり二人静の勝手な妄想だったみたいね」

「妄想とか酷くない？　ちゃんとした事実じゃし」

『貴様よ、必要であればこの娘の頭を少々弄ってみるが、どうだろうか？』

「えっ、なんじゃそれ怖い。絶対に止めたげて！」

ピーちゃんに言われて、二人静氏が大人しくなった。

星崎さんとお隣さんは訝しげな面持ちを向けてくるけれど、この話題はこれでおしまい。会話の流れを他所に持っていこうと、卓上に置かれていたテレビのリモコンに手を伸ばす。そろそろゴールデンタイムのアニメ番組が始まる時間。

すると懐で端末がブブブと鳴動し始めた。

ディスプレイを確認すると、上司の名前が表示されている。

「はい、佐々木ですが」

『阿久津だ、今少しいいかね？』

「ええ、お願いします」

『君が囲んでいる元隣人の件だが、そちらの主張が通ったことを伝えておく』

「ありがとうございます。本人たちにもそのように伝えさせて頂きます」

『ああ、そうしてくれたまえ。話はそれだけだ』

通話をしていたのは、ほんの数十秒ほど。

用件のみ伝えて、すぐに回線は切られてしまう。

相変わらず愛嬌の欠片もない上司である。

「おじさん、もしかしてお仕事でしょうか？」

「この時間からかぇ？　マジうんこじゃのぅ」

「代理戦争の件で上から連絡がありました。お二人の安全が確保できたそうです」

上司から伝えられた内容をそのまま口にする。

すると即座に声を上げたのがアバドン少年。

『ありがたいねぃ。これで僕の相棒も夜中に一人、恐怖に震えることもなくなるよ』

「おじさん、ありがとうございます。私たちなんかの為に色々として下さって。それとアバドン、今のような物言いはどうかと思います。そもそも夜中に身を震わせるような真似を、私は一度もした覚えがありません」

「僕は仲介をしただけだから、気にしなくてもいいよ」

『ここのところ君たちには世話になってばかりだ。使徒を倒した訳ではないから、ご褒美を与えることはできない。けれど、それ以外のところで何か手伝えることがあったら、気軽に言ってもらえないかな？』

「十二式さんの転入学に当たって、既に色々と手伝ってもらっていますから」

『そうかい？　しかし、あまり釣り合いが取れているようには思えないなぁ』

「それと以前にもお伝えした通り、こちらから他所の使徒に手を出さない限り、という条件が付きます。もし仮に偶発的な遭遇から、戦闘となってしまった場合についても、可能であれば事後に報告をして頂けるとありがたいです」

「承知しました。すぐに連絡を入れさせてもらいます」

『おや？　そうなると彼の連絡先を聞いておいた方がいいんじゃないかな？』

「……おじさん、あの、アバドンの言ったことなんですが……」

「そうだね。決して無理にとは言わないけれど、お願いできないかな？」

「は、はい、是非ともお願いします！」

私用の端末に未成年の連絡先とか、これほど危ういものはない。ということで、局支給の端末を取り出して電話番号やら何やらを交換する。こちらであれば、職務上必要であったと言い訳ができるから。

　そうした我々の傍らで二人静氏がアバドン少年に問うた。

「デスゲームといえば、ひとつ気になっておることがあるのじゃけど」

『なんだい？』

「末娘が運用しておる接点や末端は、隔離空間内で人間と同じように生命体として扱われておるじゃろう？　一方で同じ機械生命体の文明でありながら、記憶媒体なんかはスマホと同じ扱いを受けておった」

「それって三宅島から逃げるときのやり取りよね？」

「うむ、パイセンの言う通りじゃ。この辺りの線引きってどうなっておるの？」

　隔離空間から外に出ると、空間内で起こった出来事はなかったことになる。その数少ない例外が、ゲーム参加者の記憶である。それと同じ現象が機械生命体の末端でも生じていたことは、先のゲームで確認している。

　けれど、二人静氏の発言から察するに、機械生命体の製造物であっても、一様にデータが保存される訳ではないみたい。地球上の情報端末と同様、巻き戻ってしまったデータも存在しているようだ。

『うーん、そうだねぃ。ご褒美を使うというのなら教えてあげてもいいかなぁ？』

「つまり、理解するとゲームを有利に進められるような仕組み、ということかのぅ？　ご褒美の行き先としては魅力的じゃけれど、儂が保有しておる分については、既に行き先も決まっておるしなぁ」

　ちらりとこちらを眺めて二人静氏が言った。

　ルイス殿下の件、さっさと進めろということだろう。

　生命体と非生命体の線引きについては、自身も思うところがある。ご褒美を利用してまで教示を願うのはもったいない。もしまた隔離空間内に足を運ぶことがあったら確認してみよう。エルザ様の協力があれば、たぶん再現は可能だ。

「ところで、テレビを点けてもいいかしら？　見たい配信があるのだけれど」

「星崎さん、リモコンをどうぞ」

「ありがとう、佐々木」

　お隣さんと連絡先の交換を終えたタイミングで、テレビの電源が点いた。

　手早くチャンネルが操作されて画面が変わる。

映し出されたのは今年の秋アニメ。

「こちらのアニメ、二人静さんが推してる作品じゃありませんか？」

「パイセンも見ておったのかぇ？」

「今季の作品だと、これが一番面白いと思うのよね」

「ほぅ？　今どきのＪＫにしては、なかなか分かっておるでないの」

和テーブルを囲んでいた皆々の注目もテレビに向けられる。

以降、アニメを一本眺めたところで、本日の団欒はお開きとなった。

＊

家族ごっこを終えたのなら、異世界へのショートステイ。

こちらも団欒と同じく三日ぶりの訪問となる。

ピーちゃんの魔法のお世話になり、エルザ様と共にヘルツ王国の首都アレストを訪れる。移動した先は王城に設けられた宮中大臣の執務室。そこからミュラー伯爵の私室に向かい、エルザ様を交えて定期報告を行う。

「ミュラー伯爵、何度も繰り返してのご確認を申し訳ありません。アドニス陛下の凱旋についいて、算段は立ちましたでしょうか？　概算でも構いませんので、今後のご予定をお伺いしたく考えているのですが」

「いいや、まだしばらく要すると思われる」

「左様でございますか」

「以前から陛下のお戻りを気にされているようだが、何かあるのだろうか？」

いつも通りソファーに腰を落ち着けてのやり取り。ソファーテーブルの止まり木にはピーちゃん。彼を前後から挟む形で、横並びとなったミュラー父娘の対面に、自身が一人で座している。その光景は普段と変わりない。

ただ、本日は少しだけ緊張している。

理由は今まさに先方へ伝えようとしている内容が故に。

「せっかくですので、先んじてミュラー伯爵のお耳に入れたく存じます」

「ササキ殿がこうまでも改まって物言うとは珍しい」

「ルイス殿下の復活について、可能性が見えて参りました」

「なっ……」

　こちらの物言いを受けて、ミュラー伯爵が驚愕に固まった。

　異世界の魔法により肉塊と成り果てたルイス殿下。その治癒を行える可能性があるとすれば、天使と悪魔の代理戦争で活躍することにより得られるご褒美。二人静氏からは、先程にも改めてゴーサインを得ている。

「鳥さん、ササキ殿の仰っていることは……」

『あぁ、事実だ』

　止まり木に止まったまま、うむりと頷く文鳥殿。

　ここ最近、お肉を食べまくっている為か、少しふっくらしてきたような気がしないでもない。小鳥にあるまじき食事量には、異世界の魔法で対処しているようだけれど、ちょっと気が緩んでいたりするのかも。

　個人的には、でっぷりと太った彼も見てみたい。

　夕食のお肉の量、こっそり増やしてみようかな。

『それと今回の件だが、我は一切関与していない。この者が自分たちの世界で、貴様たちの為に頑張った成果だと考えてもらいたい。決して確約はできないが、試して見る価値はあると我も考えている』

「ササキ殿、まさか我が国のために、そこまでして頂けるとは」

「私もミュラー伯爵やアドニス陛下には大変良くして頂いておりますので」

「だとしても、我々が受けた恩義とは比べようもない」

　深々とお辞儀をする伯爵に、どうか頭を上げて下さいのやり取り。

　腐肉の呪いとは、それくらい大変な代物なのだろう。

　星の賢者様でさえ復活を諦めていたし。

「そこでご相談なのですが、アドニス陛下との場を設けては頂けませんでしょうか。場合によっては、ルイス殿下に我々の世界までご足労を願う必要が出てくるかもしれません。こちらの一存でお連れする訳にはいかないと思いますので」

　解呪の実施は異世界と我々の世界、どちらでも行えるようにしておきたい。アバドン少年の悪魔としての力が、異世界でも発揮される保証はないから。ネーミングから察するに、彼らって地球土着の存在っぽいし。

　などと今後の算段に意識を巡らせる。

　すると、ミュラー伯爵から改まった態度で言われた。

「今回の件、陛下には伝えずに行うことはできないだろうか？」

『うむ、我もユリウスの意見に賛成だ。もし万が一にも復活が為されなかった場合、あの者をぬか喜びさせることになってしまうからな。事情を伝えるのは、ルイスの呪いが解けてからでも遅くはない』

　即座にフォローに入って下さったピーちゃん、本当にありがとうございます。

　たしかに失敗した場合のケアは重要だ。

　アドニス陛下は昨今、とても重要な局面を迎えていらっしゃる訳で。

「まさにお二人の仰る通りかと存じます。是非そのようにさせて下さい」

「次回の来訪までに、こちらで支度を用意しておく。それで構わないだろうか？」

「ええ、ご面倒をおかけしますが、何卒よろしくお願いします」

「それはこちらの台詞だ、ササキ殿。世話になってばかりで本当に申し訳ない」

　そんな感じで宮中でのやり取りは過ぎていった。


　そして、ミュラー伯爵と別れたのなら、同日のうちにルンゲ共和国に向けて出発。ヨーゼフさんを訪ねて、ケプラー商会に軽油を納品する。こちらは特筆することもない。マルク商会共々、順風満帆とのご報告を頂いた。

　前回分の支払い明細には、とんでもない金額が記載されていた。

　その日の晩は、いつも通り接待を受けて一泊。

　翌日には共和国を出た。

　これで今回のショートステイのノルマは達成。

　以降はヘルツ王国の町エイトリアムに戻り、ピーちゃんと一緒に残りの時間をゆっくりと過ごす。ルート開拓の現場も気になるけれど、以前の来訪からそう経過していない。大した進捗は見られないだろうとの判断である。

　余暇はお馬さんに跨って過ごした。

　乗馬の練習である。

『少なくともこの様子であれば、人前で恥をかくようなこともあるまい』

「ピーちゃんにそう言ってもらえると、とても安心できるよ」

『しかし、実用的には今後とも精進であるな。儀礼的な場では大人しく跨っていればいいが、遠出に際して乗り回すとなれば、今の技術では心もとない。今後とも意識して跨るようにすべきであろう』

「だとすると、末永く付き合えるパートナーが欲しいところかな」

『あぁ、そろそろ貴様の愛馬を見繕ってもいいかもしれぬ』

滞在期間をすべて費やしたことで、なんとかターンまで習得することができた。自身が思った通りに動いてくれるの、想像した以上に感動。当初、問答無用で振り落とされていた経緯を思えば、かなりの成果である。

自動車の運転よりも先に、馬に乗れるようになったとか報告をしたのなら、二人静氏からぶん殴られそうだ。

最終日には王城へエルザ様をお迎えに上がって、今回のステイは終了である。

＊

異世界でのバカンスを終えたのなら、また局員としての日々がやってくる。

朝イチで二人静氏の別荘を出発して、勤務先の学校で朝のホームルーム。その後も各学年の教室で数学の授業を行っていく。主要五教科の一つの担当となるので、これがなかなか忙しい。宿題の採点とかも生じる。

今後は異世界に仕事を持ち帰る必要が出てくるかも。嫌な想像を脳裏に浮かべつつ、なるべく業務時間内に終わらせるべく奮闘。

できれば早く終わって欲しい教員生活。なにより朝六時には起床しないと間に合わない勤務スタイルが辛い。あまりにも辛い。教師の才能って、早起きの才能に他ならないのではないかと思うほどに。

このタイミングで異世界との時間経過差が縮まっているの嫌がらせとしか思えない。

神様的な存在からの。

けれど、そうした自身の思いとは裏腹に、十二式さんは学校生活を謳歌(おうか)している。担任として眺めている限り、クラスメイトとの交流も円満。おかげで自身も向こうしばらくは教員として過ごすことになりそうだ。

そんなことを考えつつ迎えた同日の昼休み。

「土曜日は午後が楽でええのぅ。半ドン様々じゃわい」

「今のところ部活動の担当がないのが幸いですね」

「んなことを言っておると、お役目が降って来るぞぇ？」

「冗談でも笑えませんよ」

職員室で二人静氏と駄弁(だべ)っている。

手元には彼女のところのシェフが作ってくれたお弁当。朝早くから夜遅くまで働き詰めの昨今、唯一の楽しみと称しても過言ではないのがこちらの昼食だ。何故(なぜ)ならばとても豪華。普通に伊勢海老(いせえび)とかローストビーフが入っている。

都内で購入したのなら、何日も前から予約必須の上、一万円とかするタイプ。

「佐々木さんと二人静さんの昼食、お弁当とは思えないほどに豪華ですね」

「羨ましいデース！　私にもそちらの伊勢シュリンプを分けてくだサーイ！」

犬飼さんとメイソン大佐も一緒だ。

わざわざ我々の席の近くまでやって来て食事を取っている。彼らの食事は至って普通で、そこいらのコンビニで調達したと思(おぼ)しきお弁当や惣菜(そうざい)パン。以前までは自身もそちら側の住人だったなぁ、などと下らないことを考える。

「お主ら子供じゃないんじゃから、昼飯くらい自分の席で食うたらどうなの？」

「ランチタイムは同僚とお喋(しゃべ)りしながら、楽しく過ごすべきだと思いマース！」

「すみません、あの、私もロバート先生にお誘いを受けまして、その……」

ただ、そうした穏やかな食事の時間も束(つか)の間(ま)のこと。

次の瞬間にも、遠くからズドンと爆発物でも炸裂(さくれつ)したような気配が届けられる。直後にはブブブと音を立てて、懐で局支給の端末が震え始めた。ディスプレイには上司の名前が浮かんでいる。

「儂、めっちゃ嫌な予感がしてきたのじゃけど」

「奇遇ですね、私もです」

職員室に居合わせた先生の間でも、爆発音を巡って会話が交わされ始める。

その様子を尻目に電話を受けた。

『佐々木君、局員と魔法少女が交戦中だ。早急に応援に向かって欲しい』

「学内にも爆発音が聞こえてきましたが、そちらが原因ですか？」

『ああ、その通りだ』

「承知しました。直ちに向かいます」

　通話はすぐに終えられた。

　端末を懐にしまいつつ、二人静氏に意識を向ける。

「阿久津さんからです。早急に現場へ向かって欲しいとのことでした」

「昼飯くらいゆっくりと食わせて欲しいのぅ」

「魔法少女が出たそうでして、二人静さんの力を当てにしてのことでしょう」

「まさか儂に丸投げするつもりかぇ？」

「私も一緒に向かいます。しかし、この格好のままというのも……」

　真っ昼間から人目のあるところで、大手を振ってドンパチする訳にはいかない。現場もどこまで人払いが行われているか定かでない。教員として職務を全うしていく為にも、なにかしら手を打つ必要がある。

　直後には犬飼さんとメイソン大佐の端末がブブブと音を立てて震え始めた。

　これを手早く確認したところで、彼女たちからも声が上がる。

「佐々木さん、申し訳ありません」

「どうして犬飼さんが謝罪されるのでしょうか？」

「我々の力不足が原因で、皆さんにご迷惑をおかけしていますので」

「失礼ですが、既にそちらではご対応に？」

「通学路を見張っていた者たちから、所属不明の異能力者と交戦中との連絡が入りました。そちらに魔法少女が合流し、現場に居合わせた異能力者を手当たり次第に襲い始めた、とのことです。現場の封鎖と人払いも後手に回っているそうでして」

「現地では私や皆さんのお知り合いも、既に対応しているみたいデース！」

　手元の端末を眺めながら犬飼さんとメイソン大佐が言う。

　お二人にはメールか何かで仔細が届けられたようだ。

　皆さんのお知り合い、というのは我々の同僚、局員を指してのことだろう。

「助手に相談なのじゃけど、青色の娘っ子を出してもらえんかのぅ？」

「オー！　まさかフタリシズカさんは、彼女たちに喧嘩をさせるつもりデースか？」

ここ最近、学内でメイソン大佐のことを助手呼ばわりの二人静氏。

外国語指導助手という役柄から、収まりが良かったのだろう。

「二人静さん、そんなことをしたらマジカルピンクから恨まれませんか？」

「上手いこと説得してもらえたら嬉しいのじゃけど、やっぱり無理かのぅ」

「クラーケンの騒動の合間に耳に挟んだのですが、彼女たちはこれまでに多少なりとも交流があったそうじゃないですか。それでも本日までこうして、異能力者を狩って回っていた訳ですから、説得は困難であるように思います」

過去には黄色い魔法少女からも助力を受けていたマジカルピンク。魔法少女同士の付き合いがどのようになっているのかは定かでない。ただ、割と円満な関係を築いているのではないかなと思う。

クラーケン討伐の際にも、ピンチに陥ったブルーの為に必死になっていたし。

「佐々木先生、なんのお話ですか？　皆さん一緒にゲームとかされているんですか？」

「ええまぁ、そんな感じです」

話し合う我々の下に一年A組の副担任、望月先生がやってきた。

彼女は自分や二人静氏の手元を眺めて、驚いたように声を上げる。

「えっ⁉　っていうか、お二人のお弁当、めちゃくちゃ豪華なんですけど！」

「望月先生、校長先生が先生のことを探しておられました。急ぎの用件とのことで、申し訳ありませんがご確認を願えませんか？　もしも見られたら教えて欲しいと、言伝を頂いておりまして」

「あ、はい！　ご連絡ありがとうございます！　すぐに行ってきます」

気を利かせた犬飼さんが即座に望月先生をその場から立ち去らせる。校長先生にも話は行っていると思うので、上手いこと誤魔化して下さることだろう。こういうときの対応が非常にスマートなの、防衛大卒の幹部候補生って感じがする。

望月先生が去っていったところで、改めて二人静氏が呟いた。

「仕方ない、こうなったら奥の手じゃ」

「なにか策があるのでしょうか？」

「お主、ちょっと儂に付き合うといい」

これ絶対に帰ってきたら夕食の時間になっているやつ。

大慌てで伊勢シュリンプの姿焼きを口に突っ込んで席を立つ。

こんなことなら大切に取っておかず、最初に味わっておけばよかった。

二人静氏に連れられるがまま移動した先は、勤務先の駐車場である。

そちらに停められた彼女の愛車のトランクには、いつぞや目にした覚えのあるセーラー服やヘルメット、得体の知れない角、更にはプロのヘアメイクアーティストが収録現場で利用するような、大仰な化粧道具などが収められていた。

セーラー仮面と怪人ミドルマネージャーの変身セットである。

「ちゃちゃっと化けて向かうぞぇ」

「……もしかして気に入っていますか？　セーラー仮面」

「人前でセーラー服を着る機会なんぞ、めったにないからのぅ」

「なるほど」

「ネットでもそこそこ人気じゃし？」

「エゴサしてるんですか？」

「あぁん？　悪いかぇ？」

「いえ、別に……」

「という訳で、いざ変身じゃ！」

「そんな簡単にメイクを終えられるとは思わないのですが」

「問題ない、助っ人を呼んでおるからのぅ」

車両後方のトランクを離れて、後部座席に向かう。するとドアを開けた先に見慣れたシルバー文鳥を発見。

『娘よ、急に呼び出すとは何事だ？』

「ピーちゃん？　どうしてここに」

「廊下を歩いておる間に連絡を入れておいたのじゃ」

『その娘から、貴様が苦労していると聞いた』

後部座席の中ほどにちょこんと佇む文鳥殿。

電話やメッセージアプリなどで連絡を受けて、空間魔法でこちらまでやって来て下さったのだろう。星の賢者様の手にかかれば、ロックされたドアを越えて車内に入り込むような真似もお手の物である。

「ありがとう、ピーちゃん」

『気にすることはない。事情を伺おう』

「ほれ、さっさと自動車に乗り込むのじゃ」

「承知しました」

促されるがまま車内に移動。

そちらで着替えと変身を終える。二人静氏の愛車はなんたって高級車。後部座席にはカーテンが設えられており、これを閉めれば外からの目は大半が隠せる。すぐ隣で彼女が下着姿になっていた点は、顔を背けてやり過ごした。

すると、着替えや変身を終えたタイミングで、学校の駐車場にバイクが入ってくる。

ドドドと大きな排気音を轟かせながらのこと。

跨っているのはいつぞやお隣さんの送迎を行っていた老紳士。ローアンドロングの厳つい車体に、スーツ姿の巨漢がよく似合っている。こういう綺麗な老い方をしたいと、ひと目見て感じてしまう光景。

自動車の後部座席から外に出た我々の面前、バイクが停車する。シートから降りた老紳士は、その傍らに立って二人静氏にキーを差し出した。最近はバイクもスマートキーが普及しているみたい。

これを受け取ったセーラー仮面が声も大きく言う。

「さぁて、それじゃあ出発じゃ！」

「このバイク、後ろに人が座るところがないんですが……」

「何を言うておる、リアフェンダーの上までシートが延びておるじゃろ？」

「本気でこれに二人で乗るんですか？　シートベルトも見られないのに」

「いいからさっさと跨るのじゃ！　バイクにシートベルトがあって堪るかぇ」

促されるがままバイクに跨る。

スロットルが開かれると、車体が前方に向けて急加速。全身が後ろに持っていかれるような感覚。大慌てで二人静氏の身体に両腕を回して事なきを得る。というか、完全にアウトであって、飛行魔法を行使することにより辛うじて落下を免れた感じ。

　そのままバイクは学校の敷地内から路上に飛び出して行った。

*

　ほんの数分ばかり走ると騒動の現場が見えてきた。

　現地は二、三百坪ほどの駐車場。

　学校が面している片側一車線の国道から、信号のない丁字路より脇道に入り、ちょっとだけ進んだ辺り。周囲を錆びたフェンスや背の高い雑草に囲まれた砂利敷きの敷地には、車両を整理する為の区画線も見られない。

　土地が余っている地方特有の雑な駐車スペース。

　上司から連絡があった通り、近隣では既に戦闘行為が行われた跡が見られた。電信柱が倒れていたり、建物が倒壊していたり、自動車が横転、炎上していたり。まるでハリケーンでも通過したかのような有様だ。

　また、争いながら少しずつ移動してきたようで、周囲にも被害が見られる。

　それでも都内と比較したら気分が楽である。

　何故ならばこちらの方が遥かに人気が少ない。

　現場に面した道路はセンターラインも見られない細道。路上を行き交う通行人は下校途中の生徒や、散歩中のお年寄りが少しばかり。付近一帯は建物も疎らとなり、なんなら畑や駐車場などに当てられている土地の方が多い。

　事後処理にかかる手間は雲泥の差だ。

　近辺では既に交通が規制され始めており、車の流れは完全に止まっている。国道側から自動車や通行人の流入は見られない。我々も通行に際しては、警察官から一時的に呼び止められて身分証の提示を求められた。

　それ以外に気になる点を挙げるとすれば、近隣に建てられた住宅と、そこに住まわれている方々の目。ただ、そちらも犬飼さんのお仲間が動いているようで、テロだなんだと理由を付けて迷彩柄の方々が避難を促していた。

「魔法少女、おったのぅ」

「ええ、おりましたね」

「盛大にやっておるのぅ」

「ちょっと厳しい絵面ですね」

　まず目についたのは駐車場の上空、数メートルの地点に浮かんだマジカルピンク。

　これを囲むようにして、異能力者と思しき十数名が地上から対峙している。

　既に両者の間ではマジカルと異能力の応酬が繰り返された後のようだ。敷地内には多数、事切れた異能力者の亡骸が見受けられる。マジカルビームを身に受けたのだろう。身体の一部を欠損した遺体が多い。

　一方でマジカルピンクは無傷。

　返り血を浴びながら、平然と空中に浮かんでいる。

　完全にボスキャラの風格。

　異能力者は大きく二つのグループに分かれており、どことなく見覚えのある方々は職場を共にする同僚。これと距離を設けて身構えた方々が、犬飼さんの言っていた所属不明の異能力者の人たちと思われる。

　魔法少女の登場を受けて、一時的に共闘態勢を敷いているみたいだ。

　前者の傍らには小銃を手にした迷彩柄の人たちも見られる。

　こっちは犬飼さんのお仲間だろう。

　我々の面前、地上に立った方々の攻撃がマジカルピンクに向けられる。それは例えばサイコキネシスによって浮かべられた自動車の投擲であったり、轟々と音を立てて燃え盛る火球であったり、あるいは銃器の発砲であったり。

　しかし、どれもマジカルバリアに阻まれて対象まで届かない。

　代わりに反撃として放たれたマジカルビームに貫かれて数を減らしていく。

　最近は天使や悪魔、アキバ系の人など強キャラに遭遇することも度々。おかげで忘れそうになるけれど、魔法少女は単体でかなりの戦力の持ち主。異能力者に換算して、ランクB以上が複数名で対応に当たるべき存在。

　まさか黙って見ている訳にもいかず、我々は大慌てで現場に踏み込んだ。

「そこまでじゃ、魔法少女！」

　セーラー仮面の運転するバイクが、ドドドと轟音を立てながら入場。

　マジカルピンクの正面で華麗に後輪を滑らせて停車する。

　離れたところから眺めたのなら、きっと格好いいシーンなのだろう。

「セーラー仮面、今ここに推参！」

当然ながら、タンデムシートに座った怪人ミドルマネージャーは、そんな急制動には対応していない。停車の勢いに堪えきれず、スポーンと飛ばされる羽目となった。

そのままゴロゴロと砂利の上を転がっていく。

「ぬぉっ、怪人ミドルマネージャーがやられた！」

「誰のせいですか、誰のっ……」

そこまで速度が出ていなかったのが幸い。

運転手に非難の声を上げつつ、大慌てで立ち上がり、身体についた土埃を払う。すると足元には角付きのヘアバンド。どうやら衝撃で外れてしまったようだ。これを大慌てで装着し直して、二人静氏の下へ向かう。

「ところで、我々は一体どういった舞台設定で、彼女に臨めばいいのでしょうか？」

「んなもん、セーラー仮面と怪人ミドルマネージャー、夢の共闘シチュエーションに決まっておろう？　昨日の敵は今日の友。第三者的な強敵の出現を前にして、主人公と敵幹部が手を取り合う胸熱の展開じゃ！」

「敵役が魔法少女の格好をした小さな女の子とか、どう考えてもセーラー仮面が闇落ちしていませんか？　次回の放送を待たずに、アンチ化したファンがネットでキャンプファイヤーする未来しか見えてきません」

「セーラー仮面ｗｉｔｈ怪人ミドルマネージャーVS魔法少女！」

「タイトルは把握したんで、肝心の脚本を考えてくださいよ」

「最近、大手タイトルでゴリ押しして売ろうとするコンテンツ多くない？」

「そういうのは結構ですから」

駐車場に居合わせた面々は、珍妙な格好をした我々に注目。

なんだコイツらは、みたいな視線が向けられる。

扱いに困っている感がヒシヒシと。

そうした沈黙を破るように、マジカルピンクから指摘の声が上がった。

「その声、聞いたことある」

「はて、なんのことじゃ？」

「魔法中年と二人静」

「なんてこったい、仮面系ヒロインの正体は最終回でバラすのが王道じゃのに」

なんとなく予感していたけれど、先方にはすぐに素性がバレてしまった。

彼女とは過去に繰り返し食卓を共にしている間柄。声を聞いたのなら一発とはさもありなん。けれど、大切なのは世間に対する言い訳であるからして、マジカルピンクや異能力者界隈に知られる分には問題なし。

「お主、どうしてこんな場所で暴れておるのじゃ？　タイミングが良過ぎじゃろ」

「前にカレーを食べさせてもらったときに聞いた。あの宇宙人がこの近くの学校に転校すると。だから、学校の近くで待っていれば、きっと異能力者もやって来ると思った。実際にやって来たから殺してる」

「原因、儂らじゃったのぅ……」

「学校や生徒さんが第三者に襲撃されずに済んだことを思えば、マイナスばかりでもありませんが」

「よし、上司への報告はそれでいくのじゃ！」

セーラー仮面と怪人ミドルマネージャーが突撃したことで、争いの場は硬直。

——したかと思われたが、次の瞬間にも動きがあった。

マジカルピンクと戦っていた異能力者たちの内、局員グループとは別の団体に反応が見られた。数名からなる一団がふわりと空中に浮かび上がり、現場より学校とは反対側に向けて飛び立ったのである。

セーラー仮面の乱入を受けて作戦変更。

戦略的撤退へ、みたいな感じだろうか。

「逃がさない！」

間髪を容れず、その背中を追いかけるマジカルピンク。

今日の彼女は本気で異能力者を狩りに来ている。

「ちょっ、急にどこ行くのじゃ！」

彼女たちを追いかけて、二人静氏もまた駆け出した。

空を飛べないまでも、人類を超越した身体能力を利用して、雑木や家屋の屋根を足場にしてピョンピョンと。助走もなしに何メートルも跳躍するの本当に凄い。

その後を追いかけて、局の異能力者グループも空に浮かび上がる。

どうやら彼らの仲間にも、空を飛べる異能力者が出張っているようだ。

結果、自分だけ置いてけぼり。

一緒に連れて行ってくれてもいいと思うのだけれど。

特に局の人たち。

「…………」

後に残された怪人ミドルマネージャーはどうしよう。

展開が早すぎてちょっと辛い。

周囲には自衛隊の方々の目があるので、異世界の魔法を行使する訳にはいかない。二人静氏のバイクが残されているけど、スクーターならまだしも、ミッション車なんて運転は絶望的。放置自転車も見当たらない。自衛隊の方々も見たところ全員徒歩。

なにか足代わりになるものはないかと周囲を見渡す。

すると、ふと目についた看板があった。

曰く、なんとか乗馬クラブ、すぐそこ。

「……ピーちゃん、君に教わったスキルが役に立つかも」

一縷の望みをかけて、怪人は看板に記載された案内に従い駆け出した。

＊

結論から言うと、乗馬クラブはすぐ近くにあり、お馬さんをゲットできた。

以前、長野の木崎湖くんだりでアヒルさんボートを徴収した際と同様である。警察手帳を利用してのゴリ押し。先方は渋っていたけれど、人命がかかっており、何かあった場合には十分な額を保証しますと、繰り返し伝えてご納得を頂いた。

そして、ぶっつけ本番で跨ったにしては上々のライド感。

自身が想像した以上に素直に、馬はこちらの意向に沿って動いてくれた。異世界のお馬さんと比べて、こちらの世界のお馬さんの方が乗り手に優しいような、そんな気がしないでもない。馬って意外と面食いらしい。ネットに書いてあった。

馬場を出るとともに、路上を結構な勢いで進む。

行き先は局支給の端末を利用して、二人静氏の位置情報を確認した。地図上にピンの打たれた彼女の下へ進路を取る。警察により交通規制が行われている為、自動車を気にすることなく馬を走らせることができる。

不安に感じていた交差点の右左折もすんなりと対処。

おかげで目的地までは、そう時間を要することなく辿り着いた。

現場は周囲を木々に覆われた別荘地帯。

遊歩道の一角。

道がかなり細くて、自動車が辛うじて通れる程度。警察や自衛隊が出張っている為、先方も意図して進路を取ったのだろう。途中で行き詰まっている高機動車を目の当たりにした。他方、自身はお馬さんのおかげで立ち止まることもない。

雑木に囲まれた界隈は、魔法少女の目から逃れるにも都合が良さそうだ。

ただ、残念ながら先方は既に彼女に捕捉、攻撃されていた。

所属不明の異能力者グループは全滅。

一人の例外なく、路上に倒れ伏している。

その傍らに血染めのマジカルピンク。

彼女と相対するように、二人静氏が立っている。

局の異能力者たちは、その背に隠れるようにして、少し離れた位置に並ぶ。職務の都合上追いかけっこに参加したものの、一方的な展開に及び腰となってしまったのだろう。ランクA異能力者という、頼りがいのある同僚が一緒である点も大きい。


「相談なのじゃけど、今日のところはこれで仕舞いにできんかのぅ？」

「そっちのも同じ異能力者」

「異能力者には違いないが、こっちのは正義の異能力者じゃ」

「私にとってはどっちも同じ」

マジカルピンクにしてみれば、異能力者の所属先がどちらにあろうと些末な違いのようである。続けられたのは、これまでにも繰り返し聞いてきたシンプルな立場表明だった。

「異能力者は全員、殺す」

今まさにお馬さんが駆けゆく先で、魔法少女がマジカルビームの構え。

正面に向けて突き出された魔法のステッキの先には二人静氏の姿がある。

これはいけない。

怪人ミドルマネージャーはお馬さんのお尻にムチを打つ。

パシンとめっちゃ痛そうな響き。

直後にはブルヒヒンと鳴いた馬が急加速で全速前進。

そのまま真っ直ぐに二人静氏の下へ。

「手を取って下さい、セーラー仮面！」

「ぬぉぉっ!?」

マジカルピンクと二人静氏の間へ割って入るようにお馬さんが登場。

後者に向けて腕を伸ばすと、彼女は上手いことこちらの腕を取った。そのまま地を蹴って飛び上がったかと思えば、自身の後ろへ跨るようにして収まる。相変わらずとんでもない身体能力と反射神経だ。

直後にもマジカルビームが炸裂。

ビームはお馬さんのお尻を掠めて後方に流れた。口径が小さかったことも手伝い、背後に立ち並んだ局員に当たることもない。そのまま木々の間を抜けて、どこかの誰かさんが所有している別荘に当たった。ズドンと大きな音を立てて、立派なお屋敷に穴が空く。

念の為に障壁魔法を行使していたとはいえ、肝が冷えた。

直後には犬飼さんやメイソン大佐のお仲間が、半壊したお屋敷に向かい駆け足。

「助かったぞぇ、怪人ミドルマネージャー」

「無事でなによりです、セーラー仮面」

「なんじゃよ、意外とノリノリじゃないの」

「正直、この場ではもう名前を偽る必要もないように思いますが」

「今のイケてるシチュを思うと、観客がゼロなのちょっと寂しいのぅ」

お馬さんの興奮を宥めつつ円弧を描くように常歩。

その間に周囲の光景に目を向ける。

現場には自衛隊員やメイソン大佐のお仲間、それに局員くらいしか見られない。周りを樹木に囲まれた界隈では、近隣に建ち並んでいる別荘から、住民たちの目が届くこともない。避暑地としてはオフシーズン、利用者がいるか否かも怪しい。

やがて馬が立ち止まった頃合いでのこと。

「魔法中年、邪魔しないで欲しい」

「そうは言っても、こちらの彼女は私にとって大切な同僚ですから」

「…………」

マジカルピンクからは不服そうな眼差しが。

残っている局員のこと、本気で狩りに来ている。

そんな彼女に馬上から二人静氏が物申す。

「お主、もう十分に殺したんでないの？　そろそろ満足したらどうなのじゃ？」

「まだ足りない。もっと殺す」

「お主の家の事情は知らんけど、こうまでして報復したいと思うほどに、幸せな家庭だったのじゃろ？　だとしたら、子が人を殺して回っているような真似、親御さんが知ったらきっと悲しむと思うんじゃけど」

「家族はいないから、知ることもできない」

「天国からお主の行いを見ておるかもしれんじゃろ？」

「天国なんてない」

「そうかのぅ？　天使や悪魔なんて代物がおること、お主は知っておるのに」

「…………」

死後の世界なんて存在しない。頭で理解していても、二人静氏の発言に妙な説得力を覚えてしまう。マジカルピンクも同じように考えたようで、その面持ちに困ったような表情が浮かび上がった。

そうこうしていると、現場に追加要員がやって来た。

「ミスター佐々木、この場は我々に任せてくれないだろうか？」

「メイソン大佐、それにアイビー中尉まで……」

「どういう気変わりじゃ？　青色のマジカル娘まで連れて来おってからに」

職員室で会話をしていたときと変わらない格好の大佐が、変身を終えたマジカルブルーを連れての登場。すぐ近くまで自動車の排気音が近づいていたのは把握していたけれど、彼らがやって来るとは思わなかった。

職員室では彼女の協力を拒否されたと思うのだけれど。

「アイビー中尉に状況を説明したところ、是非ともそちらの彼女との交渉に臨みたいと提案を受けた。そういうことであれば、私としても協力することに吝かではない。現地まで案内させてもらった」

「以前、皆さんには危ないところを助けられました。できることなら、サヨコや私とも仲良くしてもらえると嬉しいです。その為に自分にできることがあるようなら、どうかお手伝いをさせて下さい！」

「そうは言っても、互いに言葉が通じんじゃろ？」

二人静氏の言う通り、大佐に続いて語られたアイビー中尉の発言はさっぱりだ。

するとと彼は小さく笑みを浮かべてこれに応えた。

「君たちにはいずれ知られるだろうから、隠し立てすることはしない。アイビー中尉が魔法少女として保有している固有のマジカルは、他者と意思疎通を図る為のものだ。言語が異なる相手であっても心を通わすことができる」

「そりゃまた魔法少女の名に恥じないファンシーなマジカルじゃのぅ」

魔法少女は基本性能としてビームやバリア、フライ、フィールドといった各種マジカルを共通して行使できる。また、それらとは別に各々の魔法少女は独自に、固有のマジカルを備えているのだという。

「いわばマジカルコミュニケーションといったところかのぅ」

「ああ、我々もそのように呼称している」

マジカルピンクの固有マジカルは、果たしてどういったものなのだろうか。

局のデータベースには情報がなかった、少なくとも自身がアクセスできる範囲には。本人が行使している光景もお目にかかったことがないので、現時点では不明。二人静氏あたりに聞いたら、教えてくれたりするだろうか。

「君たちの国の魔法少女はどうなのだね？」

「儂らとはそこまで仲が良くなくてのぅ？　教えてもらっておらんのよ。むしろ、そっちこそ青色のマジカル娘から何か聞いていたりせんかや？　横のつながりがあると、以前に聞いた覚えがあるのじゃけど」

「さて、どうだろう。私は存じないがね」

残念、彼女もご存知(ぞんじ)ないみたい。

逆にメイソン大佐は知っていそう。

素直に教えてくれる気配はないけれど。

直後にも脳裏にマジカルブルーの声が響いた。

「サヨコ、お願い、私の話を聞いて！」

決して比喩ではなく、脳内へダイレクトに彼女の声が聞こえてくるのだ。理解できない英語と共に、何故か理解できる母国語として。感覚的には、連日にわたる深夜残業で身体がおかしくなったとき、ふと聞こえてきた幻聴に似ている。

おかげで一瞬、ぶわっと嫌な汗が全身から吹き出るような感覚があった。

あれは本当にやばい。

マジカルコミュニケーション、怖い。

「なるほど、たしかにこれはマジカルじゃのぅ」

「影響の範囲は彼女の管理下にある。今回は君たちに気を利かせたのだろう」

我々の面前、魔法少女たちの会話が始まった。

マジカルピンクの発言については、これまでと変わりなく我々の耳に届く。この場合、日本語が分からないマジカルブルーには、一方通行なコミュニケーションとなってしまうのではなかろうか。

などと考えたところで、即座にメイソン大佐から補足が入った。

「先方の発言も彼女の意識には、母国語となんら変わりなく届けられている」

「そいつは便利じゃのぅ。機械生命体の超科学も真っ青じゃゃ」

「君たちがテーマパークで利用していた翻訳機かね？あれには我々も興味がある」

「マジカル娘の秘密を知らせたところでやらんぞぇ？製造元も許さんじゃろう」

十二式さんが作製した翻訳機を引き合いに出して語る二人静氏。仰る通り、機械生命体の製品とほとんど同じような効果効能である。事前に準備もなく利用可能なあたり、かなり強力なマジカルではなかろうか。

魔法少女たちの間では粛々と言葉が交わされる。

「アイビーは私の邪魔をするの？　前にしない約束、してたと思う」

「ううん、邪魔はしないわ。サヨコのスタイルは重々承知しているもの」

「ならどうして、ここに居るの？」

「私は貴方のことを助けたい」

幻聴もどきが聞こえているのは自分や二人静氏、メイソン大佐だけのようで、居合わせた他の方々に変化は見られない。恐らく普通に英語でお喋りしているように聞こえていることだろう。片や日本語で応答している事実には首を傾げているけれど。

「それなら一緒に異能力者を殺す？」

「ここにいる人たちの中には、私の知り合いもいるの。もしその人たちに何かあったら、きっと貴方も無事では済まない。貴方の国の人たちとはやり方が違う。今までのように異能力者を殺すこともできなくなってしまうと

思う」

「………」

「私は貴方と仲良くしたい。だから、どうかこの場は収めて欲しいの」

交渉の仕方が子供とは思えない。

まるで砲艦外交。

中尉という彼女の肩書きに説得力を覚えた。

そして、ブルーの訴えはピンクに対して効果も抜群だった。

「……わかった。今日はもう帰る」

空に浮かんだまま、空中でくるりと踵(きびす)を返す。

その背中に二人静氏がついでとばかり語りかけた。

「腹が減ったら、いつでも儂のところに来るとええよ」

「何故に?」

「またババァがカレーを食わせてやるのじゃ」

「……別に、いらない」

マジカルピンクの正面にジジジと音を立てて、真っ黒な空間が生まれた。

マジカルフィールドである。

その只中(ただなか)に飲み込まれて、彼女の姿はあっという間に消えてしまう。

こうなると我々は手も足も出ない。

居合わせた皆々にしてみれば、これで騒動は一段落。そこかしこから安堵の声が聞こえ始めた。取り分け矢面に立たされていた局員たちは九死に一生を得たようなもの。その場にへたり込んでしまった方も見られた。

そうした光景の傍ら、ピンクを見送ったブルーがこちらに語りかけてきた。

「ササキさん、貴方に尋ねたいことがあります。よろしいでしょうか?」

「なんでしょうか? アイビー中尉」

過労時さながらの幻聴サウンドが脳裏に響きまくり。

これ本当に怖い。

「サヨコは以前、貴方のことを魔法中年と呼んでいました」

「ええ、そのように呼ばれることもありますね」

「貴方も妖精さんたちから、フェアリードロップスの回収を頼まれているのですか?」

えっ、なにそれ知らない。

フェアリードロップスって何ですか。

これはアレだよ、ほら、すっとぼけるしかない。

「さて、どうでしょうか。私は存じませんが」

「……そうですか」

メイソン大佐の台詞をパクってみた。

空気の読めるアイビー中尉は、それで言葉を収めた。

厳しい大人社会に揉まれると、こんなに小さな子供であっても、こうまでも精神的に育ってしまうのだなぁ、なんて思った。果たしてそれがいいことなのか、それとも悪いことなのか、判断はつかない。

そして、マジカルピンクが消えると、入れ違いで犬飼さんが駆けつけてきた。

迷彩柄のお仲間を多数率いての登場である。

彼女に確認したところ、学校の生徒に被害は出ていないとのこと。

下校中の生徒に被害が出ずに済んで本当に良かった。

メイソン大佐や二人静氏が、どこまで学校のことを気にしているか分からない。今後とも在校生の生活は、自身がしっかりと守っていきたいところ。

それが世間様を巻き込んでしまった自分の、せめてもの罪滅ぼしである。


「っていうか、儂はお主に聞きたいことがあるのじゃけど」

「なんでしょうか？」

「車の運転も儘ならぬ輩が、何故に馬に乗っておるのかのぅ？」

「知人から習う機会がありまして」

「それならついでに自動車の運転も習ってはどうかと思うのじゃけど」

「すみません、そちらも追々頑張りたいと思いますので……」

早々に二人静氏から嫌味を頂いてしまった。

ただ、一つ言い訳をさせて欲しい。ペーパードライバー講習を常日頃から受け入れている教習所、なかなか見つからないんです。行われていても枠が少なくて、予約がすぐに埋まってしまったりして。

そんなことを思いながら、愛想笑いを浮かべてその場はやり過ごした。

以降は、現地で犬飼さんやメイソン大佐と共に、隠蔽工作やら何やらを行っているうちに時間は過ぎていき、一通り仕事を終える頃には日が暮れていた。二人静氏の別荘に帰宅する頃には、既に夕食の時間である。

＊

家族ごっこのルールは絶対である。

異能力者グループや魔法少女の対応、その後片付けを終えて戻ってきたのも束の間のこと。エルザ様やピーちゃん、お隣さんやアバドン少年と合流するや否や、今度は十二式さんに連れられて、空の彼方に浮かんだ未確認飛行物体へ。

その内部に設けられた日本家屋の居間にて団欒の時間がやってきた。

和テーブルを皆々で囲んで食事を取っている。

「あの、ど、どうかしら？　皆の口に合うと嬉しいのだけれど……」

本日の献立はエルザ様が手づから用意して下さった異世界のお料理。

主食はパン。お肉を利用した主菜に、彩りのあるお野菜を使った副菜、ポタージュっぽい色合いの汁物も付いている。どれも彼女があちらの世界から持ち込んだ材料で調理されており、自身も初めて目にする料理だ。

なんでも彼女がほとんど一人で頑張ったのだとか。

サポートに当っていた二人静氏がそのように言っていた。

「なかなか感慨深い味わいじゃのぅ」

「エルザちゃん、メインディッシュの料理だけど、これは何のお肉なのかしら？」

「それはワイバーン……カンガルーのお肉なの！」

危ない、ワイバーンが登場しかけた。

自身も異世界では何度か食べた覚えがございます。なんでも高級食材に数えられているらしい。現地ではフレンチさんのお店でステーキを頂いた。なかなか捕れない為、市場価格がお高いのだとか。

「えっ、カンガルーって食べちゃってもいいものなの？」

「オーストラリアなんかじゃと普通に食われておるよ？」

「エルザちゃんの祖国ってオーストラリアなのかしら？」

「そちらの国ではありませんが、食生活には縁がある国柄なんです」

事前に用意していた言い訳を二人静氏と共謀して並べ立てるエルザ様。

まさか本当のことは言えない。

だってワイバーン。

異世界の食肉はジビエ率が高いので、生焼けに起因する感染症や寄生虫が恐ろしい。けれど、万が一の場合には星の賢者様にお願いして、眠っている間に回復魔法を行使すれば大丈夫。こちらも本人に確認済み。安心して食事を楽しめる。

自身もそうした背景があって、当初から異世界での美食を楽しむことができた。

「こちらのスープも美味しいですね。少しピリリとした感じが堪りません」

「本当？　少し癖があるから、口に合うかどうか不安だったのだけれど」

「自分は好みです、エルザ様。肉料理ともよく合っているように思います」

「儂もこのスープ、とてもいい感じじゃと思う。独特な風味が癖になるのぅ」

「ササキやフタリシズカにそう言ってもらえて、私もとても嬉しいわ。スープはお鍋にまだ残っている分があるの。もしも足りないようなら言ってもらえないかしら？　すぐに温め直してくるから」

皆々の反応も上々だ。

口々に賞賛の言葉が述べられる。

「私はこっちのサラダが好みかしら？　ドレッシングとも相性抜群だと思うわ」

「そうですね。肉料理も然ることながら、こちらのサラダも大変美味しいです」

『栄養バランスがよさそうな色合いが、眺めていてとても頼もしいよねぇ』

副菜の野菜は肉類と比較しても異世界色が強い。その辺りを考慮してか、どの野菜も原形を残さないように刻まれている。感覚的にはコールスロー的な。ただ、どことなく覚えのある風味は、自身が異世界で口にしてきた食材と変わりない。

『スープではなく、肉のおかわりはどうだろうか？』

「ご、ごめんなさい、鳥さん。お肉はもう残りがなくて」

『そうか、無理を言ってすまなかった』

「あの、私の食べかけでよければ、食べる？」

『いや、流石にそれは控えておこう』

「相変わらず食い意地の張った文鳥じゃのぅ」

「次からは鳥さんの分も、みんなと同じくらい用意するわね」

「いやいや、流石にそれは多すぎじゃろ？」

局員としての職務から心身共に疲弊していたことも手伝い、家庭を訪れてすぐに出てきた夕食には癒やされた。誰かが食事を用意して帰宅を待っていてくれる。それだけのことで、こんなにも心が温まるとは思わなかった。

十二式さんの家族に向ける熱意が、少しだけ伝わったような気がしないでもない。

「ところデ父よ、本日モ学外で異能力者や魔法少女によル活動が観測されタ」

「そちらでしたら既に解決していますから、気にしなくても大丈夫ですよ」

「えっ、昨日も学内で発砲事件があったとか、言っていなかったかしら？」

自分と十二式さんのやり取りを耳にして、星崎さんが驚いたように言う。

対して飄々と語ってみせるのが二人静氏。

「この程度は想定の範囲内じゃろう？　このロボット娘の協力があれば、国家間の力関係さえひっくり返すことができるのじゃから。多少の犠牲どころか国一つ潰したところで、こやつを手に入れようとする者は多いじゃろうて」

「母よ、どうか安心シテ欲しい。末娘ハ今後とも母ト共に在る」

「そ、そう？　改めて言われると、ちょっと肩の荷が重いような気が……」

日増しに懐かれているように思われる星崎さん、笑みを浮かべるも頬が強張っている。

ちなみに同校の通学路に出現した異能力者グループの素性は、つい先程にも課長から連絡があった。曰く、中央アジアを拠点としている国際的なテログループとのこと。アキバ系の人のところとは、また別の組織となる。

目的はお隣さんやその友人の拉致。

彼女を力尽くで抱き込んで、十二式さんとの交渉の材料にしようと考えていたらしい。課長の言葉に従えば、よくあるパターンとのこと。今後は犬飼さんやメイソン大佐とより密に連携して、学校周辺の警戒に当たるとの連絡を受けた。

なんと恐ろしい話もあったものだ。

そうして心労を重ねたことも祟り、本日は団欒を終えた時点で直帰。

仮住まいのビジネスホテルに戻って、早々と床へ就いた。

*

【お隣さん視点】


日曜日、私はロボット娘と共にクラスメイトの自宅に遊びに来ている。

青色のマジカル娘も一緒だ。

発端は先日の歓迎会と同様、クラスメイトからのお誘いである。それも複数の男子生徒から声をかけられたことで、地雷女の素質があるロボット娘は二つ返事で頷いていた。結果的に自身や青色のマジカル娘も巻き込まれた形となる。

集合場所も歓迎会と変わりない。

小金持ちなクラスメイトの自宅である。

そのリビングをお借りして、皆々でパーティーゲームになど興じている次第。参加メンバーは我々三名の他に男子生徒が四名、女子生徒が三名。私が転校して以来、何かと机の周りを囲んでくれていた生徒たちである。

「よっしゃ、また勝ったぜ！」「男子たち、妙に強くない？」「一位の言うこと、ビリがなんでも聞くっていうルールが原因でしょ」「ビリになったの誰？」「悪い、俺だわ」「マジかよ!?　なんの為に頑張ったと思ってるんだよ！」

「やっぱりそれが理由？」「さっきから男子の視線がエロいんですけど」「あんまり変なこと言ったら、部屋から叩き出すからね？」「黒須さんのことは私が守るから！」「アイビーちゃん、なにか困ったことがあったらすぐに言ってね！」

思えば友達とテレビゲームで遊ぶなど初めての経験だ。

正直、そんなに楽しくはない。

一方で心底から楽しんでいるのがロボット娘。場を仕切っているクラスメイトの女子生徒から、それじゃあ負けた人は交代してね、との案内が発せられた。これを耳にするや否や、嬉々としてコントローラーを求めていく。

「ようやく私ノ順番が回ってキタ。試合が長引くト待ち時間ガ非常にもどかシイ」

「貴方なら連勝を重ねることも容易なのでは？」

「他者から求メられる幸せヲ知った私にハ、勝者としてノ権利より、敗者トしての境遇に魅力ヲ覚える。自身に向けラレる好奇の眼差シに、恋慕の気配ヲ感じル。恋とはなんト素晴らしいもノか。まさに心ガ癒えル思い」

「………」

このロボット娘、恋と性欲を履き違えていやしないか。いやしかし、世の中には同じような行為を重ねている女性も多いと聞くが。

『個人的には、末娘の行き先に不安を覚えるなぁ』

ちなみにアバドンも我々に同行している。

いつものようにプカプカと、私のすぐ近くに浮かんでいる。

ただし、姿は隠しているので、彼の発言に応じるような真似はできない。皮肉屋の悪魔の発言を一方的に聞かされるというのは、これがなかなかのストレスである。

けれど、その意見に限っては同意だった。

主におじさんとの関係を踏まえて、不安を覚える。

ロボット娘が一人で堕ちていく分には構わない。


しかし、それを良しとする彼ではないだろうから。

「それでトップだった宮野君、ビリだった村田君に何を命令するの？」「ちょっとコンビニまで行ってお菓子とか買ってきてくれない？」「うわ、地味に面倒臭いやつきたし」「あ、それならアタシも一緒にいこうか？」

「コンビニといえば、昨日、近くでテロ事件があったらしいじゃん」「え、なにそれ」「ニュースになってなくない？」「近くに住んでるじいちゃんが、警察や自衛隊っぽい人たち見たって」「マジかよ」「あの辺り、通学路にしてる生徒もいるよね」

それは恐らく、おじさんたちの仕事だ。

昨日、団欒の場で説明を受けた。

なんなら青色のマジカル娘も現場に居合わせたのだとか。ただ、本人の様子をチラリと窺うも、なんら困った様子は見られない。私、知りません、といった面持ち。ニコニコと笑みを浮かべて、クラスメイトのやり取りを眺めている。

純真そうな見た目や言動の割に、裏のある性格をしている。なんでも異国の言語を一方的に理解する力を備えているのだとか。だから、彼女の前では不用意に情報を漏らさないよう、おじさんから言われた。

こんなのもはや間諜ではなかろうか。

いや、実際にその通りなのだろう。

「ところで、来週は学外授業だけど、皆はもう準備できてる？」「マジ楽しみだよね。ウェアを新調しちゃった」「私はバッグ買ってもらったよ」「いいなぁ、うちの親はそういうの全然駄目だった」「いっそパパ活しちゃう？」「やってみようかなぁ」「三年生でバリバリやってる先輩いるらしいよ？」「未成年なら無敵だもんね」

人数が多いだけあって、生徒たちの間ではポンポンと話題が移り変わっていく。ゲームはステージ選択の画面で止まったままだ。ロボット娘はコントローラーを手にしたまま、テレビを見つめてソワソワとしている。

その中でふと気になるワードが出てきた。

学外授業、とのこと。

近日中に何かしらイベントが控えているようだ。

これにはロボット娘にも反応が見られた。

テレビを凝視していた眼差しが生徒たちに移る。

「あノ、学外授業について詳細ヲ知りたイ」

すると即座に男子生徒から説明の声が上がった。

「十二式さんたちは転校してきたばかりだから知らないよね」「年度によって行き先が変わるんだけど、今年は去年と同じでスキー教室かな」「正直、スキーとかオワコンだと思うんだけどなぁ」「十二式ちゃん、スキーは滑れる？」

ロボット娘の周りに自然と男子の輪が生まれた。

転校から数日で既に姫のポジションを確立しつつある。

理由は人間離れした美貌だろう。自分は当然のこと、青色のマジカル娘と比べても可愛らしい顔立ちをしている。実態はロボットなのだが、その事実を把握しているのはごく一部の教員と我々のみだ。

他方、女子生徒の間では学外授業を巡り、キャッキャと言葉が交わされ始めた。

「学外授業の最終日、意中の相手に告白すると恋が成就するって噂、知ってる？」「A組の西野先輩もそれで告って、竹内先輩と付き合えたらしいよ？」「たしかC組の安藤先輩も、付き合い始める切っ掛けは学外授業だったよね」「先輩方も大人しそうに見えて、かなり頑張ってたんだね」「他人事じゃないんだから、私たちも頑張らないと！」

耳聡いロボット娘の意識が女子生徒たちに向かう。

　一昨晩、似たようなことを夕食の席で語っていた彼女だ。

　また面倒なことを言い出さなければいいのだが。

「恋ガ成就、とは聞キ捨てなラない」

「十二式ちゃん、もしかして興味ある？」「俺なんてどうッスか？　マジおすすめ」「このタイミングでそれはセクハラだろ」「だけど、好みのタイプとか知りたいよね」「やっぱり年上が好きとか？」「同世代はアウトだったりする？」

「恋愛にハとても興味ガある。恋愛ハ現時点におイて自身ノ最重要ミッション。より魅力的な恋慕ヲ得る為には、決シテ努力を惜しまナい。特定ノ属性に限定スルことなく、幅広イ視野を持ってこれに当たリたい」

　ロボット娘の発言を耳にして、女子生徒までもが乗ってきた。

「男子たちが一緒なのに、そこまで言っちゃう？」「っていうか、もしかして既に気になる相手がいたり？」「えっ、それマジ？」「まさか同じクラスだったりしないよね？」「一緒にこっち来た知り合いとか？」「めっちゃ気になる！　やっぱりイケメン？　年上？　それとも大人だったり？」

「特定の相手ハ不在。十分に吟味ノ上、より価値のアル選択をシたい」

　一昨晩にも語っていた通り、地雷女としての才覚を顕（あらわ）にしつつある。

　ヤリモク男たちに囲まれて、不貞を極める日も近いのではなかろうか。

＊

　待望の日曜日。十二式さんが学校の友だちと遊びに行くというので、家族ごっこから解放された我々は、久しぶりに休日を満喫。二人静氏の別荘でお世話になり、ただ延々とゴロゴロとしながら過ごした。

　本当に最高の休日であった。

　異世界へのショートステイもなし。

　家族ごっこの団欒は、十二式さんたちが日中から夕方まで遊びに出ていた為、日が暮れてから家庭で夕食を食したのみ。食事については前日の好評を受けて、エルザ様が連日でキッチンに立って下さった。より美味しいご飯だった。

そうして迎えた週明け、月曜日。

朝イチで通勤を終えた我々は、職員室でデスクに向かっている。

「今日の儂、やる気めっちゃモリモリなんじゃけど」

「奇遇ですね、自分も朝から気分が溌溂としています」

多分、日曜日をゆっくりと休んだからだろう。

体力に満ち溢れていた十代の頃を彷彿とさせる快活さを覚えている。今なら二十分の休み時間でも、校庭に出てドッチボールに興じられそうな感じ。意味もなく隣近所を走り回りたいような気分。

直後には望月先生が我々の下にやって来た。

「佐々木先生と二人静先生、お二人は学校の先生の素質がありますね！」

「おはようございます、望月先生」

「そうかのぅ？　ここ数日でガキンチョ共から完全に舐められてしもうたけど」

「教員は朝が早いですから、これに慣れないと絶対に続けられませんよ！」

「たしかにそれは薄々感じておりました」

「つい先々月くらいまでは、朝方に寝て昼過ぎに起きる生活じゃったのになぁ」

「佐々木先生、もしよければ私と一緒に朝活とかどうですか？」

「あ、いえ、流石にこれ以上はちょっと……」

歓迎会があった日より以降も、望月先生がグイグイと来る。

職員室で居合わせると、ほぼ確実に声をかけられる。なんなら連絡先を交換したアカウントへ毎日のようにメッセージ。当然ながら大半は業務に関係する内容ではあるけれど、プライベートな話題もチラホラと混ぜ込んできたり。

完全に美人局モード。

いやぁ、是非お願いします、などと言いかけて大慌てで口を噤む。

なんだそれは、と。

二人静氏とのやり取りではないけれど、朝からやたらと気分が良くて、なんなら職員室に居合わせた教職員の皆様へ個別にご挨拶をして回りたいくらい。そんな衝動を必死に抑えつけている。なんだろう、この感覚。

以前、お隣さんに対して抱いた強烈な劣情。

アレと比べたら弱いけれど、それに近い衝動じみた感覚が胸の内に渦巻いている。

「なんじゃお主、こういう男が好みなのかぇ？」

「落ち着いた大人の男性は、自分くらいの年頃にはポイント高いですよ？」

「ただ枯れておるだけじゃないかのぅ？　ちゃんと勃つのか疑問じゃわぃ」

「二人静さん、朝っぱらからセクハラは止めてもらえませんか？」

そうこうしていると職員室に校長先生がやって来た。

二つある出入り口のうち、ホワイトボードなどが設けられた室内の前方向と思しき側のドアから入ってきた。そのまま数歩ばかり進んで、教頭先生が座っている責任者席のデスクのすぐ隣まで移動する。

ところで彼の後ろには、どこかで見たような人物が連なっているぞ。

やたらと濃い化粧をしている若年女性だ。

「皆さん、私から連絡があります」

室内を見渡して校長先生が言う。

教職員のお喋りがピタリと止まった。

これを確認して、彼は隣に立った人物を示して言う。

「本日から我が校の校務員として、お仕事に当たって頂くこととなった星崎さんです。皆さんとはあまり接点もないかと思いますが、日頃から積極的に挨拶を交わすなどして、円満な学内環境の推進に努めて頂けたらと思います」

「星崎です。どうぞよろしくお願いします」

校長先生に促されて、先方はペコリとお辞儀を一つ。

間違いない、我らの先輩である。

しかもご丁寧にスーツを脱いで作業服姿。薄いグリーンのジャケットとズボンを着用している。随所にポケットが設けられたそれは、工場などで作業員の方々が身につけているような機能性ワークウェアだ。

「儂らのパイセン、いよいよ形振り構わなくなってきたのぅ」

「個人的には課長の判断が気になるところですが」

「ああいう素朴な感じのJKを強引に押し倒すのがええんじゃないの？　それともDKの方がよかったかのぅ？

しかも無理して迫った割に、翌日には普通に挨拶とかしてくれたりして結局、その日もまた改めて放課後に呼び出して……」

「二人静さん、それ以上の発言はどうか控えて頂けませんか？」

普段と比較しても同僚のセクハラが酷い。

二人静氏、完全に昭和モード。

昭和でこれだけエロかったのなら、大正や明治、江戸はどれだけエロかったのか。更に遡って戦国の世、安土桃山時代など誰もが脳内桃色で暮らしていたのでは、などと考えたところで、なんだそれはと自分の思考に驚愕を覚える羽目となる。

織田信長と豊臣秀吉はそんなにエロかったのか。

いいや、違うだろう。

これでは二人静氏のことを悪く言えない。

普段と比べて意識の巡りが妙に早いのどうして。

「教頭先生、すみませんが星崎さんに学内を案内してもらえませんか？　私はこれから他所で打ち合わせがありまして、戻ってくるのは昼過ぎになりそうなんですよ。経緯については電話で伝えた通りです」

「ええ、承知しました」

職員への挨拶もそこそこに、彼女は教頭先生に連れられて職員室を出ていった。

去り際にこちらへチラリと視線が向けられたのは、決して自分の見間違いではないだろう。ガッツリと目があってしまったから。意地でも各種手当をゲットしようとする彼女の労働意欲には頭が下がる思いだ。

教頭先生に続いて、校長先生も職員室を出ていく。

すると教職員の間では、すぐに雑談が交わされ始めた。

「あんなに若い校務員、初めて見ましたよ」「自分もですよ。二十歳くらいじゃありませんか？」「化粧で誤魔化してたけど、絶対に若いですよね」「ここのところ急に人が増えたの何なんでしょうか？」「それ自分も気になってたんですよね」

やっぱり校務員さんって、年配の方が務めるケースが多いみたい。

星崎さん、完全に浮いてしまっておりますね。

以降は彼女と顔を合わせる機会もなく、朝のホームルームの時間。クラス担任である自分は予鈴に従って一年A組の教室へ。それからも別のクラスで数学の授業を行ってと、なかなかに忙しい教員の勤務実態である。

＊

午前中の授業と給食が終わり、昼休みとなった。

教室内にいた生徒たちが学内に散っていく。

代わりに我々教員は職員室でゆっくりと過ごす。ただ、本日は職員室を離れて事務室に足を運んだ。昭和の時代には学校に住み込みで働いていた校務員も多数見られたという。けれど、昨今では宿直室や校務員室なるスペースも失われて久しい。

しかし、同所に先輩の姿は不在。

居合わせた事務員の方に確認すると、近所のコンビニまで昼食を買いに向かったとのこと。逸る気持ちを抑えきれず、碌に支度も行えないまま、職場まで馳せ参じてしまった先輩の心情が手に取るように窺えた。

ならばと局支給の端末を利用して位置情報を確認してみる。

すると学校に向かいゆっくりと移動していることを確認。

それならと校門付近で彼女を待つことにした。

「先週は忙しかったので、今日は何もなく終えられるといいですね」

「あっ！　それフラグ立ったじゃろ？　分かっててやっておるじゃろ？　のぅのぅ？」

「絡み方がいちいち面倒臭いのどうにかなりませんか？　なんだかとても辛いです」

「あぁっ、止めて！　それって存外のこと心にこたえる感じの言い方じゃからぁ」

「申し訳ありません。何世代も前の娯楽コンテンツさながらの物言いでしたので」

「うっ……じゃって、フラグとか、じゃって、鉄板のネタじゃったし……」

何故だろう、普段なら躊躇するだろう思いが、自然と口を衝いて出てしまったの申し訳ないと思いつつも気持ちいい。二人静氏が反応に困っているの悦楽。もうちょっと虐めてしまいたい気分になる。彼女の反応もなんかちょっと変な感じ。

ちなみに我々は、既にお弁当で昼食を済ませている。エルザ様が手づから用意して下さったワイバーン弁当だ。

　異世界の食材に余りが出たので、せっかくだからとご提案を頂いた次第。自分や二人静氏に好評であったスープも水筒に用意して下さり、これがまた非常に美味しくて、二人してすべて飲み干してしまった。

「おっ、パイセンが戻ってきおった」

　我々の見つめる先で、こちらに向かい歩いてくる人の姿が目に入った。

　先輩、作業服のまま学外に出ていたようだ。

　都内で生活している現役ＪＫなら、ひと目見ておじさん臭い作業服姿など、絶対に無理だとか言い出しそうなもの。昨今、制服の可愛さで進学先を選択する子も多いと聞く。そうした世論へナチュラルに逆行しているの、心底から星崎さんって感じ。

「佐々木？　それに二人静まで……」

　彼女も我々に気づいたようだ。

　駆け足でこちらに近づいてくる。

「二人してわざわざ私に会いに来てくれたのかしら？」

「思いのほか使丁の装いが板についておるのぅ」

「まさかとは思いますが、独断専行でしょうか？」

「違うわよ。ちゃんと課長から指示を受けているわ」

　そうして語る彼女は、自らの作業服姿を気にした様子もない。

　学校の正門前に立ち止まり、普通に我々と受け答え。

「先週、他所の組織やグループからの襲撃が続いたでしょう？　負傷する局員も出てきたから、ランクＢの異能力者である私にお鉢が回って来たというわけ。理解してもらえたかしら？」

「なるほど」

「部下があまりにも煩くするものじゃから、上司も渋々折れたんでないの？」

「そ、そんなことないわよ！」

　繰り返し訴えていたのは事実みたいだ。

　でも、これで良かったのだろうか。

　先輩の生き様が、日に日にＪＫから遠退いている事実に不安を覚える。

「貴方たちこそ、こんなところで遊んでいていいのかしら？」

「教師だって昼休みは自由時間じゃよ」

「ふぅん？　教師って意外と気楽な仕事なのね」

「いいえ、それは絶対にありません。いやもう本当に、全然気楽じゃありませんので」

「なんたって現役JCを相手に選り取り見取りじゃからのぅ？　暇にしている時間なぞ、これっぽっちもないじゃろうて。逮捕されておった先任を見習い、存分にこの世の春を謳歌せねばなるまいて」

「二人静さん、本日は普段にも増してセクハラが酷くありませんか？」

「そうかのぅ？　朝から気分がいいことには違いないのじゃが」

「気分が良くなるとセクハラが酷くなるって、完全に昭和のオジサンじゃないの」

星崎さんと合流したところで、我々の歩みは正門から校内に向かう。

そうして踵を返した間際のことであった。

空中にジジジと音を立てて、マジカルフィールドが出現。

その只中からマジカルピンクが現れた。

数メートルほどの落差を物ともせず、彼女はふわりと軽い身のこなしで地上に降り立つ。位置的には二人静氏のすぐ近く。直後には手にした杖を構えて、何やらマジカルっぽいアクションを決める。

時を同じくして、彼女の周りで周囲の風景が歪む。

たぶん、マジカルバリアが発動したのだろう。

「星崎さん、こちらへ！」

咄嗟、先輩を庇うように前に出る。

障壁魔法を行使することも忘れない。

「どうしてマジカル娘がここにおるのじゃ？」

「頼まれた」

「頼まれたって、誰から何を頼まれたのじゃ？」

二人静氏も飄々と受け答えしつつ、油断なく目を配っている。

一昨日には我々と一戦を交えている彼女だ。ここのところ共闘する機会に恵まれてはいるものの、マジカルピンクの目的はあくまでも異能力者の排除。その矛先が局の同僚に向けられる可能性はゼロじゃない。

我々の交友関係は非常に危ういバランスの上に成り立っている。

「貴方をバリアで包んで欲しいと言われた」

「はぁん？　なんじゃそれ」

ただ、そうしたこちらの意識とは裏腹に、先方から伝えられたのは予期せぬ証言。

事情を理解できずにキョトンとする二人静氏。

バリアと言えば守備。

守備といえば好意的な行い。

示された本人は、得体の知れない発言を耳にして驚くばかり。

これは自身や星崎さんも例外ではない。

「言うことを聞けば、異能力者のアジトを教えてくれるって言われた」

「ほぉん？　それでそれで？」

「異能力者のアジトが分かれば、異能力者を沢山殺せる」

十二式さんを筆頭にして我々がそうであるように、マジカルピンクも各所からアプローチを受けているみたい。他所の魔法少女が国家から手厚い保護を受けていることを鑑みれば、フリーの彼女とお近づきになりたい方々は多いことだろう。

「代わりにバリアで包まれた儂はどうなるのじゃ？」

「それは知らない。何も言われていない」

「なんじゃその適当な扱い」

魔法少女のマジカルバリアには、守備を固める以外にも効能がある。それは自身が扱っている障壁魔法も同様であり、我々にとって頭の痛い問題の一つ。自ずと嫌な予感が脳裏をよぎった。

「二人静さん、まさかとは思いますが、これは隔離空間の……」

発生が見込まれるのではないでしょうか。

そう伝えようとした間際のこと。

一瞬にして、周囲から音という音が消失した。

同僚はやれやれだと訴えんばかりの態度で呟く。

「やられたのぅ？　マジカル娘にまで声をかけておるとは思わなんだ」

「だとしても、お隣さんやアバドンさんとは目と鼻の先ですよ」

「逃げ足には自信があるのじゃろう？　知らんけど」

わざわざ魔法少女の協力を得てまで、隔離空間内に誘い込んでいる点からも、狙われているのは二人静氏で間違いない。そして、空間の発生にお隣さんやアバドン少年が利用されたとすれば、相手は天使とその使徒だろう。

音の消えた世界を見渡して、マジカルピンクからも疑問の声が上がる。

「この感じ、先日もどこかの島であったやつ」

「お主、儂のこと他所に売ったじゃろ？」

「売ってない。ただ、頼まれたことをしただけ」

「物は言いようじゃのぅ」

「過ぎたことを嘆いていても仕方がありません。それよりも急いでお隣さんやアバドンさんと合流しましょう。隔離空間の発生に寄与した使徒と、その相棒である天使の戦力次第では、一刻を争う事態かと思われます」

　嫌な予感がしてならない。

　そうした思いはすぐに現実となった。

　空のある一点から、こちらに迫り来る天使の姿が見られる。

「あの羽が沢山生えてる天使、前にも魔法中年たちと喧嘩してた」

「白々しいのぅ？」

「あちらの彼女とは別に、交渉役がいたのではありませんか？」

「魔法中年の言う通り、異能力者のアジトを教えてくれたのは別の大人」

　六枚羽の強キャラ天使、ミカちゃん登場。

　彼女には勝てない。

　少なくとも隔離空間内では。

　早急にアバドン少年と合流しなければ。

「いずれにせよ、どうにかして撤退すべきです」

「儂も賛成じゃ」

「私や二人静、それに魔法少女まで一緒なのに逃げるの？　相手は一人なんだから、上手く立ち回れば倒せないことはないと思うのだけど。私もランクBになった訳だし、佐々木が水を出してくれれば結構な戦力なのよ？」

「うちのパイセン、一度くらい痛い目見たほうがよくない？」

「星崎さん、あちらの天使は別格です。どうか我々と一緒に逃げて下さい」

　世の中どう足掻（あが）いても勝てない相手はいるものだ。

　ピーちゃんやアキバ系の人を筆頭にして、隔離空間内におけるアバドン少年やミカちゃんも同様。根本的に別次元の強さ。少年漫画なんかだと、主人公たちの師匠ポジで序盤から無双しているタイプ。もし仮に勝てたとしても、身内が亡くなっているパターン。

星崎さんはまだその辺りを把握していない。

そうこうしている間にも、六枚羽の彼女はこちらに向かい急接近。

対して先方に杖を構えたのがマジカルピンク。

我々を売ったつもりはない、という発言は本当なのだろう。少なくとも過去に拳を交えた人物が、その背後に控えているという認識はなかったものと思われる。単純に異能力者の所在を求めて取り引きに応じたのだろう。

その現場に自分や星崎さんが、偶然から居合わせてしまった限り。

「協力者である貴方と敵対するつもりはない。私の邪魔をしないでもらいたい」

ミカちゃんは我々の面前、数メートルの位置で静止して声を上げた。地上に立ち並んだこちらを、空に浮かんだまま見下ろすポジションである。その手にはこれまでと同じく、立派な剣が握られておりますね。

「魔法中年に何をするつもり?」

「魔法中年という存在は知らない。用があるのはそちらの小さなニンゲンだ」

天使の眼差しは二人静氏に向けられた。

やはり狙いは職場の後輩みたい。

「お主ばっかりマジカル娘から大切にされてズルいのぅ」

「今はそんなことを言っている場合じゃありませんよ」

「…………」

マジカルピンクは先方からの物言いを受けて悩むような素振りを見せる。

異能力者である二人静氏は、彼女にしてみれば討伐対象。わざわざ危険を冒してまで味方するような間柄ではない。ただ、ここのところ戦線を共にする機会に恵まれた為か、色々と思うところもあるのだろう。

「それと私はとても急いでいる。邪魔をするというのであれば、排除する」

ミカちゃんが手にした剣をマジカルピンクに向けて振るう。

切っ先は自身の障壁魔法がそうであったように、彼女のマジカルバリアを一撃で粉砕した。パリンという甲高い音を立てて、大きなガラス窓でも割れて飛び散るかのように、その先にあった光景の歪む様子が見て取れた。

「っ……」

マジカルピンクは咄嗟に後方へ身を引く。

それでも胸の辺りには小さな裂傷。

苦痛から眉間にはシワが寄る。

以前、自身は同じような剣戟を受けて上下に分断された。当時と比べて加減の感じられる一撃は、今この瞬間へ至るまでに、マジカルピンクが協力者として居合わせたことも手伝っての気遣いだろう。

それでも確実に傷を負わせている辺り、やはり非常におっかない相手だ。

「大人しくしていろ。次は確実に首を切る」

マジカルピンクの脇を過ぎて、二人静氏に飛びかからんとするミカちゃん。

一方で魔法中年はビーム魔法を発射用意完了。

六枚羽の彼女に向けて遠慮なく撃ち放つ。

電信柱ほどの太さで絞ったそれを直撃コースで発射した。

「くっ……」

「お二人は学内に向かい、お隣さんたちと合流して下さい！」

魔法は咄嗟に掲げられた彼女の剣に当たった。

全力で放出したそれは、しかし、彼女の手から得物を弾きこそしたものの、本人にはまったくダメージを与えられなかった。ビームが刀身に当たっている間に、ふわりと身を躱されてしまった次第。

「このタイミングで儂が狙われるとか、絶対に学内に内通者がおるし！」

「その可能性は高そうですね」

同僚の為とはいえ、これは早まったかもしれない。

次の瞬間にも、六枚羽の彼女が無手でこちらに飛びかかってきた。

＊

【お隣さん視点】


昼休み、給食を終えてすぐに隔離空間が発生した。

教室内でロボット娘のお守りをしていた時分、賑やかであった教室内の喧騒が一瞬にして失われる。同時にクラスメイトの姿も一様に消失。視界の隅に捉えていた末娘や、青色の魔法少女も例外ではない。

室内に見られるのは自分とアバドンのみ。

「アバドン、デスゲームが始まってしまいました」

『授業中でなかったのは不幸中の幸いかな？』

　相棒の言う通り、昼休み中でよかった。

　今後どのように動くにせよ、隔離空間内で移動した場合、空間が解けた直後に自らの立ち位置が変化してしまうから。居合わせた生徒たちにしてみれば、急にワープしたように映ることだろう。

　それでも昼休み中なら、多少は言い訳もできる。

「おじさんとの約束に従うのであれば、率先した攻勢は控えるべきかと判断します。先方の気配も感じられませんので、今回は我々も身を隠しながら情報収集に努めるべきだと思うのですが、猪突猛進(ちょとつもうしん)な悪魔の意見はどうでしょうか？」

『そうだね、僕もそれがいいと思うな！』

　いきなり外に飛び出すような真似は控えておこう。

　教室から廊下に出る。

　窓から屋外の様子を窺いつつ、校舎内を移動する。

　すると、正門前に見慣れた姿を見つけた。

　おじさんと二人静、化粧女、それに何故なのかピンク色のマジカル娘まで一緒である。しかも彼女たちのすぐ近くには六枚羽の天使が浮いている。手に剣を構えた姿からは、とても友好的な状況にあるとは思えない。

「アバドン、前言撤回です。顕現して下さい」

『うん、まっかせて！』

　小柄な少年であった悪魔の姿が、あっという間に肉塊へと変わる。

　ぶくぶくと膨れ上がったそれは、ある程度の大きさになると同じくらいのサイズで二つに千切れて、それぞれ別々に空中に浮かび上がった。人気も皆無の静まり返った廊下に、グロテスクな肉団子が並んでいる光景は、ちょっとしたホラーである。

「あちらに見える天使を撃退して下さい。最優先はおじさんの安全です」

『清々(すがすが)しいまでの判断だねぃ』

　使徒の指示を受けて、肉塊の内一つが屋外に飛び出していく。

　ガラス窓を鉄筋コンクリート造の壁ごと、まるで襖(ふすま)でも破るかのように突き崩して出ていく。衝撃で飛び散った破片がこちらへ降り注ぐが、自身の隣で待機していたもう一つの肉塊が盾となり防いでくれた。

後者に守られる形で、自身もまた身体を宙に浮かせて屋外へ向かう。

面前ではおじさんと天使の間で争いが始まった。

彼の手元から発せられたビームのような輝きが、天使の手にした剣を弾き飛ばす。すると後者はこれに構わず、素手で前者に襲いかかった。ぎゅっと握られた拳が、おじさんの頭部に向けて振り下ろされる。

直撃コースに目を覆いたくなる。しかし、天使の拳は目に見えない壁でも殴りつけたかのように、彼の正面でほんの一瞬ばかり静止。その隙を突いたおじさんは、身体を空中に浮かせて後方に身を引いた。

おかげで天使の拳は彼の鼻先を掠めるに終わる。

『彼、思ったよりも健闘しているねぃ』

「御託は結構ですから、さっさと助けに入って下さい！」

『はーい！』

天使の下にはすぐに到着した。

先発する肉塊一号がブワッと空中で広がり、相手の身体を飲み込まんとする。

その様子を尻目に自身はおじさんの下へ急ぐ。彼の正面に身体を滑り込ませると、隣に浮かんでいた肉塊二号が私たちを守るように盾となった。その先からはすぐに、肉塊一号と六枚羽の天使が争う気配が届けられ始めた。

「助けに来るのが遅れてしまい申し訳ありません、おじさん」

「そんな滅相もない。とても助かったよ」

よく見てみると、鼻先が少し赤くなっている。

先程の一撃はかなりギリギリであったみたい。

その事実に胸が痛くなる。

居合わせた面々の様子を窺うと、ピンク色のマジカル娘も胸部に怪我を負っている。こちらは剣で切りつけられたようだ。衣服もろとも切り裂かれた患部からは、じんわりと血の滲む様子が窺える。

そして、六枚羽の天使がアバドンと争っていたのは、ほんの僅かな間である。

「くっ、この状況でも無理か……」

彼女は短く吐き捨てて、すぐに現場から飛び去っていった。

アバドンは追撃の姿勢を垣間見せたが、相手が一目散に逃げていったことから、これを控えてくれた。おじさんが職場の上司と交わしたという約束を思い出したのだろう。天使には我々と敵対する意思がまるで感じられなかった。

天使と悪魔の代理戦争を管理しようとする人たちは、たしかに存在しているようだ。

代わりに狙われたのが、おじさんや二人静、化粧女。もしも相手の狙いがおじさんだったのなら、そう考えると胸が張り裂けそうだ。だったら最初から自分のことを狙ってくれたほうが、遥かにマシである。

*

六枚羽の天使に襲われるも早々、お隣さんとアバドン少年が駆け付けてくれた。

おかげで我々は無事に窮地を脱することができた。また、ミカちゃんが即座に身を引いた事実からは、阿久津さんに頼み込んだデスゲーム事務局との協定が有効なものであることの確認も取れた。そうして考えると、決して悪いことばかりではなかった。

などと前向きに考えておくとしよう。

「今回ばかりはもう駄目だと思ったのじゃ。マジで感謝なのじゃよ」

『少しでも君たちの役に立てたのなら嬉しいねぇ』

「原因は我々にあるかもしれません。得意げになるのは違いますよ、アバドン」

「だとしても助けられたのは事実じゃ。どうか礼を言わせて欲しいのぅ」

路上に面した学校の正門前、互いに顔を合わせて言葉を交わす。

アバドン少年も天使の撤退を確認したことで少年の姿に戻った。二つに分かれていた巨大な肉塊が一つにくっ付いたかと思えば、モゾモゾと蠢(うごめ)くように胎動を繰り返し、やがて人の形に戻っていった。なかなか刺激的な光景だった。

「佐々木が初手で水を出してくれれば、私たちだけでも十分いけたと思うのよね」

「パイセンは一度、そっちの悪魔にしばいてもらった方がええと思うのじゃけど」

「ところで、天使に狙われたのはどなたでしょうか？　そちらの彼女ですか？」

お隣さんが星崎さんを見つめて問うた。

先輩はすぐ隣に立った後輩を眺めて応じる。

「私じゃないわよ。狙われたのは二人静だから」

「まぁ、相手もそこまで阿呆ではないじゃろ」

「それって私のこと馬鹿にしているの？」

「お主、自ら堕ちていくスタイル好き過ぎん？」

「ど、どういうことよ……」

「パイセンを狙ったりしたら、また地球のどこかにクレーターが発生しかねないじゃろう？　機械娘にはネットワーク上の情報まで把握されておるから、場合によっては次の瞬間にも、自分たちの拠点が吹っ飛ぶ可能性さえあるのじゃし」

「それは、まぁ、た、たしかにそうかもだけど」

一方的に論破されて悔しそうにする星崎さん。

これに構わずお隣さんと二人静氏は言葉を交わす。

「代理戦争の件で、事務局からの誘いを断ったからでしょうか？」

「あり得ないとは言えんのぅ」

「だとすれば、私たちのせいで迷惑をかけてしまいました。申し訳ありません」

「お主らを選んだのは儂の判断じゃ。そのことでお主が謝るのは違うじゃろ」

「前に言ってたこと、本当だったんですね」

「そんなこと言っちゃう？　儂のことなんだと思っとるの？」

自身の口からもつい軽口が溢れた。

直後にも本人からジロリと睨まれる。

自作自演の可能性もゼロじゃありませんよね？　という突っ込みは辛うじて飲み込むことができた。なんだろう、今日はやたらと気分が高揚しているというか、口が軽いというか。

そうした自身の発言に勢いづいたのか、星崎さんからも疑問の声が上がった。

「二人静を襲ったところで、何の意味があるのかしら？」

「パイセンに言われるとは心外じゃのぅ」

「だって貴方、殺しても死なないでしょ？」

「儂だって金属で固められて海の底に沈められたら、もうどうにもならんもの」

「えっ、そんな酷いことする人いるの？」

「そりゃおるじゃろ。っていうか、実際に似たような目に遭ったことあるし」

「そ、そう……」

これで自身も含めて、身内の誰もが一度は狙われたことになる。本来なら圧倒的な暴力や資本、権力構造に叩かれて、すぐにでも潰れていたことだろう。それが各々の備えた性質や背景から、非常に危ういバランスの上、辛うじて生き永らえている。

多分、我々の内誰か一人でも欠けたら、即座に総崩れとなるのではなかろうか。

すべての利益を手放して凡人になりたい。

けれど、既にそれが許されないところまで、至ってしまっている気がする。

「ところで天使の子が言ってた、この状況でも無理って、何のことかしら？」

「二人静さんの場合、お隣さんやアバドンさんが近所に住まっていますから、先方としても仕掛けるタイミングを計りかねていたのではありませんか？　なんなら日中であった方が、お隣さんに行動を躊躇させることができますし」

「あぁ、そういえばそうだったわね」

『昼休みに抜け出してきちゃったからねぃ。誰かに見られてないといいんだけど』

「細かいことは気にしても仕方がありませんよ、アバドン」

『言うほど細かいかなぁ？』

それに彼女の別荘にはピーちゃんがいる。三宅島ではその存在を多数の天使や悪魔に見られているから、もしも先方が彼を脅威だと認識しているようなら、まず間違っても別荘に乗り込むような真似はするまい。

そうこうしていると隔離空間が消失した。

音の失われた世界に喧騒が戻ってくる。

閑散としていた学校前の道路に自動車が走り始めた。

「アバドン、すみませんが私たちの姿を……」

『大丈夫、ちゃんと目隠ししているよ！』

「ありがとうございます」

一瞬、マジカルピンクの奇抜な格好を思い返して肝を冷やすも、お隣さんとアバドン少年のやり取りを耳にしてホッと胸を撫(な)で下ろす。以前と同様、悪魔の不思議なパワーで我々の姿を世間から隠してくれたようだ。

そうした自身の傍らで、二人静氏の意識がお隣さんからマジカルピンクに移る。

「儂、そっちのマジカル娘に言いたいことがあるんじゃけど、ええかな？」

「……なにか？」

　自ずと居合わせた皆々も二人に注目。

　二人静氏の改まった物言いが気になる。

「他所に儂のこと売ったのは百歩譲って許したとしても、その先を考えなかったのかぇ？　もし仮にパイセンが巻き込まれておっ死ぬようなことになれば、ブチギレた機械生命体が地球に向けてビームの雨を降らしていたところよ？」

「でも、誰も死んでない」

「んなもん結果論じゃろうが。子供だってそれくらい理解できるじゃろ？　もしそんなことになったら、お主みたいな孤児がとんでもない規模で生まれていたじゃろう。それでも構わないと言うのかぇ？」

「…………」

　これまでの二人静氏なら、相手との関係を優先して飲み込んだと思われる軽口。

　それが溢れてしまったのは、朝からやたらと溌溂としていた精神状態も影響しているのではなかろうか。語気も荒く語ってみせる姿には、平素の飄々とした態度とは一線を画した、並々ならぬ気迫が感じられる。

「ちとこれを見てみぃ」

「…………」

　そうかと思えば、懐から取り出した端末を指先で弄くる。

　ディスプレイ上で動画が再生され始めたところで、映像をマジカルピンクに掲げて見せた。気になって自身も傍らから画面を覗き込んで見る。するとそこにはバストアップで映し出された小さな子供の姿が。

　頬は涙に濡れており、目元を赤く腫らしている。

　そんな子供が、ディスプレイ越しに訴えていた。

　曰く、私の家族を殺した人、絶対に許さない。

　訴えていたのはほんの十数秒ほど。けれど、同じような構図で同じような映像が、それからも繰り返し再生された。登場するのはどれも小学生ほどの子供ばかり。そんな子たちがカメラに向かって、口々に家族の無念を訴えている。

「……これは？」

「お主が殺した異能力者を親に持つ子供たちじゃ」

「………」

二人静氏、子供相手にエグいことをする。

果たして映像は本物なのだろうか。

ただ、映像に登場するような境遇の子供たちが、マジカルピンクの活躍から生まれていることは間違いないように思う。彼女が殺した異能力者が全員独身であるとは到底考えられない。

「お主、いい加減に異能力者を狩って回るの止めない？」

「……止めない」

「もう十分に狩ったじゃろうに」

「まだ、不十分」

「ちょっと家族を殺された程度でピーピー言い過ぎじゃろ？　お主と同じような境遇にあるやつが、この世にどれだけおると思っておるのじゃ。そやつらが全員、自らの不幸を嘆いて人を殺し始めたら、この世は一巻の終わりじゃよ」

「二人静さん、流石にそれは言い過ぎでは……」

「調子に乗った子供を叱るのは大人の責務じゃ。これ以上は野放しにしておけん」

するとマジカルピンクにしても、二人静氏の物言いはこたえたみたいだ。

手にした杖の先端を彼女に向けて、苛立ちを隠そうともせずに言った。

「……異能力者は、殺す」

「ほら、またそうやって他人に八つ当たりをする。復讐だなどと体のいい言い訳に過ぎんのではないかぇ？　やっていることは子供の癇癪じゃ。そうして駄々をこねて、世間に迷惑をかけておる。叱る大人がおらんから延々と続いてしまう」

「うるさい、そんなんじゃない！」

間髪を容れず、杖の先からマジカルビームが放たれた。

魔法中年は大慌てで障壁魔法を展開。

以前はこれで防ぐことができた。

しかし、本日のマジカルビームは多連装。

立て続けにズドンズドンと複数回にわたってビームが撃ち放たれる。

「っ……二人静さん！」

「うぬぅぅっ……」

何発か受け止めたところで障壁魔法が瓦解した。

直後に放たれた一発が、二人静氏の肩を貫く。

その口から可愛らしい顔立ちに似合わない呻き声が響いた。

「ちょ、ちょっと待ちなさい！　今はなんとか空間の中じゃないのよ!?」

星崎さんの懸念は尤もなもの。二人静氏に当たった一発はそのまま後方に抜けて、付近に立っていた樹木の枝葉を消し飛ばしつつ、空の彼方へと消えていった。もう少し方向が異なっていたら、学校の校舎に当たっていたかもしれない。

「アバドン、味方の守りを固めて下さい」

『まっかせて！　だけど、空間外だとどこまで対抗できるか分からないよ』

当然ながら我々は大慌て。マジカルピンクに身構える羽目となる。

一方で彼女はマジカルフライにより身を飛ばせると、こちらから距離を取った。時を同じくして、その背後にジジジジと音を立てて真っ暗な空間が浮かび上がる。マジカルフィールドが発生したようだ。

「貴方の言うことは、私には関係ない」

眉間にシワを寄せてまで、二人静氏を睨みつけるマジカルピンク。ボソリと呟いた彼女は、フィールドへ身を投げるようにして、我々の前から消えた。直後にも真っ暗な空間は閉じて、その姿が見えなくなる。

しばらく待ってみても、以降は何が起こることもなかった。

どうやら完全に撤収したみたいだ。

いつかはこんなことが起こるだろうなと思っていた。マジカルピンクとの関係はもはや絶望的ではなかろうか。

「あっ……」

しまった、彼女から聞き逃した。

こんなことなら多少強引にでも尋ねておくべきだった。

「どうしたの？　佐々木」

「いえ、なんでもありません」

マジカルブルーが口にしていた魔法少女の使命。

彼女たちが妖精界からの使者より委託されたフェアリードロップスとやらの回収業について、マジカルピンクに確認したかった。魔法中年なる立場に収まっている手前、自然な話題の運び方が浮かばず、躊躇している間に仲違いとなってしまった。

この調子だと次はまともにお話しできる気がしない。

「ぬぁあああああ！　なんかイライラしてきたのじゃ！」

「二人静さん？」

「お主、ちょっと儂の相手をせい！」

そうこうしていると二人静氏が声も大きく吠えた。

次の瞬間にも、その意識がこちらに向けられる。

目が血走っているんだけど。

「はい？　一体なにを……」

言っているんですか？　そう返そうとした直前、いきなり組み伏せられた。

胸ぐらを掴まれたかと思えば、次の瞬間には路上に押し倒されている。

まるで柔道の技でも掛けられたような感じ。

「二人静さん、遂に気が触れましたか？」

「なんかもう辛抱堪らん。マジカル娘の行いもアレじゃが、お主のことも気に入らんかったのじゃ。日頃から枯れたふりをして、飄々と受け答えしておるのマジなんなの？　化けの皮を剥がしてやるから、精々儂のこと楽しませるのじゃ」

二人静氏、目がマジである。

膝がこちらの股間の当たりをグイグイと来ている。

何もしていないのに理性さんが瀕死の重傷で、本能が一部剥き出しになってしまっているような感じ。肩の怪我が原因で興奮しているのかと思ったけれど、以前はもっと酷い状態でも冷静に対処されていた。

そして、これは自身も同様である。

ちょっと触れられただけで、一気に気分が盛り上がるのを感じる。

あ、はい、分かりました。

とは、思わず口を衝いて出そうになった素直な思い。

全身の感覚がやたらと敏感になっている。

彼女もおかしいけれど、自分もおかしい。

どう考えても変。

まさか異能力者からの攻撃か。

メンタル的な意味で。

だけど、どうして。

「ちょ、ちょっと二人静、いきなり何をしているのよ！　遂にボケちゃったの!?」

「大人しくしておればすぐに終わるからのう。犬に噛まれたとでも思って……」

「アバドン、二人静を止めて下さい！」

『止めるのは構わないけど、もっと根本的なところに問題がありそうだよ？』

あれこれと疑問に思ったところで、ふと思い至った。

答え合わせは簡単。

互いの鼻が接するほどの距離で、こちらを組み伏せている二人静氏。

彼女に対して回復魔法を放つ。

「二人静さん、どうか落ち着いて下さい」

その肉体が一瞬、パァと淡い光に包まれた。

肩に生まれた怪我が見る見るうちに癒えていく。大きく肉を抉られて血を垂れ流していた患部で、失われた部位が盛り上がり、その上に真っ白い肌が張られていく。破れた衣類こそ直らないけれど、肉体的な負傷はほんの数秒ほどで完治する。

それと時を同じくして、先方の振る舞いに変化が見られた。

「……はっ!?」

「二人静さん、気付かれましたか？」

どことなく演技じみて感じられる反応は、自らの行いを恥ずかしんでの反応ではなかろうか。これに確信を覚えたところで、自身に対しても回復魔法。すると、今朝から感じていた溌溂とした気分が一瞬にして消失した。

不整脈を心配するほどに高鳴っていた胸の鼓動も、あっという間に落ち着いた。

「もしかして原因はアレかのぅ？　儂のところの食客が用意してくれた……」

「恐らくはその通りかなと」

「しかし、それにしてはパイセンたちに影響がないの気になるのじゃけど」

「昨日や一昨日の夕食も然ることながら、本日の朝食やランチで頂いた分が怪しい気がします」

「たしかに朝方と比べても、昼過ぎからのイケイケ感はヤババヤバじゃったのぅ」

「結果として、マジカルピンクとは仲違いしてしまいましたが」

「過ぎたことを悔やんでも仕方があるまい。それにいつかは衝突したことじゃろう」

路上に身体を横たえたまま、顔を突き合わせた姿勢で答え合わせ。

二人静氏も同じように考えたみたいである。

それなら間違いないだろう。

「ねぇ、佐々木。勝手に納得していないで、私たちにも事情を説明してもらえないかしら？」

「仔細は存じませんが、正気に戻ったのであれば姿勢を正してはどうでしょうか？」

星崎さんとお隣さんからは突っ込みが。

これに促されて二人静氏と共々立ち上がる。

「事情はすぐに判明すると思います。戸惑われていることは重々承知ですが、我々も確信を得ている訳ではありませんので、説明は今晩の団欒まで待ってもらえませんか？　それまでには確認を終えておきます」

「そんなこと言いつつ、二人で隠れてセ、セックスするつもりじゃ……」

「言うのが恥ずかしいなら、わざわざ口に出して確認せんでもええじゃろうに」

顔を真っ赤にして言う星崎さん。

聞いているこちらの方が恥ずかしくなってしまう。

＊

同日の晩、自分と二人静氏が見舞われた得体の知れない衝動の原因が判明した。

やはりというか、エルザ様が異世界から持ち込んだ食材が悪さをしていた。

『これはルモネ草だな。気付け薬や媚薬（びやく）として利用されることがある』

未確認飛行物体の内部に設けられた日本家屋。その台所で顔を合わせた我々は、調理台の上にちょこんと載せられた葉っぱを眺めている。ミツバのような形をした、可愛らしい見た目の植物である。

ちなみに台所には自分と二人静氏の他、エルザ様とピーちゃんの姿しか見られない。残る面々には異世界の存在を秘密にしている為、地球上に存在しない食材の確認は内密に行うこととした。

卓越した分析技術を備えている十二式さんなどは、口に運んだ食事は元より、エルザ様が身につけた異世界の衣類やアクセサリーなどを目にした時点で、既に色々と気づいているかもしれないけれど。

ただ、今のところ表立ってこちらを追及するような真似はしていない。

『少量であれば気分が高揚する程度だ。食事に入れる場合もある。しかし、短時間で多量に摂取すると、理性が溶けて本能的になる。アルコールなどと比べて摂取量が嵩張らない為、自白剤の原料として利用されることもあるな』

台上に置かれた草の束をちょいちょいと足でつつく文鳥殿。

なんてラブリーな仕草だろう。

「鳥さん、これってユビヒビキだと思うのだけれど」

『ユビヒビキとは似ているが別物だ。恐らく仕入れの業者が間違えたのだろう』

「ご、ごめんなさい！　私のせいでササキやフタリシズカに大変な迷惑を……」

自白剤の材料になるような品が平然と流通している辺り、倫理観もユルユルの異世界。などと考えたところで、我が国でもつい百年ほど前までは、薬局で覚醒剤を購入することができた。なんなら世界的には大麻の合法化が進められている。

こちらの薬草に限っては、単純に用法用量の問題だろう。

「どうか気になさらないで下さい、エルザ様」

「そうじゃよ。悪いのは仕入れを間違えた業者じゃろう？」

「ところで、こちらの薬草はどちらの料理に入れていたのでしょうか？」

「ス、スープに入れていたの。ササキとフタリシズカの口に合ったみたいだったから、今日の朝食やお弁当には、昨晩よりも多めに入れていたわ。たぶん、それが悪かったのよね？　本当にごめんなさい。まさかこんなことになるなんて」

『すまない、貴様よ。我がスープを食していれば、事前に気づくこともできただろう』

「いやいや、流石にそこまで贅沢は言えないよ」

我が家の文鳥殿は肉食系。

思い起こせばスープには見向きもせず、ワイバーンの肉を貪っておりましたね。

星崎さんたちには、エルザ様の出身国との文化的な違いから、利用した食材に麻薬的な成分が含まれていた、とでも伝えよう。なんなら軽井沢という場所柄、キノコ狩りに出かけた二人静氏がミスってヤバいキノコを取ってきた、みたいな。

法的には規制されているマジックマッシュルームも、世の中には広く自生している。シビレタケなどであれば、普通に人家の半日陰でニョキニョキする。そのような記事を社畜時代、偶然からネットで見た覚えがある。

決して度重なるサビ残への疲弊感から、意欲的に調査してしまった訳ではない。

世の中、何がどう役に立つか分からないものだ。

「まぁ、こうして事情が知れたのであれば、問題はないじゃろう」

「そうですね。作用も一過的なようですし」

残っていた薬草については、食器棚の奥の方に封印。次回、異世界へのショートステイで持ち帰ればいいだろう。使い方次第では薬としても利用されているとのこと。我々の都合から処分してしまうのも申し訳ない。

そうして人心地ついた時分のこと。

お隣さんが台所に現れた。

アバドン少年も一緒だ。

その後ろには十二式さんの姿もある。

「おじさん、ご相談したいことがあるのですが、少々お時間をよろしいですか？」

「えっと、なにかな？」

「父よ、明日から学校デハ学外授業が実施サレる。そのグループ分ケについて、私ト黒須はアイビーと他生徒のコミュニケーションの橋渡しヲしている都合上、同じグループでアルべきかと考えル」

「決して無理にとは言わないのですが、こちらの彼女から強く願われまして……」

あぁ、そうなのだ。

そのような催しが迫っている。

教員というは本当に多忙な職業だ。

〈学外授業　一〉

翌日、我々は勤務先の生徒さんと共々、バスに乗り込んで軽井沢を出発した。

目的地は長野界隈のスキー場。

本日から二泊三日でスキー教室が行われる予定となっている。参加者は同校の一年生。原則として全員参加だそうな。こちらの学年を担当している職員一同も、生徒の監督役として現地に同行している。

ちなみに二人静氏も一緒だ。

なんならメイソン大佐や犬飼さんの姿も見られる。

一年生のクラスとは関係ない彼女たちにも、現地サポート云々の役柄が付いて同行が求められたのは、大佐が校長先生に働きかけたからではなかろうか。現場で何か起こった場合、ランクAの異能力者は貴重な戦力であるから。

ただ、残念ながら星崎さんはお留守番。

校務員を学外授業に連れて行くような言い訳は、メイソン大佐や校長先生も流石に浮かばなかったのだろう。

昨晩、団欒の場で学外授業を話題に上げたところ、本人はとても悔しがっていた。

そして、現在はバスに揺られて高速道路を移動中となる。

「スキー教室、楽しみデース！　ササキ先生、是非とも一緒に滑りたいデース！」

「あ、いえ、自分はスキーとか苦手なもので……」

「佐々木さん、スキーに不安があるようでしたら、私がサポートさせて頂きますが」

「そんな滅相もない。犬飼さんにご迷惑をおかけする訳にはいきません」

「お主、車の運転だけじゃなくて、スキーやスノボも碌に滑れんのかぇ？」

「仕事が忙しい会社員って、大体そんなもんじゃないですか？」

「言ってて自分で悲しくならん？」

「あの、私でしたら決して迷惑だなどとは思っておりませんが……」

教師は車内の最前列に固まっている。

補助席も含めた横一列となる五席に犬飼さん、望月先生、自分、二人静氏、メイソン大佐といった塩梅だ。個人的には小柄な二人静氏にこそ補助席を、などと思ったのだけれど、速攻で通常のシートを奪われてしまった。

「ちょっと皆さん、生徒さんの前なのに浮かれすぎですよー」

「すみません、望月先生」

「日本のゲレンデ、初めてなので浮かれてましたデース！　ごめんなサーイ！」

　同じ車両内には一年A組の生徒さんが見られる。

　当然ながらお隣さんや十二式さん、マジカルブルーも同乗している。彼女たちも一箇所に固まっており、車内でも後方寄り、窓際から補助席までを利用してお隣さん、十二式さん、マジカルブルーの位置関係。

　また、その周囲にはクラスでも中心的な立場にある生徒たちが多数見られる。

「十二式さん、スキーは初めてだって言ってたよね」

「マジ？　それなら俺がめっちゃ教えちゃうから！」「いやいや、現地にはインストラクターがいるだろ」「初心者クラスに入っちゃうと、初日は碌に滑れないって先輩が言ってたな」

「是非トモ面倒を見て欲シイ。皆から与えらレる好意ヲ私は歓迎スル」

「えっ、意外と前向きだったりする？」「十二式さんって見た目はクールだけど、こういうときノリいいよね」

「そのギャップがイイんじゃん」「今まで周りにいなかったタイプの女子だよね」「それを言うなら、黒須さんもかなりレアキャラじゃね？」

　主に男子生徒からチヤホヤされているのが十二式さん。

　先日の主張通り、全力で姫プレイしている。

　一方でお隣さんは女子生徒と仲良くしておりますね。

「そういえば、黒須さんはスキーって滑れる？」「家がお金持ちだと、都内に住んでても日常的に滑ってそう」

「だよね、ゲレンデを貸し切りにしたりして」「プライベートなスキー場とか持ってそう」「えっ、プライベートとかヤバくない？」

「いえ、運動は全般的に苦手でして……」

「それはそれでお嬢様っぽいよね」「深窓の令嬢ってやつ？」「趣味が読書だもん、絶対にインドア派だと思ってたよ」「アンタ、自分が滑れないからって黒須さんのこと仲間にしようとしてない？」「だってスキーとか普通に怖いじゃん」

マジカルブルーは翻訳係が自らの感情の充足を優先している為、些か放置気味である。魔法少女としての不思議パワー、マジカルコミュニケーションを行使するようなこともない。もどかしそうな表情を浮かべて曖昧に笑っている。

『もう一人の転校生が寂しそうにしているけど、放っておいていいのかなぁ？』

車内にはアバドン少年の姿も見られる。

お隣さんのすぐ近く、天井の辺りで寝そべるように浮かんでいる。ちょっと窮屈そうな感じが、眺めていて妙に可愛らしく映った。どんなときも相棒から離れない様子は、その幼い外見も手伝ってとても健気に感じられる。

自分もピーちゃんと一緒だったら、などと妄想してしまう程度には羨ましい。

『あと、末っ子が一部の女子生徒から厳しい目で見られているような気がするなぁ』

当然ながら生徒たちには視認不可能。

お隣さんも時折、チラチラと視線を向けてはいるけれど、彼の発言に対して返事をすることはない。マジカルブルーには申し訳ないと思いつつも、不甲斐ないクラス担任は見て見ぬふりをさせて頂く。

そうしてバスに揺られることしばらく。

高速道路を走り始めてから十数分が経過した時分でのこと。

私用の端末が通知にブブブと震えた。

画面を確認すると、メッセージアプリ上に作成した家族用のグループに連絡が入っていた。送信者は十二式さん。機械生命体である彼女は、我々とは違って自らの手で端末を操作することなく、サーバ上のデータに直接アクセスが可能。

男子生徒たちからチヤホヤされつつも、同時並行的にメッセージを送ってきたようだ。

問題はその内容。

曰く、我々が搭乗した車両を後方から追跡する車両グループを確認、とのこと。

ひと目見てギョッとした。

思わず後方に目が向かう。

しかし、高速道路を行き交っている自動車はどれも普通で、自身の目にはどれが問題の車両グループとやらなのか判断ができない。ある程度のスパンで動きを確認していないと判定は困難のように思われる。

未確認飛行物体から発出された末端が、我々の乗車しているバスを空から追いかけていることは、事前に彼女から知らされている。多分、そちらから確認の上、判断を下したのではなかろうか。

「末娘から連絡がきたのぅ」

「これ、どうしましょう」

そうした間にも十二式さんからは追加のメッセージが届けられる。

末娘は早急に排除すべきだと考える、とのこと。

返事に困窮したところで、二人静氏を挟んで二つ隣に座った人物を思い出す。

「ロバート先生、あの……」

「外での出来事でしたら、こちらに任せてくださーイ。既に捕捉していマース」

「え？　あ、はい」

こちらを向いて陽気に語ってみせるメイソン大佐。その右耳には、いつの間にやらイヤホンが装着されている。なんとなく想定はしていたけれど、我々が乗り込んだバスには別働隊が随行しているみたいだ。

時を同じくして、高速道路を走っているバスが少しだけ速度を上げた。

運転手も彼らのお仲間で間違いない。

直後にも後方からズドンと大きな音が聞こえてきた。

改めて後ろを確認すると、追い越し車線を走っていたトレーラーが、バスの後ろに続いていた自動車に側面から衝突する様子が窓越しに窺えた。追突されたのはなんの変哲もないコンパクトカーである。

「ちょっ、なんだよ今の音！」「外から聞こえてきたけど」「っていうか、後ろでトレーラーが事故ってない!?」「ちょっと待ってよ、自動車がぶつかってる」「おい！　後ろ見てみろ！　事故だって！」「嘘だろ!?　高速で事故とか大丈夫かよ！」「うわ、壁にもろ当たっちゃってるじゃん……」

コンパクトカーは大きく撥ね飛ばされて、路側帯に衝突。トレーラーはゆっくりと減速していき、後続の走行を塞ぐように走行車線と追い越し車線を塞いで止まった。接触を免れた我々のバスは、事故の現場を颯爽と走り去っていく。

これを確認したところで、メイソン大佐から生徒たちへ声がかけられる。

「大丈夫デース！　生徒の皆さん、どうか安心してくださーイ！」

　衝突されたコンパクトカーが問題の車両グループの内の一つで、トレーラーが大佐のお仲間なのだろう。後者が損傷軽微であるのに対して、前者は壁にぶつかって大破。あまりにも容赦のない判断は、正直ドン引きである。

「バスが出発する順番、Ａ組が最後じゃったのはこれが理由かのぅ」

「有事の際に被害を最小に抑える為の判断です」

　二人静氏と犬飼さんのやり取りの通り、我々より後方には学外授業に向かうバスは見られない。移動の都合上だのなんだのと理由をつけて、アルファベット的に後ろのクラスからバスに搭乗、学校を出発していたから。

　出発前からそこまで考えていたとは思わなかった。

　プロって凄い。

　同時に思う。

　出だしからこれで本当に大丈夫なのだろうか、この学外授業。

＊

　高速道路での事故を眺めて賑やかにしていたのも束の間のこと。バスは順調に進んで当初の予定通り、昼前には目的地に到着した。現地は白馬界隈にあるスキー場。そのすぐ近くに設けられたホテルである。

　ところで、そうして訪れた宿泊施設は、これがなかなかにゴージャス。

　バスを降りた生徒たちの間では、ホテルを見上げて口々に声が上がる。

「なぁ、めっちゃ高級じゃない？」「私たち、こんなとこに泊まれるの？」「先輩たちはボロい民宿とか言ってたけど」「どこが民宿だよ、普通にホテルじゃん」「去年の写真見せてもらったけど、普通にボロ屋だったよ？」「今年から変わったのかなぁ？」

　本日の宿泊先は、スキー場に面した好立地のリゾートホテルだ。部屋からもゲレンデが一望できるロケーション。赤い三角屋根の連なった北欧風のデザインは、よく晴れた青空の下、どっしりと積もった雪にとても映える。

　積立金のある修学旅行ならまだしも、学外授業の予算で泊まれるとは思えない。

　そんな景観から自身も自ずと、バスを降りたところで同僚に疑問を投げかけていた。

「二人静さん、また何かしましたか？」

「いんや、儂は何もしておらんけど」

　二人して駐車場からホテルの外観を眺めては言葉を漏らす。

　すると、即座に犬飼さんから説明が入った。

「上司からはロバートさんの仕事だと伺っています」

「こちらって外資系でしたでしょうか？」

「無理を通した結果、道理が引っ込んだのじゃろう」

　直後には話題に上がった人物が歩み寄ってきた。

　我々に立ち並んだ大佐は、こちらのやり取りを察したように語ってみせる。

「先日ちょうど雪が沢山降ったので、こちらのスキー場を使うことできたデース」

「まさかとは思いますが、貸し切りですか？」

「施設としてはオープンする前デスから、お客さんは我々だけになりマース」

「他所様に迷惑をかけずに済むし、その方が儂らとしても都合がええかのぅ」

「とは言いましても、我々の人員はお客を装いつつ施設内に入っておりますが」

　犬飼さんの仰る通り、ゲレンデやホテル内外には既に人の姿が見られる。我々の面前でも他にお客さんっぽい装いの方々が、エントランスを出入りしている姿が窺えた。この短期間でよくまあ用意したものである。

　きっと相当な人員と予算が、十二式さんの懐柔に費やされていることだろう。

　けれど、それも生徒さんには知る由のないこと。

「センセー！　早く指示をして下さーい！」「クラス毎に行動だって、出発の前に学年主任が言ってたじゃないですか」「B組のヤツらなんてもう、客室へ荷物を置きに向かってます！」「自分たちもさっさとスキーを始めたいんですけど」「先にホテルの中を見て回ってもいいですかー？」

　A組の生徒一同から促されるようにして、我々はホテルの受付に向かった。

　以降はバス内で事前に通達したとおり。

　ホテルの客室に荷物を置き次第、レンタルのウェアやスキー板を受領。ロッカールームで着替えを終えたのなら、そのままゲレンデに出て難易度別にクラス分け。インストラクターの方々を紹介してもらい、すぐにスキー教室が開始となった。

　ちなみにこれは生徒さんたちの予定。

　引率の先生方には各々、別に任務が与えられる。生徒さんたちの近くを滑りながら、写真撮影をしている方がいれば、インストラクターに付いて様子を見守っている方もいる。いずれにせよスキー板を嵌めて、雪上で自由に動き回れることが前提のお話。

　まるで滑れない新米教師は、当然ながらこれに付いて行くことなど不可能。

　ゲレンデの隅の方で小さなお子さんたちに交じって、一人で練習する運びとなった。まさか生徒さんと一緒にレッスンを受ける訳にもいかない。噂に聞いたところ、スキー教室の為だけに自費でスキーを学ぶ先生もいらっしゃるのだとか。

「馬には乗れるのにスキーは無理とか、意味が分からんのじゃけど」

「こんな危ないスポーツ、率先して身を投じる理由こそ分かりませんよ。ヘルメットも装着せずに、生身のまま時速何十キロという速度で疾走するんですよ？　どう考えてもおかしくないですか？　バイクの比じゃない危なさですよ」

「いやまぁ、実際に毎年十人くらいは死んでおるけど」

「でしょう？」

　必死になってハの字なる姿勢を学んでいると、二人静氏に茶化された。

　足とかめっちゃプルプルする。

　飛行魔法を利用したのなら、滑っている振りをすることも不可能ではない。ただ、メイソン大佐や犬飼少尉の目があるところで、異世界の魔法を行使することは憚られた。慣れた人が見れば、きっと違和感を抱かれてしまうだろうから。

「生徒のことは副担任と儂に任せて、お主はそこでプルプルしておるとええよ」

「すみませんがお願いします」

　自ずと生徒さんたちの面倒見は、彼女たちにお任せすることになった。

　不甲斐ないクラス担任で申し訳ないばかり。

二人静氏は案の定、やたらと熟れた様子でこちらの下から滑り去っていく。アニメやゲーム、バイクに車、アマチュア無線ときたのなら、それはもうスキーくらい趣味にされておりますよね。

すると彼女と入れ替わりで、自身が受け持っているA組の女子生徒がやってきた。

お隣さんではない。

名前と顔くらいしか把握していない相手だ。

たしか出席番号九番の鈴木さん。

クラス内で背の順に並んだのなら、最前列に位置することが多い人物である。日頃からリップを欠かさない、とてもお洒落なお子さんだ。寒くなると唇が割れがちなお隣さんと比べると、見栄えに意識の高い生徒さんでもある。

なによりも印象的なのは高い位置で結われたツインテール。

中学校でツインテールだと虐められますか？　などといった投稿がネット上に散見される程度にはハードルの高い髪型。そうした世論の中で、彼女は珍しくもラビットスタイルで日々を過ごしている猛者である。

つい先日には下校の間際、学年主任からスカートの巻きっぷりを注意されていた。

そんな生徒さんが言う。

「佐々木センセー、こんなところで何やってるんですかー？」

「見ての通り、スキーはほとんど経験がありませんでして」

「センセーが子供の頃は、スキー教室とかなかったんですか？」

「世間的にはありましたが、自分が通っていた学校はなかったですね」

彼女は器用にスキー板を滑らせて、自身のすぐ正面までやってきた。どうやらスキーはそれなりに経験があるようだ。お若いのに大したものである。雪国の学校だと、自然とスキルが身につくのかもしれない。

などと考えていたら、先方から予期せぬ提案が。

「だったらセンセー、私が教えてあげるよ！」

耳にして即座にピンときた。

これ、美人局ですね。パートツー。

「いえ、自分は一人で大丈夫ですから、鈴木さんはお友達と楽しんできて下さい」

「そんなこと言わないで、ほら。この調子だと最終日までずっと滑れないよ?」

「ちょっ……」

女子生徒はストックを足元に突き刺すと、両手でこちらの手を取った。

クイッと腕を引かれたのなら、そのまま二人揃って雪上を滑っていく。彼女はチラチラと背後を確認しつつ、後ろを向いたままこちらを先導する。非常にゆっくりとしたものだけれど、相手が子供とあって恐怖を覚えた。

手を振り払って逃げ出したいけれど、それをしたら転倒必至の状況。

「と、止まって下さい。危ないですよ、後ろを向きながら滑ったりしたら」

「駄目だよー、センセー、止まりたいならちゃんとスキー板をハの字にしないと」

言われるがまま、必死になって板をハの字にする。

すると先端が何かに引っかかったような感覚。

直後には訳も分からないまま、すっ転んだ。

「っ……!」

正面を先導していた女子生徒を巻き込んで、前のめりに転がる羽目となる。

両腕が伸びた先には教え子の身体がある。

まさか触れてなるものか。

咄嗟に飛行魔法を行使することで肉体を急制動。ストックを放棄の上、手の向かう先を横にずらして雪の上に腕を突いたのなら、壁ドンならぬ、地面ドン。相手の頭部横に手を突くことで、どうにか身体の接触から逃れることができた。

「す、すみません。すぐに退きますので」

脇へ転がるようにして、大慌てで彼女から離れる。

すぐにでも起き上がりたいところだけれど、足にスキー板がついていると、これがなかなか上手くいかない。試行錯誤の上、最終的には板をスキーブーツから取り外すことでどうにか立つことができた。

「センセー、今の逆エッジって言うやつで、すっごく危ないんだよ?」

「すみません、気が動転していまして。怪我はしていませんか?　立てますか?」

これまた無様な姿を晒してしまった。

ただ、女子生徒はなんら気にした様子もない。

雪の上に寝転んだまま、こちらをニコニコと笑顔で眺めている。

「ねぇ、センセー。私のことはいいから、ちょっとあっちを見てみて？」

彼女はその場に寝転んだまま、腕を横方向に上げてみせた。

その仕草に促されるがまま、人差し指が示す方向を見やる。

「鈴木さんのストックが刺さっていますね」

「やったじゃん、先生。ちゃんと滑れたね！」

「………………」

ニコリと満面の笑みを浮かべて彼女は言った。

「だいたい十メートルくらいは滑れたかなぁ？」

これを計算でやっているのだから、女性とは恐ろしい。

そして、彼女のような未成年を相手に感嘆を覚えている時点で、妙齢の女性からしたら自分のような凡夫など、異性として扱われなくても仕方がない。

きっと日々のやり取りからして、逆エッジの連発であることだろう。

そうして考えると、二人静氏の付き合いの良さを改めて意識させられた。

「ところでセンセー、学外授業の噂って知ってる？」

「噂？　なにか生徒さんたちの間で問題でも見られましたか？」

「ううん、そういうのじゃなくて、うちの学校に代々伝わってる噂のこと」

「すみませんが、なにぶん赴任から間もないものでして」

「学外授業の最終日、意中の相手に告白すると恋が成就するっていう噂」

倒れたままの相手に手を差し出すと、彼女はこれを取って身を起こした。スキー板を着用しているにもかかわらず、すんなりと立ち上がってみせた挙動には、やはりスキーヤーとしての慣れが多分に感じられる。

「うちのクラスの男子たちなんて、十二式さんに告白するとか息巻いてるんだから」

「なるほど」

それはちょっと大変なことになるかもしれない。

けれど、自身の立場からはどうにもできない。

他の誰でもない、本人たっての希望だから。お隣さんの通学先に通うだ何だと言い始めたのも、目的はそれである。結果として姫プレイを始めた事実も、担任の立場から把握しておりますとも。

なんならクラスの女子生徒一同から、微妙に疎まれ始めているっぽい。

転校から間もないのに、大した才能ではなかろうか。

「十二式さんって先生のお子さんなんですよね？」

「血の繋（つな）がりはありませんが、戸籍の上ではそのようになっています」

「へぇー、そういうドラマや漫画みたいな生い立ちって、本当にあるんだなぁ」

「あまり一般的な関係ではないとは思いますが」

二人してウェアに付いてしまった雪を払い落とす。

それとなく女子生徒の様子を窺ってみるも、身体のどこかを庇（かば）っているような素振りは見られない。まずはその事実にホッと一息。万が一にも怪我などさせてしまったのなら、ご両親に申し訳が立たない。

「ねぇ、センセー」

「なんですか？」

「私もセンセーのこと、ちょっと気になってるんだよね」

「…………」

っていうか、これ、アレでしょう。

望月先生が駄目だったから。

手を替え品を替え、みたいな。

「センセーは私みたいな子供、嫌い？」

「鈴木さんには申し訳ありませんが、そういった目で見ることはできませんね」

「生徒が勇気を振り絞って告ったのに、速攻で振るとか酷（ひど）くないですか？」

「相手の意思を尊重するのであれば、しっかりと応えるべきかなと思いました」

「物は言いようですよねー」

「同僚からもよく言われます」

「少しくらい慌てたりしませんか？」

「目に見えて慌てるような行いは、相手に気があるときに装うものでしょう」

「……先生、寂しい人生を送ってきたんですね」

「決して否定はしませんが」

昨日、ミカちゃんが仕掛けてきたのも彼女の手引きだろうか。

今晩にでも上司へ報告を入れて、ここ数日の動きを洗うとしよう。

＊

【お隣さん視点】


学外授業と称して連れて行かれたスキー教室。

スキーなど微塵も経験のない私は、当然ながら初心者クラスに配属された。本日はゲレンデの下の方で、スキー板やストックの基礎的な扱い方を学ぶのだという。数名で一つのグループとなり、インストラクターからレクチャーを受けている。

正直、とても辛い。

何気ない挙動一つ取っても、日頃利用した覚えのない筋肉が総動員される。スキー板を嵌めているだけで、雪の上に立っているだけで、これほどまでに自由が利かない。全身に訳の分からない負荷がかかっている。

明日は筋肉痛も免れないだろう。

『僕の相棒は相変わらず運動が苦手だねぇ』

しかも何かにつけて性悪悪魔が皮肉を投げかけてくるものだから苛立ちも一入。

他方、全力で今という瞬間を謳歌しているのがロボット娘。

「十二式ちゃん、大丈夫？」「立っているのが辛いようなら、俺が横から支えててあげようか？」「ストックを持ってる手だけど、先端に親指がかかるようにすると、足に力が入って踏ん張りが利くよ」「辛いようならインストラクターの人に言って、ホテルで一緒に休憩とかしない？」

その周囲には男子生徒が絶え間ない。A組の生徒のみならず、他クラスの生徒までわらわらと集まってきている。中にはある程度の腕前があるのに、わざわざ初心者クラスに入り込んだ生徒も見受けられた。

「周囲からノ気遣いが喜ばシイ。スキー教室とは、なんト素敵な行事ナのか」

これには女子生徒からの反発も避けられない。

私にまでやっかみの声が届けられる。

「黒須さん、十二式ちゃんって少し変わってるよね？」

「なんていうか、黒須さんとは雰囲気が正反対？　みたいな」「アイビーちゃんとか、彼女に放置されて可哀想なことになってるし」「彼女ってば、前の学校でもこんな感じだったのかな？」「本人もまったく隠す気がないの逆に凄いよね」

初心者クラスのグループ内には、普段から私の机を囲んでいる女子生徒もちらほらと見られる。彼女たちを介してあちらこちらから意見が届けられた。たぶん、私にどうにかしろと暗に訴えているのだろう。

「私の知り合いが皆さんに迷惑をおかけしてしまい申し訳ありません」

「ううん、黒須さんがそんなふうに言うことはないから！」「そうそう、私たちも黒須さんのことは大好きだし」「見た目が綺麗（きれい）だから、男子も気になってるんだよね」「しばらくしたら落ち着くとは思うけど」「佐々木先生に言ったら、ちょっとはマシになったりするのかな？」「ご家族のことだから、どうしても抵抗あるよね」

しかしながら、言って聞くような性格であれば、私たちだって苦労はしていない。

精々化粧女に伝えて叱ってもらう程度だろうか。だが、それが原因で彼女が母親離れを起こした結果、どこの誰とも分からない男に靡（なび）いたりしたのなら、それはそれで問題である。下手をすれば、また地球のどこかにクレーターが生まれかねない。

この手の地雷女は馬鹿な男に引っかかって周囲に迷惑をかけると相場が決まっている。

『おや、あちらにクラス担任の姿が見られるよ』

アバドンの呟（つぶや）きを耳にして、自然と身体が動いた。

その指摘通り、視界の隅におじさんの姿を捉える。

どうやら彼もスキーが苦手なようで、小さな子供たちに交じって一人でスキー板やストックの扱いを練習していた。自身と同じように悪戦苦闘しているおじさん。その姿を目にしたことで、少しだけ気分が持ち直す。

やっぱり私と彼は似た者同士なのだ。

おじさんはこうでなくてはいけない。

一人で過ごしている姿のなんと愛らしいこと。

などと考えていたのも束の間のことである。

彼の下を同じクラスの女子生徒が訪れた。

『おやおや？　彼のところに生徒が向かって行ったよ』

「…………」

こうなるとクラスメイトやインストラクターの声も気にならなくなる。

おじさんと女子生徒に注目してしまう。

そうした只中、後者が前者の手を取って雪上を滑り始めた。足をプルプルとさせていたおじさんを誘うように、両手をしっかりと握り寄り添いながらのアプローチ。その様子は彼氏と彼女さながらではなかろうか。

なんと苛立たしい光景もあったものか。

何故に彼女はおじさんの下を訪れたのか。

そうかと思えば次の瞬間にもおじさんが転倒した。あろうことか女子生徒を押し倒すような位置関係へと至る。

『あらら、一緒に倒れちゃった』

アバドン、あの女を排除して下さい。

喉元まで出かかった言葉を寸前で飲み込む。

もしやアレか？

彼はツインテールが好みなのか？

そういうことなら今晩にでも、早速チャレンジしてみようではないか。

＊

【お隣さん視点】

結局、その日はずっとゲレンデに出て、スキーの修練に明け暮れていた。

端的に称して地獄。

途中、昼食のタイミングで休憩はあったものの、それ以外は雪の上にいた。それからホテルに戻ったのは日が暮れ始めた頃である。

生徒総出で訪れたレストランで学生食堂的に夕食を取り、客室に戻ったのなら完全にヘトヘトだ。この後には大浴場を利用した入浴の時間が設けられているらしい。けれど、これに構うことなく寝床に倒れ込んでしまいたくなる。

ちなみにホテル内での部屋割りは、ロボット娘と青色のマジカル娘が同室。

当然のようにアバドンも室内にふよふよと浮かんでいる。

客室は和洋室だ。

洋間にシングルベッド二台と、和室に布団を敷いての宿泊。合わせて三十平米はありそうだ。おじさんが気を遣ってくれたのか、それとも地方のリゾートホテルとしては一般的な様式なのか。かなり広々とした印象を受ける。

「姉よ、とても素晴ラしい機会ヲ提案してくれタこと、末娘ハ改めて感謝しタイ」

「それは良かったですね」

「そう、トても良かった。やはリ持つベキは慧眼ヲ備えた家族に他ナラない」

「…………」

ロボット娘は極めて上機嫌だ。

自らに与えられたベッドの上、ちょこんと正座をしてこちらを向いている。その表情は普段と変わりない。能面のような面持ちには感情の欠片も見られない。しかし、心なしか足先の辺りをモジモジとさせている仕草から、先方の興奮が垣間見えた。

ちなみに洋室に設けられた二台のベッドは、彼女と青色のマジカル娘が利用している。自身は彼女たちから離れて、和室に運び込まれた布団に収まった。そうした位置関係を気にしたのか、マジカル娘からは申し訳なさそうな声が届けられる。

「クロスさん、本当に私がこのベッドを利用していいんでしょうか？」

「私は割とどのような場所でも眠れますので、気兼ねなく利用して下さい」

マジカルコミュニケーション経由で先方の声が脳裏に響く。

柔らかな布団の上、手足を伸ばして眠れるとは幸せなこと。これまでの人生、毛布一枚で過ごしてきた時間の方が長い。それと比べたらベッドだろうが布団だろうが、いずれにせよ天国である。

『僕の相棒は床で眠るのに慣れているからね！』

室内ではアバドンも姿を顕わにしている。

青色のマジカル娘には素性も知られているので、この期に及んで隠し立てする必要はないとの判断だ。おじさんにも承認を得ている。それよりも万が一に備えて、双方向でのやり取りを優先するべきであると。

「アバドンの言葉ではありませんが、互いに慣れた寝床の方がいいでしょう」

「ありがとうございます、クロスさん」

無表情が常であるロボット娘やピンク色のマジカル娘とは対照的に、青色のマジカル娘はとても表情豊かな人物だ。申し訳なさそうな顔をしていたかと思えば、こちらの何気ない返事を耳にして、パァッと満面の笑みを浮かべる。

果たしてそれは素直な感情の現れなのか、意識して取り繕っているのか。

幼い見た目を素直に信じるのなら、私よりも年下と思われる。けれど、あまりにもお利口さんな振る舞いには、どうしても違和感が拭えない。端々でガードの緩さが垣間見えるロボット娘より、余程上手いこと腹の中を隠している。

「ところで十二式さん、私も他の生徒さんともっとお話をしたいです！」

「アイビーの主張ハ理解した。しかし、残念ナがら男子生徒たちノ注目は私に向けラレている。恋愛至上主義が全盛トなる人類におイて、番（つがい）を勝ち取ルことは自らノ力によって為（な）されなけれバならないトの情報が、ネット上には多数見らレル」

「あ、えっと、そういうのは別に……」

「故にアイビーもまた、男子生徒ニ対するアプローチを意識シテ日々を過ごスべき」

「……はい、分かりました」

しかし、ロボット娘のコミュ障っぷりはどうにかならないものか。

自身もなかなかのコミュ障だとは思うが、彼女はそれ以上だ。

おかげで青色のマジカル娘は困惑してばかり。

彼女としてはロボット娘の懐柔こそ、自らに与えられた仕事であることだろう。けれど、当の本人は通学先の男子生徒からチヤホヤされるのに忙しい。おじさんから仰せつかった翻訳係としての職務も若干放置気味である。

まさに地雷女。

「私ハこれから男子ノ部屋に向カう。姉よ、どうか止メないで欲シイ」

「理由を確認してもいいですか？」

「日中のスキー教室中に多数ノ誘いを受ケた。コレに乗らない手ハないト考える」

「ほいほいと付いて行ったところで、輪姦（りんかん）されるのがオチではありませんか？」

「そこに心ノ癒やしガあるとイうのなら、輪姦トいう行為にモ価値が生まれル」

「恐らくですが貴方（あなた）の母親は、その手の行いに嫌悪感を

催すと思うのですが」

「……なルほど、たしかに躊躇スベきではあるカモしれない」

ロボット娘の貞操がどうなろうと私の知ったことではない。

しかし、それが原因でおじさんが苦労したり、彼の私に対する評価が下がっては大変なことだ。こうして宿泊先を共にしている管理責任を果たすのであれば、この場では最低限、忠告を与えておくべきだろう。

以降、入浴をしたり何をしたりしている間に夜の時間は過ぎていった。

同じクラスの女子生徒一同からは、彼女たちの客室に集合してのあれやこれやに誘われた。主催の言葉に従うのであれば、パジャマパーティー。ただ、ほとほと疲弊していたことも手伝い、こちらについては遠慮しておいた。

学校側が指定した就寝時間より少し前には、床に就いて目を閉じる。

しなしながら、いざ眠りに向けて微睡み始めた時分のこと。

室内にガタゴトと響いた物音から、眠りに落ちる寸前の意識が覚醒した。

布団の上に寝転んだまま、うっすらと目を開けて室内の様子を窺う。

すると、それまでパジャマ姿でベッドに収まっていた青色のマジカル娘が、魔法少女の衣装に身を包んで窓際に立っている。何がどうしたとばかりに注目していると、彼女はそのまま窓から屋外に向けて飛び立つ。

洋間が廊下側、和室が窓側に位置している為、相手との距離はかなり近い。上半身を起こして腕を伸ばしたのなら、その足先に触れられるくらいの距離感。一瞬、寝首をかかれるかもと危惧をしたほど。

ただ、そんなことはなかった。マジカルフライで空中に浮かび上がり、客室から外に出た彼女は、カーテンや窓を静かに閉めると、そのまま飛び去っていく。しばらく待っても戻ってくるような気配はない。

ややあって私のすぐ隣に寝転んでいたアバドンから声が届けられた。

『起きているかい？』

「はい、状況を教えて下さい」

『見ての通り、ルームメイトが魔法少女というのに変身して、部屋を出て行ったね』

「姉よ、末娘はアイビーの挙動ガ気になる。コレより対象ヲ追跡しようト考えル」

間髪を容れず、ロボット娘からも声が上がった。

ベッドの上、むくりと上半身を起こしてのこと。

ロボット娘が睡眠を必要としないことは以前から把握している。ベッドに横になった彼女は、我々人類の生活様式に合わせているに過ぎない。明日のスキー教室に思いを馳せながら常時覚醒の只中、悶々とした思いを抱えていたことは想像に難くない。

また、眠りを必要としないのはアバドンも同様である。出会った当初は夜中であっても、室内を埃のようにふよふよと漂っていた。目障りなので大人しくして欲しいと伝えて以来、こうして私の近くで横になるようになった。

恐らく今しがたも青色のマジカル娘に対して、警戒してくれていたことだろう。

「別に放っておいても構わないのでは？」

「夜間に客室カラ抜け出シて、男子生徒たちノ下へ向かった可能性ガ考えらレル。男子生徒たちから輪姦ヲ受けて、心に癒ヤしを得ル腹積もりではナイかと危惧シている。本来であれば、そこに収まるベキであった立場にアルからこそ、とても気にナル」

「…………」

本人の言葉に従えば、機械生命体は嘘を吐かない。

今の発言もまた、嘘偽りのない本心なのだろう。

異文化とのコミュニケーションとは、斯くも難しいものなのか。

「貴方はまず輪姦というワードの意味合いを、より詳細に把握するべきでは？」

「地球人類におイて、ハイスペ男子からノ愛のある輪姦とハ溺愛を意味シテおり、これを主題とシタ娯楽作品はメインストリームにある。そこに心因的ナ癒やしが存在してイルことは、確定的に明らかデあると判断スル」

「……たしかに、そうした意見が存在していることは否定しませんが」

ロボット娘と話をしていると、この世の中が分からなくなる。

地球人類が丸ごと狂っているような感覚を覚える。

知的生命体と動物の垣根はどこにあるのだろうかと。

「継続シタ睡眠を欲してイるのであれば、姉ハこのまま寝テいても一向に構わナい」

「いえ、分かりました。私も一緒に向かいます」

ロボット娘を一人にして何かあったら大変だ。

ここは自身が監督役を務めるべきだろう。

宿泊先での同室も、そうした意図があってのこと。

おじさんの期待を裏切るような真似はしたくない。

『随分と疲れていたように思うけれど、寝ていなくて大丈夫なのかい？』

「何かあったとき、おじさんに連絡を入れる役柄が必要だと思います」

『そうした健気な思いが、一ミリも本人に伝わっていない事実が虚しいねぃ』

「そういうことは言わなくていいです」

布団から抜け出して、パジャマから私服に着替える。

これはロボット娘も同様。

ところで、アバドンはずっと同じ格好をしているけれど、たまには装いを変えたりはしないのだろうか。今のところ異臭が漂ってくるようなことはない。けれど、せめて洗濯くらいはした方がいいような気がする。

「なにより妹が一人で無茶をしないよう、サポートするのが長女の役割かなと」

「末娘トしては、姉のそうシタ甲斐性をとても好マしく感じてイル」

「貴方一人の為にやっている訳ではありません。家族の為にやっているんです」

「そうイウのをツンデレと称するト、人類のネットワーク上のデータかラ判断する」

「たぶん、絶対に違うと思いますよ」

「そウ、まさにツンデレ」

「…………」

誰がツンデレだ、誰が。

自身はこのロボット娘が疎ましくてならないというのに。

「移動用ノ末端を窓際マデ呼び寄せた。すぐにデも搭乗してアイビーを追跡スル」

「承知しました」

着替えを終えたところで、客室のカーテンと窓を開け放つ。

すると窓際へ接するように、煌々と光が浮かんでいた。

照明の消された屋内へ滲むように、見慣れた末端の出入り口が隣接されている。それ以外の部分は例によって、我々の目からは見えないように隠されていた。

　窓枠に足を掛けた私は、これに急ぎ足で乗り込んだ。

＊

【お隣さん視点】


　青色のマジカル娘の追跡には、機械生命体の超科学が活躍を見せた。

　ロボット娘は常日頃から地球を観測している。空を飛んでいる女児の存在は、その位置情報から飛行速度に至るまで、精緻に捕捉されていた。なんなら末端に乗り込んだ我々の面前、彼女の姿が映し出されている。

　先日、三宅島へ向かう際にも目の当たりにした、空中に浮かぶように展開された正体不明のディスプレイ。そこには真夜中にもかかわらず、マジカルフライで身を飛ばすマジカル娘の姿がハッキリと映し出されていた。

「どこに向かっているのでしょうか？」

「対象ハ標高三千メートル付近を西方に向けテ飛翔中。進行方向にハ雪倉岳や白馬岳トいった飛騨山脈ノ北部、後、立山連峰が連なってイル。これヲ越えた場合、富山県を抜けて海洋に出ルものと想定サれる」

　必死になって脳裏に日本地図を思い描く。

　飛騨山脈とかまだ授業で習っていない。

　中学一年の地理は世界の地理で、日本の地理は二年から扱われる。

『飛騨山脈というのは、いわゆる北アルプスのことだね』

「知っていましたよ？」

『ちなみに君が小学生のときに利用していた教科書には、北アルプスと飛騨山脈の記載があったから、まだ習っていない、みたいな言い訳は通用しないけれど、そこのところ大丈夫かなぁ？』

「…………」

　くっ、こちらの考えなどお見通しのようだ。

　中卒で没する予定であった為、勉学については未だ心もとない。最近は高校進学を前提として、学校の授業にも前向きに取り組んでいる。しかし、数年という負債は決して小さくないものだ。

「教科書を勝手に読んでいたのですか？」

『暇つぶしには丁度よかったからね！』

「姉よ、地理ノ勉学に不安がアルようであレば、妹ハその学習ヲ手伝いたい」

「大丈夫です、自分でなんとかしますので」

空を飛ぶ青色のマジカル娘を眺めながら、末端内でしばらく過ごす。飛行物体内には椅子やテーブルこそ見られない。けれど、空調の完備された内部空間は、ホテルの客室と同じく快適なもの。

やがて数分ほどが経過すると、ディスプレイの一角で変化が見られた。

延々と続いた山脈地帯の中程、空に向けて光の柱が立ち上る。

青色のマジカル娘はその根元に進路を取った。

我々が乗り込んだ末端もこれに続く。

すると一際高い山の山頂付近、大きな岩上に立つ人の姿が見られた。

我々がこれに気付いたのと時を同じくして、ディスプレイの一部が勝手に望遠となり、そこに立っている人物をよりアップで映し出す。積雪に覆われた断崖絶壁、白銀の只中、何気ない佇まいで周囲の山々を眺めている。

ピンク色のマジカル娘だ。

今しがたに見られた光の柱は、彼女が放ったマジカルビームだろう。

手にした杖を手元に下ろす仕草が、やたらと神々しく感じられた。

「サヨコ、遅くなってごめんなさい！　ルームメイトが寝るのを待っていたら、夜遅くになってしまいました。私から呼び出していながら、こんなに寒いところでずっと待たせてしまって、本当にごめんなさい」

「大丈夫、フィールド内で待ってたから」

末端内に両者の会話が響く。

映像のみならず音声まで盗聴しているようだ。

青色の魔法少女の英語もしっかりと日本語に翻訳されている。

『ねぇ、これって音声はどうなっているんだい？』

「映像ヲ撮影してイル小型ポッドとは別に、集音機能ヲ備えた小型ポッドを多数展開シテいる。ディスプレイに映し出さレている映像は、これラから得られたデータを編集シタもの。他に必要ナ情報があれバ意見が欲しい」

「いえ、既に十分なものです」

『機械生命体の技術力は本当に凄いなぁ』

「兄よ、その賞賛ハ末娘の心ヲとても温かくスル」

植生も失われた岩肌剥き出しの山頂部。一際高い位置に突き出した大岩の上、月明かりに照らされて浮かび上がったマジカル娘たちの姿は、その突拍子もない出で立ちと相まって、とても幻想的に感じられる。

「アイビー、たしかにフェアリードロップスの反応がある。けど、どうして気づいたの？」

「近くでスキーをしているときに、微弱だけど反応を感じたんです。昼休みに少しだけ確認したんだけど、本格的に探しているような余裕がなかったから、夜のうちに見つけられたら嬉しいなって」

「分かった。それなら探すのを手伝う」

彼女たちは我々に気付いた様子もなく、岩上で向き合ったまま会話を続ける。

このような山間部で何が見つけられるというのだろう。野草やキノコでも探しているのか。

彼女たちの言う、フェアリードロップス、というのが具体的に何を指しているのか、自分には皆目見当がつかない。ファンシーな響きから察するに、魔法少女に関連した何かであることは、なんとなく思い至るけれど。

「ごめんなさい、サヨコ。こういうのサヨコにとっては嫌なお仕事なのに」

「同じ境遇にある魔法少女を助けるのは、私にとって大切なことだから」

「ありがとう。この借りはちゃんと返します」

「別に構わない。それよりもさっさと探すべき」

合意が取れたところで、魔法少女たちがふわりと空中に浮かび上がった。顔を合わせていたのも束の間、どうやら散策先を分担して作業に臨むようで、互いに反対方向に向けて地表スレスレを飛び回り始めた。

応じて我々の面前では、ディスプレイがうにょんと二つに割れた。

各々にピンク色のマジカル娘と、青色のマジカル娘が映し出されている。

『フェアリードロップスってなんだろうねぃ』

「同様ノ呼称を取ル事物は、この地球上に限ってモ無数に存在シテいる。現時点でハ彼女たちが求メている対象ヲ特定スルことは不可能。ただし、魔法少女なル存在に関係シタ事物であル可能性は高い」

「そもそも魔法少女というのは、一体どこから出てきたのでしょうか?」

昨今、いつの間にやら会話に登場している謎ワード。当たり前のように受け入れてしまっているけれど、改めて考えてみると、彼女たちの素性については何も知らされていない。天使と悪魔以上に背景が見えてこない。

あまりにも見た目がマジカルしているから、語句が馴染んでしまっているけれど。

「父や母ノ勤務先を筆頭トした、人類ノ管理者層が保有するデータベースには幾つカ言及が見らレル。その中デ一貫している情報ヲ述べるト、妖精界からノ使者によリ人類が変質シタもの、とノこと」

お得意のハッキングで他所様の情報基盤にアクセスしたのだろう。

スラスラと回答が返ってきた。

「そこまで把握しているなら、フェアリードロップスについても何か分かりませんか?」

「魔法少女にトってのフェアリードロップスとは、妖精界からノ使者によリ、その回収ガ求めラレている事物、とノ記載がいくつか見らレる。しかしナがら、フェアリードロップスを示唆すル具体的な情報は存在シない。あるイは削除された形跡がアル」

「削除された形跡って、どういうことですか?」

「機械生命体ニよるハッキングに対応スべく、一部のデータベースを含ンだネットワークを孤立化シたものと思わレる。記録メディアが孤立シテいる場合、その物理的ナ奪取を含マないアクセスは、機械生命体デあっても不可能」

『回収っていう響きからして、フェアリードロップスの出所は妖精界という場所なのかな?』

「そノ可能性は高いト考える」

妖精界からの使者、とやらにも疑問が残る。天使や悪魔の使徒、あるいは二人静たちのような異能力者が、自らの存在を誤魔化す為にでっち上げた設定や世界観だったりするのではなかろうか。

ただ、どれだけ考えたところで答えは出ない。

そうして魔法少女の起源に首を傾げている間にも、当人たちは探しものを継続。寒空の下を小一時間ほど、延々と飛び回っていた。末端に乗り込んだ我々も、その後を追いかけるように尾行。

しかし、残念ながら探しものは見つからなかったようだ。

山中に生まれた小高い丘の上、彼女たちは再び顔を合わせて言葉を交わす。

「アイビーは学校がある。今日はもう遅いから撤収するべき」

「だけど、フェアリードロップスの回収はメイソン大佐も期待していて……」

「明日も手伝うから」

「……サヨコ、本当にありがとう。いつも私のことを助けてくれて」

「私もアイビーや皆に助けられてる」

「ううん、皆もサヨコに助けられたことの方が多いよ。だから、もしも困ったことがあったら、いつでもなんでも言って欲しいんです。サヨコは強いから、他の魔法少女に頼ることもほとんどないでしょう？」

「そんなことはない」

「もしよかったら私のところに来ませんか？　今よりずっと楽に暮らせると思うの！」

「大丈夫、今のままで十分。それじゃあ」

「あっ、サヨコ……」

別れの挨拶もほどほどに、ピンク色のマジカル娘がマジカルフィールドの内側に消えていく。これを青色のマジカル娘は寂しそうに見送った。やがて、その姿が消えてからしばらくすると、彼女も同様にフィールドを生み出して去っていく。

往路では利用されなかったマジカルフィールドによる移動は、一度足を運んだ場所でないと利用できないのかもしれない。どこへ通じているとも知れない真っ暗な空間を眺めたところで、そんなことを考えた。

「青色の魔法少女は、ピンク色の魔法少女を仲間に引き入れたいのでしょうか？」

『そんな感じの雰囲気があるねぇ』

メイソン大佐といえば、おじさんと一緒に本学へ赴任してきた外国語指導助手である。学内では民間人を装っているけれど、本職は彼女の上司にして隣国の上級士官。そのようにおじさんからは聞いている。

ピンク色のマジカル娘の有用性は周知の事実。

その確保が彼から彼女に対して求められていても決し

て不思議ではない。

『ところで、僕らがホテルを抜け出しているのルームメイトにバレちゃわない？』

「姉から妹にお願いがあります。なるべく急いで宿泊先に戻りたいのですが」

「調子シタ。末娘は姉ノ言葉に従イ、最大速度で宿泊先トなるホテルに帰還スル」

「それと部屋に戻ってからの口裏合わせですが……」

この場で悩んでいても仕方がない。

明日、改めておじさんに報告しようと思う。

*

スキー教室、二日目は残念ながら吹雪に見舞われた。

日付が変わった辺りから急に風向きが変わり、日が昇り始めた頃には轟々と音を立てて雪が舞っていた。外に出ると数メートル先は真っ白。ホワイトアウト。こうなると残念ながらゲレンデに出ることは叶わない。

本日は丸一日室内レクで過ごすことになりそうだ。といった話題が朝食の席で、引率の教員から生徒たちに伝えられた。場所はホテルの一階フロアに設けられたレストラン。施設内は本校の関係者でほぼ貸切状態である。

当然ながら会場ではブーイングの嵐。先生方も天気予報と睨めっこをして、どうにかスキー教室を行えないかと頭を悩ませている。けれど、どれだけ早くとも本日の夜までは吹雪きそうというのが、気象庁の見解である。

二人静氏やメイソン大佐も、強行したら遭難者が出かねないと言っていた。

ちなみに二人とは今現在も朝食の席でテーブルを共にしており、本日の室内レクの内容について検討を行っている。犬飼さんや望月先生も同席。他のクラスでも先生方の間では似たような光景が見られる。

「クイズ大会やちょっとしたゲームは事前に用意していますが、丸一日となると少し厳しいかもしれませんね。佐々木先生は何かいい案とかお持ちだったりしませんか？　社会人採用ならではの意見とかあれば是非ともお聞かせ下さい！」

「申し訳ありません、望月先生。今すぐにパッと浮かぶ案はありませんでして」

「あれこれと考えるのも面倒じゃし、数学や英語の問題集でも解かせておけばええんじゃないの？　ネットからダウンロードして印刷すれば、教科書とか持ってなくても自主勉くらいできるじゃろう」

「二人静先生、流石にそれはちょっと可哀想だと思います！」

「私はカラオケ大会がいいと思いマース！　皆で楽しく盛り上がりまショー！」

「カラオケ設備でしたら、恐らくホテル側にもそれなりに数がありそうですね」

「ロバート先生、犬飼先生、社会人採用ならではのご意見、とても嬉しく思います。ですが、中学生のスキー教室でカラオケ大会っていうのは、ちょっと学校の倫理的に問題があるような気もしていまして……」

　意見を取りまとめてくれているのはベテランの望月先生。

　テーブルで唯一の現役教職員とあって苦労されている。

　ところで、我々が着いたテーブルのすぐ近くには、お隣さんたちの姿がある。十二式さんやマジカルブルーも一緒だ。メイソン大佐の意向も手伝って、意図的に配置された各々の位置関係となる。

　そんな彼女たちのテーブルから、聞き捨てならないやり取りが聞こえてきた。

「これハ由々シき事態。まさカ放置すル訳にはいかナイ」

「放置するも何も、我々には手の出しようがないと思うのですが」

　十二式さんとお隣さんのやり取りである。

　気になったのは前者の物言いだ。

「姉よ、末娘ハこれから近隣一帯ノ気象状況に対してアプローチを行ウ。そこデ姉にハ父にかけあって、本日ノ予定を決シテ変更しなイように交渉を頼ミたい。姉ノ言葉であれバ、父も決シテ無下にはしないト判断する」

「まさか本気で吹雪をどうにかするつもりですか？」

「月面基地より宙域制圧艦ヲ派遣。甲信越地方ノ上空に浮かンだ雪雲を標的トした高エネルギー粒子砲によル制圧を実施スル。コレによりスキー場を覆っている吹雪ヲ即時排除。スキー教室の存続ハ守らレる」

　スキー教室の決行を切望して止まない機械生命体が、強硬手段に出ようとしている。

　同じテーブルに着いた先生方の様子を窺うと、自身のみならず二人静氏やメイソン大佐、犬飼さんも聞き耳を立てていらっしゃる。望月先生のみ気にした様子もなく、本日のレクの内容に頭を悩ませている。

そうした我々の思いに応えるかのように、お隣さんからは矢継ぎ早に質問が。

「姉から妹に真面目な質問です。宙域制圧艦とは？」

「地球人類ノ言語に従って述べるト、辺境宙域におけル威力的制圧方式による強襲ヲ前提とシた制圧船、五千二百九十二式。及び付随スる武装規定十五万六千七百八式に基づイて現地の最適化ヲ受けた十四式」

「もう少しざっくばらんに説明してもらえませんか？」

「宙域制圧艦につイてざっくばらんに説明スル。それハ本艦が開拓対象トする宙域に存在スル敵対的な存在、ないしは小型ノ障害物を破壊すル為の移動体。低度の情報処理生物ヲ電子的に無効化ノ上、純粋ナ打撃力によって対象を破壊スる」

「よく分かりませんが、それが運用されると人類に対してどの程度の影響が？」

「スキー教室ガ無事に開催さレル」

「暴力の矛先がスキー場の吹雪ではなく、人類に向かったらどうでしょうか」

「地球人類ハその日のうちに蒸発、消滅スル」

「絶対に止めて下さい」

「しかシ、スキー教室を続行スル為には止むなシ。丁寧に照準すレば大丈夫」

そんな馬鹿な、と突っ込みを入れたくなる。

けれど、機械生命体は嘘を吐かない。彼女がやると言ったら、きっとそれは十分な意義がある行いなのだろう。お隣さんも同じく考えたようで、末娘に問いかける面持ちは危機感に強張（こわば）っている。

「雪雲の浮かんでいる高さ的に、近隣の山々へも被害が及びかねない提案では？」

「機械生命体ハこれを必要ナ犠牲と考える」

「スキー教室の存続は、そこまでして確保すべきものなのでしょうか？」

「地表への影響ハ極力小さなものとスルことを約束する。人的被害は出さナイ。また、地形に対してダメージが発生シタ場合であっても、元あったトおりに復元するコトが可能。人類が切望スル環境保護の観点からも一切問題ハない」

あぁ、食事の席を立ったメイソン大佐が、急にどこかへ電話をし始めた。

犬飼さんも同様である。

スマホを耳元に当てた彼らは、早歩きでレストランから出ていく。近くにいらした先生方は、そんな二人を不思議そうに眺めつつ見送った。自身も上司に一報を入れるべきだろうか。いや、なんかもう事後報告でいいような気がしてきた。

「人的被害が発生した場合、貴方の母は家族ごっこを止める可能性がありますが」

「現時点デ既に周囲環境のスキャンを実施シテいる。高エネルギー粒子砲ノ影響範囲に人類が存在していナイことは把握済み。上空ヲ飛行している航空機に対シても問題がないコトは、事前のシミュレーションにより確定シテいる」

「まぁ、そこまで言うのであれば私は止めませんが……」

「とイうことで、父ノ説得は姉に任せタ。末娘はコレより作戦行動に入ル」

それは本当に大丈夫なのかと、声を上げて問い詰めたい衝動に駆られる。けれど、周囲には生徒や先生方の目がある。世間からすれば荒唐無稽な十二式さんの提案に、教師が真正面から受け答えすることは困難を極める。

そうこうしている間にも、彼女は席を立ってレストランから去っていく。

一体どこへ行くつもりなのか。

これと時を同じくして、お隣さんから声をかけられた。

「先生、少しいいでしょうか?」

テーブルに着いた自身の下、すぐ隣まで足を運んでのこと。学校内や学校行事に参加している間は、普段のおじさん呼ばわりではなくて、ちゃんと先生と呼んで下さるの本当にありがとうございます。

「なにかな?」

「できれば人の居ない場所でお伝えしたいことがあるのですが」

「なんじゃ、生徒と逢引かぇ?」

「差し支えなければ、二人静さんにも同行を願いたいのですが」

自分や二人静氏からとやかく言うより、お隣さんの口から伝えられた方が、末娘としても耳を貸してくれるのではなかろうか。そのように考えたところで、二人静氏と揃ってレストランから外に出た。

ホテル館内はそこかしこに監視カメラが設けられている。

　これらを避けてエントランスホールの隅の方、柱の陰になる辺りで向かい合う。

「昨晩にあった出来事で、おじさんの耳に入れておきたいことがありまして」

「え？　今さっきのやり取りのことじゃなくて？」

「そっちはもう諦めました」

「そ、そうなの？」

　自身が考えていたのとはちょっと違った。

　できれば諦めずにいて欲しかった。ただ、彼女の協力がないと、自分や二人静氏から声をかけたところで、十二式さんの行いに待ったをかけるのは困難に思われる。こういうときこそ星崎さんが一緒だったら、と願わずにはいられない。

「昨晩、青色の魔法少女に動きが見られました」

「まさか喧嘩（けんか）とか？」

「いえ、深夜に一人でホテルを脱して、北アルプスの山々が連なっている辺りまで移動の上、ピンク色の魔法少女と合流していました。私とアバドン、それに末娘とで追尾していたのですが、二人して探しものをしていたようです」

　お隣さんの傍（かたわ）らにはアバドン少年も浮かんでいる。

　彼は彼女の言葉を肯定するように言った。

『フェアリードロップスっていうのを探していたんだよね！　かなり頑張って探してたなぁ』

「機械生命体がハッキングをして得た情報に従うと、魔法少女は妖精界からの使者により、その回収を責務としているようです。既にご存知（ぞんじ）であったら申し訳ありませんが、念のためにおじさんの耳にも入れておこうと」

　フェアリードロップスとか、なにそれ美味（おい）しいの状態。

　前にも耳にした覚えはある。

けれど、知っているのはフレーズのみ。

　できれば詳しくご説明を願いたい。しかし、自らを魔法中年だ何だと主張していた手前、上手い返事が浮かばない。異世界の魔法とその出自については、未だお隣さんやアバドン少年には知らせていないから。

「昨日の夜、山の方で光の柱が見えたのは、彼女たちが原因だったりするのかな？」

「ピンク色の魔法少女が青色の魔法少女と合流する為に

ビームを撃っていました」

『ねえ、フェアリードロップスっていうのは何なんだい？』

「アバドン、それを今この場で確認する必要がありますか？」

『だって気になるだろう？　魔法中年なら何か知っているんじゃないのかなぁ？』

「詮索好きな悪魔が迷惑をかけてしまいすみません、おじさん」

「申し訳ないけど、そちらについては自身もあまり詳しくはなくてですね」

「気になるのぅ？　儂もフェアリードロップスっていうの、むっちゃ気になるのぅ？」

　ピーちゃんの姿が見られない為、ここぞとばかりに弄（いじ）ってくる二人静氏。

　彼女を無視して言葉を続ける。

「魔法少女たちの動向について、知らせて下さりありがとうございます。差し支えなければこれからも、彼女たちに動きが見られたら連絡を頂けると嬉しいです。もちろん決して無理にとは言いませんが」

「はい、任せて下さい」

『これなら僕らも多少は活躍できるかな？』

　神妙な面持ちで頷（うなず）いたお隣さんと、その脇でニコッと笑みを浮かべたアバドン少年。

　そうして我々の会話も一段落した間際のこと。

　エントランスホールに設けられていた多数の窓から、ピカッと強い光が差し込んだ。カメラのフラッシュでも焚いたような感じ。目を閉じるほどではないけれど、室内に居ても違和感を覚えるくらい。

　光が差し込んでいたのは数秒ほど。

　発光が収まると、それまでと比較してホール全体が明るいことに気付いた。

　ふと気になって窓越しに屋外へ目を向ける。

　すると、外には青空が広がっていた。

　吹雪はどこに行ってしまったのか。つい先程までホワイトアウト、数メートル先さえ見えなかった屋外が、綺麗に晴れ渡っている。遠方まで広がった青空の下、燦々（さんさん）と降り注ぐ陽光が、雪の積もったゲレンデを照らし輝かせている。

「あの娘、マジで吹雪を吹き飛ばしてしもうたのぅ」

「あちらの山峰ですが、昨日と比べて若干欠けているような気がしませんか？」

「っていうか、先っちょの部分だけ雪が消えておるの、絶対におかしいじゃろ」

　直後には懐で端末がブブブと震えた。

　画面に表示された名前を確認するまでもなく、呼び出し元には察しがついた。

「はい、佐々木です」

『阿久津だが、そちらの天気はどうだね？』

「吹雪によるスキー教室の中止を憂えた機械生命体が、月面基地より呼び寄せた飛行物体を利用することで、現地に浮かんでいた雪雲を一掃しました。人的被害は発生していないものと思いますが」

『一回の報告に対して、やたらと情報量が多いのはどうにかならないだろうか？』

「すみません、我々も止める暇がありませんでして」

『昨晩、飛騨山脈界隈で見られた光の柱も彼女の行いだろうか？』

「そちらについては、ピンク色の魔法少女が原因と思われます。我々も仔細は掴んでおりませんでして、メイソン大佐に伺った方が確実ではないかなと思います。恐らくですが、魔法少女たちの動きに関係しているものと思います」

「あ、いたいた！　佐々木センセー！　二人静センセー！」

　そうこうしていると望月先生がやって来た。

　彼女は大きく声を上げながら我々の下まで駆け足。

「本日のスキー教室、やっぱり決行みたいです！」

「課長、すみませんが職務に戻ります」

『承知した。しかし、次からは事前に連絡が欲しい』

「善処いたします」

　十二式さんが願った通り、本日もスキー教室の開催が決定されたようだ。

＊

　機械生命体の超科学により吹雪は消滅して、本日も青空の下でスキー教室。

　テレビやネット上では、北アルプス上空を貫いた輝きが話題になっている。前後を映した映像もそこかしこに出回っており、こうなると局による隠蔽も不可能。正体不明の自然現象という形で、気象庁や政府からは発表が行われた。

胡散臭いにも程がある報道。しかし、世間からすれば他に捉えようがない現象であった為、未確認飛行物体による地球人類への攻撃という、ある種の真実に近しい指摘は、多数の異論に呑まれて数多の妄言の一つと消えた。

肝心の飛行物体が映像に映っていない為、地上から眺めたのなら、得体の知れない光の奔流が北アルプスの一角を流れた限り。当初は欠けて思われた一部の山峰も、気付けばいつの間にか元通り。この辺りも影響してのことだろう。

実行犯に確認したところ、地形の変化は光学的な方法で見た目を取り繕っているそうな。光学迷彩をまとっている末端と同様である。そうして時間を稼いでいる間に、現場を復旧する腹積もりだと十二式さんは語っていた。

あまりにもスケールの大きなお話に、我々はただ頷いて応じるばかり。

こうなると他にできることもなくて、自身は初日と同様、ゲレンデの下の方でスキーの練習に精を出すこととなった。今朝方に全身を襲った地獄のような筋肉痛は、回復魔法を行使することで一瞬にして全快。気分良く練習に臨むことができる。

そうして迎えた二日目の昼休み、再びお隣さんから声がかかった。

「おじさん、アイビーさんに動きが見られました」

ホテルのレストランで二人静氏と二人で昼食を取っていたところ、同じくランチタイムにあった彼女が姿を見せた。スキー教室の参加者であれば、好きなタイミングで食事が取れるよう、ホテル側とは調整が行われている。

朝食時とは違って付近にメイソン大佐や犬飼さんが見られない為、お隣さんも素直にマジカルブルーの名前を出している。両名とは朝食の席で別れて以来、一度もその姿を目にしていない。

「ピンク色の魔法少女も一緒でした」

「対象ハ現在も追跡中。必要デあれば現地ノ映像を提出することモ可能」

お隣さんの隣には十二式さんの姿も見られる。

多分、魔法少女たちの動きに気付いたのは後者だろう。館内の監視カメラをハッキングしたり、小型の末端などを利用することで、その挙動を把握したに違いない。敵になると恐ろしいけれど、味方になると非常に頼もしい。

阿久津さんが監視カメラ大好きな理由、ちょっと分かったかもしれない。

「マジカル娘たちを追いかけるのかぇ？」

「後手に回るのは避けたいなと」

「同僚に怒られんかのぅ」

「魔法少女による被害の隠蔽は我々の仕事ですから」

「それもそうじゃった」

恐らくメイソン大佐は、フェアリードロップスがどういったものであるか、多少なりとも把握しているのではなかろうか。だからこそ本日はランチタイムにも姿を見せず、どこかで忙しくしているものと思われる。

そして、この手の不思議な事物について、その存在を把握していることは局員として大きなアドバンテージになる。逆に把握していないと、駆け引きの土俵に上がることも叶わないまま、争いの場から退場する羽目となる。

自身が異世界の魔法を利用することで、今もどうにか生き永らえているように。

「父よ、娘はスキー教室ヲ堪能シタイ」

「でしたら移動用の末端をお借りできませんか？　接点はこちらでスキー教室を堪能して下さっていて構いません。もし仮に現場で隔離空間が発生したとしても、責任を持ってお返しすることを約束します」

「承知シタ。移動用の末端ヲ提供する。合流地点はホテルの駐車場ニ設定」

メイソン大佐や犬飼さんも現時点では味方かもしれない。けれど、彼らが敵に回った場合を考えると、見て見ぬ振りをすることは憚られた。星の賢者様に相談したのなら、きっと同じことを言われると思う。

いいや、それどころか弱みの一つくらい握っておくべきだ、などと助言を受けそう。

「二人静さん、昼食の途中にすみませんが、ご同行を願えませんか？」

「言われずとも行くに決まっておるじゃろ？　魔法少女の謎を解き明かすのじゃ！」

「おじさん、私とアバドンもご一緒したいのですが、よろしいでしょうか？」

『きっと何かしら、役に立てる場面があると思うんだよね！』

できればお隣さんにはスキー教室を楽しんで頂きたい。せっかく参加した学校行事なのだから。ただ、ここのところ二人静氏から一方的にお世話になっており、何かにつけて肩身を狭くしている二人の心境を思うと、無下にすることも憚られた。

「恐れ入りますが、是非ともご協力を頂けませんでしょうか」

「ありがとうございます、おじさん」

テーブルの上、食べかけのカレーが載せられたお盆。

これを両手に取って立ち上がる。

「それでは早速ですが、駐車場に向かいましょう」

「おぉん？　スキー板、持っていかんの？」

「アレ、動き辛いから嫌いなんですよね」

「雪山に向かうなら、これ以上ない装備だと思うのじゃけど」

「……分かりました。スキー板も持っていきましょう」

レストランを後にした我々は、ホテルのロッカールームに預けていたスキー板とストックを回収。スキーウェアを着込んだまま、ホテルの駐車場に向かった。メンバーは自分と二人静氏、それにお隣さんとアバドン少年。

それから末端に乗り込んで空を飛ぶことしばらく。

我々は魔法少女たちの姿を捕捉した。

現場は広大な飛騨山脈の只中、稜線（りょうせん）を上から見下ろす空の一角。末端内に投影された大きな空中ディスプレイには、空に浮かんだまま言葉を交わすマジカルピンクとマジカルブルーの姿が窺えた。

機械生命体の超科学のおかげで、彼女たちの会話までしっかりと聞き取れる。ちなみにアイビーちゃんがお喋（しゃべ）りしている英語も、リアルタイムで日本語に翻訳して下さるの本当にありがとうございます。

おかげでマジカルコミュニケーションを通じて、マジカルピンクが聞いているものと同じ会話を把握することができる。

「たしかにアイビーの言う通り、昨日よりもフェアリードロップスの反応が強い」

「今朝の騒動を受けて、地面に埋もれていたのが顔を出したのかもです！」

「今朝の騒動？」

「サヨコはニュースを見ていませんか？　この辺りで吹いていたブリザードが、ほんの数秒で消し飛んでしまったの。すぐ近くで機械生命体がお喋りをしていました。彼女が宇宙船を使って何かしたみたい」

「……それは知らなかった」

お隣さんとアバドン少年から教えてもらった通り、フェアリードロップスなる事物を絶賛捜索中のようだ。やたらと風通しのいい魔法少女の衣装に身を包みながら、まるで寒がる様子が見られないのは、マジカルバリアの恩恵だろうか。

「言われてみると、この辺りって朝方に末娘のビーム砲が掠(かす)っていたのぅ」

「どことなく形に見覚えがありますね」

ビーム砲が掠めた直後、従来より若干形を変えていた山の先端部分。そちらが少し離れたところに窺える。見た目こそ取り繕われているけれど、実際に現地へ足を踏み入れたのなら、地形の変化は感じ取れるのではなかろうか。

ネット上で確認したところ、界隈の山々には当面の間、登山禁止令が出ていた。

まず間違いなく局の仕事だろう。

「姉から妹に確認ですが、魔法少女たちが話題に上げている、フェアリードロップスの反応、というのを掴めたりはしませんか？　機械生命体の優れた科学力であれば、何かしら分かるのではないかと思うのですが」

「姉よ、妹ノことを良く言ってくレルのはとても嬉しい。しかし、このノ末端に積載されてイるセンサー類では、それらシい反応を捕捉できていナイ。もしも必要であれバ、追加で調査艦ヲ派遣することモ可能」

お隣さんが末端に問いかけると、どこからともなく聞き慣れた声色が響いてくる。

接点とはホテルの駐車場でお別れした。けれど、末端もまた十二式さんには違いない。これだけ距離が離れていても、両者はリアルタイムで同期が取れているのだとか。おかげで彼女がすぐ近くに立っているような気分。

「是非ともお願いしたいところです」

「承知シタ。月面基地より調査艦ヲ派遣する」

「ここ最近、やたらと月が身近に感じられるのぅ」

二人静氏の発言には自身も激しく同意である。

っていうか、魔法少女たちから少し離れた場所には、軍用と思(おぼ)しき迷彩柄のヘリまで飛んでいる。側面に描かれた特徴的なマークから察するに、メイソン大佐や彼のお仲間が乗り込んでいることは間違いない。

「十二式さん、あちらに見られるヘリの内部の音声を拾えませんか？」

「承知シタ。対象に小型ポットを接近させセテ、外部からノ集音を試みる」

ものの試しに尋ねてみると、十二式さんからは即座に返事があった。

ダメ元であった為、ちょっとビックリ。

からの即座に、末端内へ大人の男性二人のやり取りが聞こえ始めた。

「メイソン大佐、アイビー中尉からの報告ですが、本国に連絡を入れますか？」

「いいや、まだ手元で止めておく。以前のように中央の連中をぬか喜びさせるような真似は控えたい。ただでさえ上は機械生命体の襲来で気を揉んでいる。対抗手段になり得るフェアリードロップスの扱いは、なるべく確実に行いたい」

「承知しました」

「なにより広域のアクセス網に接続されたネットワークは、機械生命体の傍受を受けている可能性が非常に高い。これらの情報を他国に渡すわけにはいかない。中央への報告にしても、こちらから直接出向くよう求められている」

「本国も一部のやり取りが口頭ベースとなったことで四苦八苦だそうですね」

「アイビー中尉のマジカルフィールドであれば、時間をかけることなく本国とを行き来することが可能だ。とはいえ彼女にばかり負担を強いることは避けたい。可能ならこのタイミングで、日本人の魔法少女も確保したいところだが……」

ローターなどの騒音を解析の上、ノイズとして除去したり何をしたり、色々と頑張ってくれたのだろう。かなり鮮明なものとして会話が届けられる。おかげで主立って会話をしている人物が、自身も知った相手だと声色からも判断できた。

メイソン大佐と彼の部下のやり取り、といった感じだろうか。

ちなみに大佐たちのやり取りは当然ながら英語。本来であれば理解不能。けれど、こちらもマジカルブルーの発言と同様に、リアルタイムで日本語の副音声が届けられる。まるで映画のワンシーンを切り取ったかのようだ。

「儂らの国の魔法少女、隣国にお持ち帰りされてしまうかもしれんのぅ」

『うーん、出来ることなら仲良くしておきたいなぁ』

「私は反対です。ところ構わず喧嘩を売っていくスタイルには不安を覚えます」

「末娘とシては、機械生命体に対抗し得ル手段、という響キに興味を覚えル」

　メイソン大佐の物言いを耳にして、末端内では寸感が飛び交う。

　そうこうしている間にも魔法少女たちに反応が見られた。

「サヨコ、今あっちの方でっ……！」

「うん、私も感じた」

　どうやらフェアリードロップスとやらを発見したみたいだ。

　マジカルフライで身を飛ばした彼女たちが、尾根から少し下った谷間に向かい飛んでいく。雪に包まれた界隈は真っ白で、そこに何かあるようには見られない。少なくとも目で見て判断することは不可能。

　けれど、二人の動きには迷いがなかった。

　そこで我々も彼女たちの後を追いかけることに。

　すると辿り着いたのは、切り立った崖がいくつも連なっている辺り。随所に突き出した岩肌が複雑に入り組んでいる。ヘリで向かうには厳しいようで、メイソン大佐たちは付近で立ち往生している。図体が大きな末端も厳しい。

　そこで我々は屋外に飛び立ち、自走して現地へ接近することに。

「おぉ、空を飛んでおる！　こいつは堪らんのぅ、前々から気になっておったのじゃ」

「静かにして下さい、二人静さん。声でバレたらどうするんですか」

『姿はしっかりと隠しているけれど、念のため静かにしてもらえたら嬉しいかな』

　隠蔽工作は機械生命体の超科学からバトンタッチして、アバドン少年の悪魔パワーにより対応して頂いた。末端は我々から離れて空の一角で待機状態。ただ一人だけ空を飛べない二人静氏は、自身が両腕で抱えている。

　そうして空に浮かんだ我々の面前、魔法少女たちが崖下に到着。

　地表スレスレに浮かび、周囲をキョロキョロと探し始めた。

　他方、こちらは数メートル高いところから若干離れて、彼女たちの様子を窺う。

「メイソン大佐、フェアリードロップスを発見しました！」

「よくやった、アイビー中尉。以前のような失態を避ける為にも、本国に戻るまでは君のマジカルフィールドで保管して欲しい。必要であれば別所で待機している相棒にも助言をもらってくるが、どうだろうか？」

「大丈夫です！　事前に管理方法は確認していますので！」

　マジカルブルーとメイソン大佐の間で、通信機越しに会話が交わされる。

　前者については実地で自らの目と耳により把握。後者の発言については、耳に嵌めた十二式さん謹製の翻訳用イヤホンにより確認。末端内で確認していた音声を我々の下まで飛ばしてくれているのだという。

「それはよかった。では、早急に回収して欲しい」

「ですが、あの、く、熊さんに取り憑いているみたいであります！」

　そうして語るマジカルブルーの正面には、たしかに熊さん。

　成獣のツキノワグマ。

　二本足で立ち上がり、ガオーっと魔法少女二名を威嚇するように吠えている。時季的に考えて、本来なら冬眠についていて然るべき。朝方にも機械生命体による一撃を受けて、寝ていたところを起こされたのではなかろうか。

　空から眺めたところ、界隈ではそこかしこに真新しい雪崩の跡が見られたから。

「熊さんは処分して構わない。フェアリードロップスの回収を優先して欲しい」

「えっ、あの、ですが、こ、殺しちゃうのは可哀想な気がしておりまして……」

　マジカルブルー、心優しい娘さんである。

　一方で辛辣なのがマジカルピンク。

　友人が躊躇している傍ら、熊さんに向けてマジカルビームを撃った。路上に打たれているガイドポストほどの太さで放たれたそれは、対象の胸元を真正面から貫いた。

　チャーミングポイントの白い体毛が生えた部分にポッカ

りと穴が空く。

「あっ……」

ブルーの切なそうな声が辺りに響いた。

ヒグマと比較して小柄だと評判のツキノワグマ。けれど、それなりに成長した個体ともなれば、小学生ほどの子供よりも背丈は上。更にふかふかの体毛も手伝って、かなり大きく感じられる。

それでも魔法少女である彼女にしてみれば、可愛らしい熊さんだったのだろう。

対象は悲鳴を上げる暇もなく、バタリと雪上に倒れた。胸部から溢れ出した血液が、真っ白な雪を赤く染め上げていく。

対象に動きが見られなくなったのを確認して、ゆっくりと熊さんに近づいていく魔法少女たち。歩みがその下に辿り着いたとき、マジカルピンクの表情がピクンと強張った。同時に右へ左へ周囲の様子を窺うように意識を巡らせ始める。

「っ……フェアリードロップスの反応が、消えた」

探しものを紛失してしまったみたいだ。

間髪を容れず、マジカルブルーに変化が見られた。

「う、うぅぅ……」

倒れた熊さんを見つめていた切なそうな面持ち。それがクシャッと今にも泣き出しそうなほど、悲愴感に溢れたものとなる。時を同じくして、その口から幼い見た目に相応の拙い声が上がった。

「熊さん可哀想！　可哀想だよう！」

両手に魔法のステッキを抱きしめて、声も大きく訴える。

その姿は駄々をこねる子供以外の何者でもない。

「こんなこと、したくない！　私はこんなことしたくないのに！」

出会ってから本日まで、子供らしからぬ愛想と毅然さを保っていたマジカルブルー。それが堰を切ったように自らの思いを叫び始めた。彼女くらいの年頃の子なら、至って普通の反応のようにも思わないでもない。

「パパやママともっと沢山お話ししたい！　お友達と遊びたい！」

「アイビー、その反応はっ……」

これにはマジカルピンクも驚いたように声をかける。

自分も似たような光景を思い出した。

前職、それまで平然と受け答えしていた同僚が、いきなり奇声を上げたかと思えば、職場で上司を殴って駆け出していった日のこと。翌日以降、彼が会社に戻ってくることはなかった。きっと溜まるばかりのゲージが振り切れてしまったのだろう。

大人だってそんな体たらくなのだから、子供なら仕方がないと思うんです。

しかしながら、そんな自身の想定は掠りもしなかった。続けられたマジカルピンクの発言から、原因は別にあったことを把握する。

「アイビー、取り憑かれてる!?　しっかりして！」

嘆き悲しむブルーに対して、必死に訴えるピンク。

変化は何かしら外的な要因のようだ。

直前のやり取りから察するに、フェアリードロップスとやらが怪しさ爆発。

「なんかマジカルブルーがヤバい感じになっとらん？」

「まるで人が変わってしまったかのようですね」

『状況的に考えて、フェアリードロップスというのが原因のような気がするなぁ』

「私もアバドンの意見に同意です」

我々の間でもマジカルブルーの変化を受けて疑問が飛び交う。

そうこうしている間にも、先方の振る舞いに変化が見られた。空に浮かんだヘリに向けて、ブルーが手にした魔法のステッキを構えたのである。先端部分は間違いなくホバリング中の機体に向けられている。

次の瞬間にもマジカルビームとか発射しそうな雰囲気だ。

「青色のマジカル娘、ヘリのこと狙っとらん？」

「アバドンさん、二人静さんをお願いします」

『はいはーい！』

二人静氏をアバドン少年に預けた魔法中年は、大慌てで飛び出した。

空中から雪上に飛び降りる。障壁魔法を自らの正面に展開しつつ、魔法少女とヘリの間に滑り込む。過去にはマジカルピンクが放ったそれを受け止めた実績がある。何度も受け止めたら分からないけれど、一発くらいなら堪えられると信じている。

直後、ビームが発射された。

想定した通りヘリに向けて一直線。

光で埋め尽くされた視界は真っ白だ。

「っ……」

ビリビリと大気を震わせて突き進むマジカルビーム。ピーちゃんから教えてもらった障壁魔法は、これを真正面から受ける。ほんの数十センチ先で目に見えない何かにぶつかって、輝きが散らされていく。

「アイビー、それは駄目！」

光の向こう側でピンクの声が響いた。

同時にキィンと甲高い音が届けられる。

マジカルビームの発射方向が大きく上方向に動いた。同時にそのパワーが失われて、蛇口を締めた水道のように、見る見るうちに消えていった。一連の出来事は、ほんの数秒ほどであったように思う。

光が失われた先、雪の上に倒れたマジカルブルーの姿があった。

すぐ隣にはマジカルピンクが寄り添うようにしゃがみ込んでいる。

その視線がこちらに向けられた。

「魔法中年、どうしてここに？」

「申し訳ありません、アイビーさんの動きを監視していました。こちらでお二人が何かしら探しものをされていることは把握していたのですが、それ以上は存じません。当然ですが、お二人と敵対する意図もありません」

「どうして監視？」

「彼女の現在の通学先で、私はクラス担任をしています。そして、先日からは近くの雪山でスキー教室に参加しています。引率している生徒に予期せぬ動きが見られたので、様子を窺っていました」

「……そう」

些か厳しい言い訳ではあったけれど、マジカルピンクは素直に頷いてくれた。

マジカルビームを受けたことで、アバドン少年の隠蔽工作も失われている。以前、身体が触れた相手には気付かれてしまうと説明を受けた覚えがある。場合によっては物音で気付かれることも。これだけ騒々しくすれば仕方がない。

「あっ……」

「どうしました？」

「フェアリードロップスの反応が消えた」

「先程にはアイビーさんが取り憑かれていると言ってい

ましたが」

「そう、アイビーから気配があった。でも、今は何も感じない」

「なるほど」

誰かに取り憑いている間だけ、その存在を感知できるみたいだ。個人的には、取り憑くというフレーズに危うさを覚える。結局、どういった外観をしているのか、実物を確認している暇もなかったし。

そうしてマジカルピンクと言葉を交わし始めたのも束の間のこと。

「ミスター佐々木、貴殿と話がしたい」

ヘリからスピーカー越しに名前を呼ばれた。

メイソン大佐である。

「他に仲間がいるようであれば、その者たちとも話をさせてもらえると嬉しい。貴殿らに対して、こちらのヘリに搭乗許可を与える。また、移動に際してはそちらの魔法少女やアイビー中尉を連れてきて欲しい」

有無を言わさぬ物言いには、断ることを許さない気迫が感じられた。

お断りをしようものなら、即座に上司から電話がかかってくることだろう。

そして、こちらから是非を伝える手立てはない。ヘリのローター音が非常に煩くて、人の生声など先方まで届けようがないから。そこでマジカルピンクに向き直り、今まさに伝えられたことをお願い申し上げる。

「すみません、私やアイビーさんをヘリまで運んで頂くことはできませんか？」

「わかった」

ヘリの出所がマジカルブルーの仲間であることは彼女も把握していたようだ。

二つ返事で承諾を頂けた。

マジカルフィールドに魔法のステッキを放り込んだ彼女は、右手にマジカルブルーを抱えた上、左手で魔法中年の腕を取った。直後にもグイッと身を引かれたかと思えば、雪に埋もれていた足が大地から離れる。

その力強い腕っぷしに驚愕。

子供の腕力ではない。

これはアレだ、マジカルマッスル的な代物が存在しているのではなかろうか。

そうでないと説明がつかない。

恐らく組み伏せられたら脱出不可能。

「魔法中年は魔法が使えることを隠したい？」

「ええ、その通りです」

　察しのいいマジカルピンクに頷いて応じる。

　我々がヘリに近づくと、機体側面に設けられたハッチが開かれた。機体内ではこちらを誘導するように、迷彩柄の人たちが身振り手振りで早く入ってこいと促す。まるで映画のワンシーンのようだと、他人事のように思った。

　足元がフラットな機内空間はそれなりに広さがあり、大人数名が動き回ることができる。壁際には収容可能なベンチが向かい合わせで設けられており、すべてを展開したのなら、結構な人員を運搬できそうだ。

　搭乗後はすぐにメイソン大佐と対面である。

「ようこそ、ミスター佐々木。まずは危ないところを助けてくれたことに感謝の言葉を送りたい。危うく同士討ちで殉職するところだった。アレの直撃を受けたのなら、ヘリごと跡形も残らなかったことだろう」

「いえ、間に合ったようでなによりです」

　スッと手を差し出されたので、これをギュッと握り返して応じる。

　欧米の人ってこういうとき、本当に握手とかしちゃうみたい。

　映画やドラマの中だけだと思ってた。

「アイビー中尉の訴えは、インカムを通じてこちらでも把握している」

　我々の傍らでは、横長のベンチに寝かされたマジカルブルーが、ヘリに搭乗していた軍人さんから手当てを受けている。点滴の針を刺したり、心電計に繋いだりと、緊急外来に運ばれた患者さながらである。

　未だに意識は戻らない。

　ただ、命に別状はない、みたいなやり取りが聞こえてきたので、まずはその点にホッと一息である。名目の上とはいえ、今の自分は彼女のクラス担任。スキー教室で生徒さんが死傷したりしたら、それはもう大変なこと。

「中尉の発言に対して、そちらの魔法少女が見せた反応について、できれば説明を求めたい。我々にはアイビー中尉が取り乱していた理由が分からない。現場での錯乱はよくある出来事だが、彼女の精神状態は直前まで安定していたように思う」

マジカルピンクの発言もブルーが付けたマイク越しに確認していたのだろう。

大佐の眼差(まなざ)しが前者に向けられた。

普通なら震え上がりそうなものである。

なんたって相手は筋骨隆々とした大男。腰には銃器まで見られる。そのような人物から真剣な表情でジッと見つめられたのなら、自分だって恐ろしく感じてしまう。けれど、これと受け答えするピンクはなんら動じた様子もない。

「アイビーはフェアリードロップスに取り憑かれてた」

「取り憑かれていた、とは？」

「多分、そういうモノなんだと思う」

「すまないが、もう少し詳しく説明して欲しい」

「フェアリードロップスは色々な種類がある。アレはきっと人や動物に取り憑いて効果を発揮するんだと思う。取り憑いているときは反応があったけど、取り憑くのを止めると、魔法少女でも追いかけることができなかった」

「なるほど」

我々と初対面のとき、英語でマウントを取りに来ていたメイソン大佐。けれど、マジカルピンクに対しては最初から日本語で受け答えをしている。彼女の確保を狙っているという発言は、決して伊達(だて)ではないのだろう。

自身はこれを黙って眺めておく。

「君はフェアリードロップスを目で見て確認したのだろうか？」

「小さな虫みたいな見た目をしてた」

「それは今現在、どうなっているか判断できるかね？」

「どこかに飛んでいった」

「現時点で対象に反応は見られるだろうか？」

「見られない」

「……それは残念だ」

フェアリードロップスに取り憑かれた際の作用には、依然として疑問が残る。

端的に称するなら、ゲージ開放、だろうか。

自分の感情に対して、とても素直になってしまうような感じ。

ただし、こちらについてはメイソン大佐も話題に上げなかった。多分、我々に情報を与えたくないのだろう。その効果や目的を推測するにしても、仲間内で専門家とか呼び込んで、こっそりと行うに違いない。

代わりに彼の意識がマジカルピンクから離れて、こちらに移った。

その口から続けられたのは、これまた目敏い突っ込みである。

「ところでミスター佐々木、先程は単独で空に浮かんでいたように見えたのだが」

「ええ、そうですね。悪魔であるアバドンさんの助けを借りておりました」

「一時的にとはいえ、マジカルビームに耐えてみせたのも悪魔の力という訳かね」

「ええ、その通りです」

「そういうことであれば、彼らもヘリに連れてきてくれて構わなかったのだが」

「彼らは機械生命体と行動を共にしています。こちらへの同行を拒否されました」

「まぁ、それなら仕方があるまい。我々は一度彼女に振られているからな。無理強いをした結果、また地球上のどこかでクレーターなど発生しては堪らない。自国の都市部が狙われた日には目も当てられんよ」

「まったくもってその通りかと」

以前から想定していた通り、異世界の魔法の存在は天使と悪魔の代理戦争をスケープゴートにして隠蔽。ついでに彼らとの合流も、十二式さんを引き合いに出してお断り。過去の経緯を思えば、実際に拒否される可能性も決して低くはないし。

代わりに話題を逸らすよう、傍らで横になったマジカルブルーを眺めて言う。

「それよりもメイソン大佐、お言葉ですがホテルに戻りませんか？　アイビーさんの容態が気がかりです。あちらであれば医療班もいらっしゃるでしょうし、治癒関連に覚えのある異能力者が見られるかもしれません」

「我々の仲間を気遣ってくれたことに感謝する。貴殿の言う通りにしよう」

「ご快諾下さりありがとうございます」

この場でのやり取りは、自身が身につけた十二式さん提供の翻訳セットを通じて、彼女たちの耳にも入っていることだろう。末端内には二人静氏も同行しているし、上手いこと撤収してくれると信じている。

ということで、魔法中年はマジカルピンクと共々、友軍のヘリに揺られてホテルに帰還することになった。

〈学外授業　二〉

結論からいうと、マジカルブルーは無事であった。

ヘリが飛び立って間もなく意識を取り戻し、着陸に際しては自らの足で元気良く飛び降りていた。外傷はゼロ。メイソン大佐に同行していた軍医による診察も、異常はありません、とのこと。午後は普通にスキー教室へ参加していた。

フェアリードロップスに取り憑かれても、肉体的なダメージはそこまで大きくないようだ。しかしながら、社会的なダメージは計り知れない。取り憑かれている間の記憶もしっかりと残っているようで、人によっては羞恥に苛まれることだろう。

意識が戻ったブルーは繰り返し、大佐やその部下に頭を下げていた。謝罪を受けた側は笑みを浮かべて応じていたけれど、彼女のメンタルの扱いについては今後、部隊内で重要な検討事項になるものと思われる。

でなければ、部隊内の最大戦力が敵に回りかねないフェアリードロップスの回収。

「お主らってば、手前が囲っている魔法少女とさえ仲良くできないのかのぅ？」

「手厳しい意見だが、我々は常に改善の意識がある」

「まぁ、そっちがアウトだとしたら、こっちは既にゲームセットじゃがのぅ」

とは山岳部からの帰還後に、二人静氏とメイソン大佐の間で交わされた軽口。

自身は見て見ぬふり。

また、ブルーの診察と前後しては、メイソン大佐がピンクの確保に躍起となっていた。部下を助けてもらったのだ、是非ともお礼をしたい、云々。そうした奮闘の甲斐あって、今晩はホテルに滞在することとなった彼女である。

恐らく夕食の席で提案されたカレーに惹かれたものと思われる。個人的にはホテル内に配置された局員、異能力者との偶発的な遭遇に不安が残る。万が一にも異能力を使っているところを見られたら大変なことだ。

けれど、そのリスクを押してでも、メイソン大佐は彼女を手に入れたいみたい。

局員も含めて、ホテル内に待機した全部隊には異能力禁止令が発令された。

こうした諸々の出来事に付き合って過ごしたのなら、いつの間にか日が暮れている。

二日目となるスキー教室も終えられて、夕食や入浴の時間もあっという間に過ぎていく。気づけば自身にあてがわれた客室に戻って就寝の時間。ちなみに教員の場合、一人一部屋が割り当てられている。

メイソン大佐や犬飼さんが校長先生に掛け合ったのだろう。

異世界へのショートステイも本日は自粛日。

精神的な疲労も手伝い、ベッドに横になったのなら、すぐに眠気がやって来た。

夜は一度も目が覚めることなくグッスリだった。

そうして迎えたスキー教室の最終日。

午後にはバスに乗り込んで帰校の予定となる。それでも午前中にはスキーのレッスンが詰め込まれている。初心者クラスの生徒さんであっても、最終日はリフトの利用が開放されて、比較的自由にコースを滑ることができる。

おかげで昨日以上にゲレンデは楽しげなものだ。

その数少ない例外が自身。

未だ斜面を滑り降りることに不安を覚える新米教師は、今日も今日とてゲレンデの下の方でスキー板とストックの扱い方を練習中。平坦な場所では容易なプルークボーゲンが、中傾斜になると難易度急上昇するの辛い。

パラレルターンなど夢のまた夢。

そうした自身の下へ、一年A組の男子生徒がやってきた。

「佐々木先生、あの、今ちょっといいですか？」

「構いませんよ。どうしました？」

クラス担任に声をかけてきたということは、何か問題だろうか。

足をプルプルとさせながら、どうにか姿勢を正して生徒さんに向き直る。

たしか出席番号十八番の中島さん。

クラス内で背の順に並んだのなら、かなり後ろの方に位置する人物である。日頃から鍛えているのか肉付きがよろしく、中学生にしては大柄に映る。一年生ながらサッカー部でレギュラーを務めていると資料にはあった。

なによりも印象的なのはその顔立ち。

かなりのイケメン。

顔の彫りが深くて、年齢以上に大人びて感じられる。

実際にクラス内でも女子生徒から人気があるようで、男女で分かれがちな思春期にありながら、日常的に女子生徒と絡んでいる姿を目にする。異性とのコミュニケーションにも多分に慣れがあるのだろう。

そんな生徒さんが言う。

「いきなりすみません。自分、先生のことが好きなんです！」

「…………」

誰かがどこかで怪我をしたとか、その手の連絡を想定していた。

だから完全に不意打ち。

「も、もちろん教育者として好きだとか、そういうのじゃなくて、異性としてビビッときたんです。いえ、異性としてって言うと変ですよね。意中の相手として、どうしても先生のことが好きなんです！　気になるんです！」

っていうか、これはアレですよね。

美人局、パートスリー。

望月先生や鈴木さんが駄目だったから。

手を替え品を替え、ついでに性別も変えてみました、みたいな。

「だから、あの、お、俺と付き合ってもらえませんか？」

「中島さんには申し訳ありませんが、そういった目で見ることはできません」

「やっぱり男同士だと、む、無理ですか？　だったら女装して出直します！」

「いえ、そういった意味合いではありませんが」

「それなら年齢は少し離れていますけど、もしよければ友人関係から……」

ジッとこちらを見つめる眼差しが、妙に必死なものとして映る。

まさかとは思うけれど、ご家族を人質に取られていたりするのだろうか。そういった可能性も決してゼロではない。こちらの彼を利用している組織の体質次第では、もっと酷いことになっている場合も考えられる。

だとすれば下手に受け答えすることも憚られた。

「そもそもどうして自分なんですか？」

「佐々木先生、前に学内で女子生徒を庇って、テロリストみたいなのとやり合ってましたよね？　自分、それを見てたんです。あのときの先生の姿に、その、なんていうか、一目惚れしたっていうか」

「………」

少年兵的な相手との喧嘩、こちらの彼にも見られていたようだ。

いいや、彼が美人局であるなら、背後にいる組織から口実を伝えられた可能性もある。いずれにしても局員としては由々しき事態。ただ、現在はスキー教室も真っ只中、今すぐに彼をどうこうする訳にもいかない。

この場は保留として、上司に相談するべきではなかろうか。

そのようなことを考え始めたところ——

「いた、あそこ！　魔法中年と一緒！」

「もしや既に確保済みかぇ？」

ゲレンデをかなりの勢いで滑りながら、マジカルピンクと二人静氏がやって来た。前者に至ってはマジカルな姿に変身の上、雪上をスキー板を着用せずに滑っている。多分、超低高度でマジカルフライを行使しているのだろう。

傍目にも目立つ装いは、こちらもまた局員として見逃せる行いではない。

自ずと追及の声が漏れる。

「お二人とも、失礼ですが……」

事情を説明してもらえませんか？

そう訴えるまでもなく、先方から説明があった。

「その人、フェアリードロップスに取り憑かれてる」

「まさか気付いておらんかったのかぇ？」

彼女たちは雪を撒き散らしながら、自身のすぐ傍らで静止する。

ズシャァと横滑りでの急ブレーキが格好いい。

自分もそういうふうに滑りたい。

どうしてコケないの。

そんな二人の視線の先には、今まさに自身へ告白してきた中島さんの姿がある。

「……え？」

意識は改めて目の前の男子生徒に向かう。

まさかフェアリードロップスに取り憑かれたことで、本当に好意から告白してきたのだろうか。その効果がゲージ開放であることは、マジカルブルーの荒ぶる姿から把握している。きっと対象の理性をユルユルにしてしまうのだろう。

だとすれば、美人局ではない。

それどころか自身にとっては、生まれて初めて耳にした純然たる告白。

いや、待てよ。

するともしかして、望月さんや出席番号九番の鈴木さんも美人局ではなく、単純に好奇心からこちらへ接近してきた可能性だって、なきにしもあらず。いやいや、流石にそれは夢を見過ぎのようだな。けれど、決してありえない訳ではなく、云々。

一瞬にして大量の情報が脳裏を回っていく。

直後、中島さんの身体がぐらりと揺れた。

目を閉じたかと思えば、そのまま前のめりに倒れてくる。

まさか放ってはおけなくて、咄嗟に身体を支えた。

その背後で小さな虫のようなものが、生徒さんの身体から離れて飛んでいくのが見えた。カブトムシのメスのような丸っこい甲虫を思わせるフォルム。大きさは親指の先よりも少し大きいくらいだろうか。

それがかなりの速度でブゥーンと。

「あっ、逃げた！」

「ゲットじゃ！　ゲットするのじゃ！」

即座、マジカルピンクと二人静氏の意識が中島さんから離れて虫に移った。すると甲虫の逃げていった先には、こちらに向けて滑ってくる望月先生の姿が。彼女は我々に向かい、元気良く声を上げながら近づいて来る。

「佐々木先生、スキーが苦手だって聞きました！　是非とも私がお教えしますよ！」

虫はかなり正確に周囲の状況を把握しているようだ。すぐさま高度を落として、彼女の視界から外れると共に、その背後に回り込む。ゴーグルを着用していることも手伝い、望月先生は甲虫の接近に気付かないまま、我々のすぐ近くまで滑ってくると、スキー板を横に揃えてピタリと止まった。

「あら？　二人静先生、そちらの可愛らしい格好のお子さんは……」

虫は望月先生に気付かれることなく、その首筋を捉えた。

そして、スキーウェアに付着すると、襟首から内側に潜り込んだ。

「っ……」

虫がウェアに入り込んだのに応じて、望月先生の全身がビクンと震える。

　間髪を容れず、彼女の言動に変化が見られた。

「あぁぁぁぁああ！」

　両手に握っていたストックをその場に放り出したかと思えば、スキー板を着用したまま雪の上にしゃがみ込む。そして、人目も憚らずに大きな声を上げ始めた。その振る舞いは駄々をこねる子供さながら。

「やっぱりこんなの無理！　キモいキモいキモいキモいキモい！　マジでキモい！」

「……望月、先生？」

　あまりの豹変っぷりに言葉を失う。

　これは現場に居合わせた二人静氏とマジカルピンクも同様であった。

　ポカンとした面持ちとなり、望月先生を見つめる。

　そうした我々の面前、彼女はゆっくりと身体を起こす。

　そして、こちらをキッと睨みつけて言った。

「ああもう、勘違いしないで下さいね!?　出世の為に仕方なく声をかけてるんですから！　そうじゃなきゃ私みたいな若い女が、貴方みたいなおじさんに靡く訳がないでしょう!?　あぁぁ、話してるだけで吐き気が込み上げてきた！　キモいキモい！」

　あぁ、切ない。

　だけど、納得です。

　至って普通のご対応。

「また、取り憑いた！」

「ゲットじゃ！　取り憑いておるうちにゲットするのじゃ！」

　すかさずマジカルピンクと二人静氏が望月先生に向かい飛びかかった。

　すると虫はすぐさま彼女の首筋から脱する。

　二人の手を逃れて、ブゥーンと空高く舞い上がる。

　この甲虫、かなり素早いぞ。

　フェアリードロップスから解放された望月先生は中島さんと同じく気を失い、そのまま雪上へ前のめりに倒れた。支えたいとは思ったけれど、既に両手が男子生徒で塞がっていた手前、対応することができなかった。

「二人静さん、すみませんが望月先生を……」

「あっ、また逃げた！」

「逃してなるものか！　意地でもゲットするのじゃ！」

雪上にバタリと倒れた望月先生。気を失った彼女に構うことなく、二人静氏とマジカルピンクは甲虫に夢中である。すると、対象が飛んでいった先には、これまた我々に向かい接近する人物が見られた。

一昨日にもこちらを訪れていた女子生徒。

出席番号九番の鈴木さん。

「佐々木センセー、今日もスキーを教えてあげる！　どう？　嬉しいでしょ？」

やはり、虫はかなり正確に周囲の状況を把握している。数メートルの高さから急降下して、彼女の後方に回り込んだ。そして、望月先生に対して行ったのと同じように、首元に向けて近づく。一方で鈴木さんはその接近に気づけないまま、我々のすぐ近くまで滑ってくる。

「あれ？　っていうか、望月センセーや二人静センセーも一緒にいるの？」

虫がスキーウェアに取り付いた。

先ほどと同様、襟元から内部に入り込む。

「っ……」

時を同じくして、鈴木さんの全身がビクンと震えた。

続いて見られた反応は、望月先生のそれとまったく同様のものだ。

「あぁぁぁぁぁぁああああ！」

「あの、鈴木さん……」

なんとなく続く展開が想像された。

こういうときばかりよく当たる勘が恨めしい。

「もうこんなの嫌だよ！　絶対に嫌だよ！　どうして私ばっかり、こんなことしなくちゃいけないの!?　まだキスだってしたことないのに、好きな人だってできたことないのに、こんなおじさんを相手にしないとならないなんて！」

「あの、どうか落ち着いて下さい、鈴木さん」

「だけど、私が頑張らないと、お父さんが殺されちゃう、殺されちゃうよぉっ……！」

やっぱり、二人とも美人局だった。

しかも出世欲に駆られて手を上げたと思しき望月先生はさておいて、鈴木さんの方はかなり深刻な背景が垣間見える。たちの悪い方々から目を付けられてしまったみたいだ。これ絶対に放置したらいけないやつ。

「鈴木さん、どうか安心して下さい。お父さんは絶対に殺されません。鈴木さんが抱えている問題はすべて解決します。ですから今はどうか気分を落ち着かせて下さい。不安に思うようなことは、これっぽっちもありません」

生徒さんを宥めるように言葉を繰り返す。スキー板の上、足をプルプルと震わせつつ、相手と目線の高さを合わせながらの説得。すると、癇癪を起こした彼女の手元でストックが振り回されて、脇腹にドカッと当たる。これがまた心身ともに痛し。

他方、フェアリードロップスに首ったけなのがマジカルピンクと二人静氏である。

「今度は逃さない！」

空を飛んだ前者が、鈴木さんの首元に向かい手を伸ばす。

今度は取ったかと思った。

けれど、甲虫は寸前のところで、鈴木さんの首から飛び立った。

マジカルピンクの手からも逃れる。

しかも一度は彼女から距離を取るように動きつつ、すぐさま急旋回をして進行方向を改めた。どうやら次の獲物として、彼女に狙いを定めたようである。頭部を迂回するようにして、虫は対象の背面を狙う。

大慌てで距離を取らんとするマジカルピンク。

虫はその首筋にピタリと取り付いた。

「っ……！」

望月先生や鈴木さんと同じように、マジカルピンクの身体がビクンと震える。

その光景を目の当たりにして、二人静氏の口から悲鳴じみた声が上がった。

「いかん、よりによって一番ヤバいのに取り憑きおった！」

「二人静さん、すぐに離れて下さい！」

ゲージを開放したマジカルピンクがどういった行為に出るのか、手に取るように想像できた。フェアリードロップスによって暴かれるまでもなく、彼女の胸中は知れている。二人静氏は大慌てで彼女から踵を返す。

他方、自身は倒れゆく鈴木さんに手を伸ばして、その身体を支える。しかしながら、既に一方の腕では中島さんを支えている。いかに子供とはいえ、中学生を二人抱え続けることはできずに、そのまま雪上へ寝かせる羽目となる。

そうした我々の面前、マジカルピンクが言った。

「異能力者は、絶対に殺す！」

その双眸が二人静氏を捉える。

手にした杖が躊躇なく掲げられた。

「ひぃいぃいぃっ！」

杖先から逃れるべく、横っ飛びの二人静氏。

次の瞬間にも放たれたマジカルビームが、ジュッと音を立ててゲレンデに穴を空けた。ウェアを焦がしながらも、ギリギリのところで直撃を回避。しかし、マジカルピンクは矢継ぎ早にビームを撃ち放つ。

「止めるのじゃ！　あぁ、当たる！　当たってしまう！」

華麗にスキー板とストックを操り、雪上を滑りながら逃げていく二人静氏。軽量な体躯と人智を超えた身体能力に物を言わせてのスーパースケーティング。冬季オリンピックの選抜選手も真っ青の勢いである。

マジカルピンクは空中に身を浮かせると、その背中を追いかけていく。

自身はスマホを取り出して犬飼さんに連絡だ。

回線はツーコール半で繋がった。

なんとお早い。

『はい、犬飼ですが』

「すみません、佐々木です。ゲレンデで問題が発生しました。生徒たちの退避をお願いできませんでしょうか。それと現地ではマジカルピンクが混乱状態にあります。異能力者の派遣については自粛をお願いいたします」

『しょ、承知しました。すぐに対応いたします！』

しばらくすると、雪崩の発生を知らせる警報がゲレンデに響き始めた。

各所に散っていた生徒たちが慌ただしくホテルに撤収していく。

そうしている間にも、雪上ではマジカルピンクと二人静氏が追いかけっこを継続。周囲への影響を考慮してのことだろう。バックカントリーに進路を取った後者と、これを追いかける前者が段々と遠退いていく。

自身もこれを追跡。

飛行魔法でほんの少しだけ身体を浮かせて、似非スキーにより雪上を移動する。

現場は多数の樹木が立ち並ぶ界隈。

二人の争う気配を求めて急ぐ。

すると、今まさに追い詰められた二人静氏の姿を発見した。木の幹に当たってしまったのか、片足のスキー板を外した状態で、その根元に腰を落ち着けている。正面にはやはりというか、杖を構えたマジカルピンクがビームを発射寸前。

「異能力者は殺す！」

魔法中年は大慌てで矢面に飛び出し、同僚の正面で障壁魔法を行使する。

障壁の全面がビームに晒（さら）されたことで、目の前が真っ白になる。

自身の身体を見下ろすも、これといって負傷していたりはしない。寸前のところで守りを固めることができた。昨日、マジカルブルーを相手にしてヘリを庇ったときと同じような感じである。

背後からは二人静氏の声が届けられた。

「おぉぉ、助かったのじゃ。流石に今回ばかりは死んだかと思うたのよ」

「前々から疑問だったんですが、マジカルビームに打たれて肉体が欠片（かけら）も残さずに吹き飛んだ場合、二人静さんの異能力はどこまで発揮されるんでしょうか？　電車に轢（ひ）かれたくらいならまだ、元に戻りそうな気はしますけど」

「それ本人に聞いちゃう？」

「いえ、決して無理にとは言いませんが」

こちらが回復魔法を行使するまでもなく、二人静氏は自身の足で立ち上がった。大した怪我はしていないみたい。外れてしまったスキー板を慣れた手付きで装着した彼女は、手元に転がっていたストックを両手に携える。

「このまま受け止めててくれない？　後ろから回り込むから」

「できますか？」

「どう考えてもここは儂（わし）の見せ場じゃろ」

こちらの返事を待たずに、障壁魔法を後方から迂回して飛び出す。

二人静氏の気配に気付いた先方は、少しばかり遅れてマジカルビームの照準を大きく変更。光の帯が彼女を追いかけるようにブォンと動いた。真っ白だった視界が晴れると、その先に両者の姿が目に入る。

ビームの直撃コースにあった二人静氏は、身を反らして回避を試みる。

しかし、残念ながら完全に回避することは叶（かな）わず、電信柱ほどの太さで放たれた光の帯は、彼女の脇腹の辺りを抉った。ピシャリと飛んだ血肉が、真新しいパウダースノーを綺麗な赤色に染める。これ絶対に痛いやつ。

それでも構うことなく、ストックで前に前に進んで相手に肉薄。

「っ……!?」

先方は咄嗟に後方へ身を引こうとする。

その身体に二人静氏の手が迫る。

マジカルフライで逃げ出す暇もない、ほんの僅かな間の出来事だった。

ストックを捨てて飛びかかる二人静氏。

あっという間に組み伏せられて、マジカルピンクは雪上にボフッと倒れた。その腹部に馬乗りとなり、二人静氏はニンマリと笑みを浮かべる。傍目には積雪に興奮した子供がじゃれているようにしか見えない。

時を同じくして、マジカルビームの放出も失われた。

「フェアリードロップスとかいうの、取ったどぉー！」

グッと右腕を頭上に掲げた二人静氏が、めっちゃ嬉しそうに声を上げた。

その指先には問題の甲虫が摘まれている。

今度は二人静氏が取り憑かれるのではないかと不安で仕方がない光景だ。しかし、予期したような展開にはならなかった。しばらく待ってみても、彼女がゲージを開放するような素振りは見られない。

そこでおっかなびっくり彼女たちの下に歩み寄る。

「ほれ、こいつを見てみぃ。ケツの辺りから針がニョキニョキと出入りしておる」

「これに刺されるとアウト、みたいな感じでしょうか」

「ここまでお誂え向きなフォルムだと、他には考えられんじゃろ」

スズメバチの針のように、普段は体内にしまわれているっぽい針が、出たり入ったりを繰り返している。見た目が甲虫ということも手伝い、眺めていてあまり気持ちがいいものではない。割と気持ち悪い。

「この虫、誰がどういった意図で作ったのか皆目見当がつかんのぅ。ただの愉快犯だとしたら、妖精界というのはどれだけ暇人が溢れておるのか。それとも儂らの想像が及ばない崇高な使命でもあったりするのかのぅ？」

「十二式さんに解析を依頼したのなら、何か見えてくるかもしれません」

「たしかにこういう状況でこそ、機械生命体の超科学は便利に使うべきじゃろうな」

「それよりも自身としては、取り憑かれていた彼女の容態が気になるところですが」

「青色のマジカル娘はピンピンしておったがのぅ」

　すると、すぐにでもマジカルピンクに反応が見られた。手足がピクリと動いたかと思えば、パチリと目が開かれる。復帰の早さから察するに、気絶はフェアリードロップスの喪失に伴う一時的なものだろう。二人静氏のエナドレが理由なら、もう少し倒れていそうなものだ。

「おぉ、意識が戻ったようじゃ」

「…………」

　マジカルピンクは自らの腹上に座った相手を無言でジッと見上げる。

　声は上がらない。

　暴れたりもしない。

　具合が悪かったりするのだろうか。

　それとも互いの位置関係が不服なのか。

　ややあってボソリと、その口からお決まりのフレーズが漏れる。

「……異能力者は、殺す」

「照れ隠しのつもりなら、あまり物騒なことは言わんで欲しいのぅ？」

　虫に取り憑かれている間の記憶は、その後もしっかりと残る。マジカルブルーの証言から明らかとなった。だから、二人静氏の軽口も分からないではない。マジカルピンクも会話の場に居合わせていたはず。

　ただ、本人としては照れ隠しというよりも、虚勢であったのかもしれない。

「他の異能力者から聞いた」

「何を聞いたのじゃ？」

「貴方の異能力は、触れた相手を殺すこと」

「まぁ、殺すこともできるのぅ」

　ここのところ目の当たりにしていないけれど、異能力者としての二人静氏は生粋のアサシン。活動期間も長期に及ぶので、殺した異能力者の総数で言うなら、恐らくマジカルピンクよりも遥かに多いのではなかろうか。

　自身もピーちゃんの呪いがなければ、絶対に逃げ出しているエンガチョ人間関係。

「もっと、異能力者を殺したかった」

「はぁん？」

「家族や友達の仇を、討ちたかった」

「お主、もしや辞世の句でも詠んでおるつもりかぇ？」

「殺すなら、さっさと殺せばいい」

すべてを諦めたように、淡々と口上を続けるマジカルピンク。四肢を雪の上に投げ出したまま、ぼんやりと二人静氏のことを眺めている。一連の攻防からマウントを取られている状況が、彼女に覚悟を決めさせたようだ。

過去の経緯を思えば分からないでもない。

けれど、腹の上に座った人物は微塵も、そんなことを考えていないと思うけれど。

「いや、殺すとか一言も言っておらんじゃろ？」

「……何故に？」

マジカルピンクの眉がニュッと顰められる。

その視線は二人静氏の脇腹に向かう。

マジカルビームに抉られたことで、今も血を流している痛々しい患部。彼女が備えた異能力により治癒こそ始まっている。けれど、絶対に痛いと思う。鮮やかな色合いの臓物がチラリと顔を覗かせているもの。

正直、ブラウザに表示されたのなら、即バックするタイプのグロ画像。

「私は貴方のことを撃った」

「たしかにここ最近は撃たれまくりじゃのぅ？　これで何度目になることか」

「……そう。たくさん撃った」

「それでも頑張って生きてる儂って凄くない？」

「…………」

なんなら先日も撃たれている二人静氏だ。

むしろ、顔を合わせるたびにマジカルビームされているような気がする。ちょっとくらい怪我をしてもすぐに治ってしまう彼女だから、マジカルピンクとしても甘えていた側面があるのではないかと思う。

異能力者は殺す、そうした難儀な主義主張を最後まで張り続ける為に。

そうでなければ星崎さんとか、既に二、三回くらい殺されているのではないか。

「どうして私のことを殺さない？　私だったら、きっと殺してる」

「んなもん決まっておるじゃろ？　お主と仲良くなる為じゃよ」

それでも二人静氏は穏やかな笑みを浮かべて言った。

やたらと朗らかな笑顔だ。

満面の笑みというやつ。

悔しいけれど、とても可愛らしい。

しかし、本来であれば美しく映って然るべき光景が、二人静氏というだけで、どこまでも胡散臭く感じられる。世界に七人しかいない魔法少女。その確保に躍起となっている権力者の欲望にまみれた笑顔にしか見えない。

自分もまた汚れきった大人だから。

他方、マジカルピンクはとてもピュアな心の持ち主だった。

「…………」

甚だ驚いたように、自らの腹上に座った人物を見つめている。

恐らくとても素敵な笑顔として、彼女の目には映っていることだろう。十二式さんほどではないけれど、普段から表情の変化に乏しい彼女であるから、ポカンとした面持ちはとても印象的なものとして感じられる。

「どうして驚いておるのじゃ？　以前から同じようなことを伝えておるじゃろ」

「そんなことを言っても、顔を合わせるたびに説教してきた。文句ばっかり」

「そりゃするじゃろ？　仲良くしたい相手が悪いことをしておるのじゃから」

「攻撃もしてきた」

「それは正当防衛じゃ」

「この国だと、正当防衛は認められにくい」

「最近のガキンチョって、妙なところで法令に詳しいの困るのじゃけど」

ご指摘の通り、先日も彼女に説教をかまして、肩をマジカルビームされていた二人静氏である。ヒットしなかった分も含めると、これまでの通算ビーム回数は、ぶっちぎりで一番なのではなかろうか。

それでも手を差し伸べ続ける姿に、マジカルピンクも思うところが出てきたようだ。

「……だとしても私は、異能力者を殺したい」

「お主もなかなか頑固じゃのぅ」

「家族を殺された人にしか分からない」

「ほぉん？」

仰向けに倒れたまま、腹上の二人静氏を真剣な面持ちで見据えるマジカルピンク。

投げ出されていた両腕の先、ギュッと固く握られた拳が、降雪から間もない真っ白な雪を掴み取る。彼女としても好きで人を害している訳ではないのだろう。だからこそ、繰り返し与えられた好意に救いと苛立ちを覚えているのではなかろうか。

「貴方には、この気持ちは理解できない」

「そこまで言うのであれば、儂がお主の家族を殺した異能力者を調べ上げて、引っ張ってきてやろうかぇ？　煮るなり焼くなり好きにして構わん。代わりに今後は、それ以外の異能力者を殺さんでもらいたいのじゃけど」

「えっ……」

「それで恨みが晴れるんじゃろ？　まぁ、それなりに時間はかかると思うけど」

マジカルピンクのご両親の仇については、自身も局のデータベースを漁った覚えがある。けれど、現在の役職に対して与えられた権限では、意義のある情報を得ることができなかった。十二式さんにお頼み申し上げたら、今ならまた結果も違ってくるだろうか。

いやしかし、上司にバレたら懲戒は免れまい。

なんたって機械生命体は嘘が吐けない。

「どうして私に、そこまでしてくれるの？」

「前にも言うたじゃろ？　同じような境遇にある子供なんぞ、この世にごまんとおる」

ジッと互いに見つめ合う二人。

何かに気づいたようにマジカルピンクが問うた。

「二人静、まさか貴方も、誰かに家族を殺された？」

「さて、どうじゃったろうなぁ？　あまりにも昔のことで、よく覚えておらん」

「…………」

相手の腹に腰を落ち着けたまま、飄々と語ってみせる二人静氏。

明治維新より以前に生まれたと公言していた彼女の生い立ちを思えば、家族が他者に害されるような状況も、現代と比べて多かったのではなかろうか。それもこれもマジカルピンクを懐柔する為の嘘、かもしれないけれど。

ただ、先方の心には多少なりとも響いたようである。

握られていた拳が緩んで、内側で固められていた雪が指の間から崩れた。

「だから、私を助けた？」

「道に迷った子供を助けるのは大人の役割じゃよ」

「二人静は、私より小さい」

「中身の問題じゃ」

相手に反応が見られたことで、二人静氏はここぞとばかりにお婆ちゃんムーブ。ここ数日にわたって繰り返されてきた、彼女とマジカルピンクとのやり取り。それも本日で一段落といった具合か。

「……わかった。二人静の提案を受け入れる」

「おぉ、本当かぇ？」

「今の約束を守ってくれるなら」

「そりゃあもう約束は厳守じゃ。こう見えてババァは色々なところに顔が利くでなぁ。そっちの魔法中年にしても、ここのところ儂に頼ってばかりなのじゃよ？　お主も大船に乗ったつもりでおるとええ」

「本当に？」

「あぁ、本当じゃとも」

個人的には見ていてハラハラする光景。

なんたって二人静氏の手には今もフェアリードロップスが摘まれている。お尻の辺りでは針がニョキニョキと出し入れ。この状況で彼女の首筋に虫が取り付いたりしたら、マジカルピンクとの交友は絶望的である。

せめてお腹の上から退いたらどうなのかと。

「……ありがとう」

お礼の言葉と共に、マジカルピンクの顔に笑みが浮かんだ。

年相応の素朴な笑顔。

思い起こせば、彼女の笑っている姿は、出会ってから初めて目にするような。

フェアリードロップスに取り憑かれたことで攻撃を仕掛けたという事実は、二人静氏に対する殺意は本物であったということ。それでも折れてみせた姿勢には、マジカルピンクの内面で何か、今この瞬間にも変化があったのではないかなと思う。

今後少しでも、彼女を取り巻く環境が改善されたのなら幸いだ。

それにしても二人静氏ってば、まんまとマジカルピンクをお持ち帰りである。

＊

紆余曲折の末、我々はフェアリードロップスを回収し

た。

所有権については、捕獲を担当した二人静氏が主張。本来であればその回収が責務であるマジカルピンクは、けれど、妖精界と断交している。既に役割を放棄して久しい彼女は、甲虫を欲しがることもなく素直に受け渡していた。

現場からは二人静氏の自然治癒が終えられるのを待ってから撤収。

三人揃ってホテルに帰還した。

向かった先はお隣さんたちに割り当てられた客室。

二人静氏が確保したフェアリードロップスの調査を十二式さんに依頼する為だ。今はマジカルピンクに頼み込んで、マジカルフィールド内に保存している。魔法少女的には、確保したフェアリードロップスはフィールドに入れておくのが正しい扱い方らしい。

室内には上手いこと十二式さんの姿が見られた。

彼女は部屋に戻った我々を見やるや否や、すぐに歩み寄って声をかけてきた。

「父よ、祖母よ、雪崩警報ガ発令さレたことでスキー教室が中止トなってしまった。しかし、機械生命体ノ高度な気象予測によレば、向こう一日で雪崩が発生スル可能性はゼロと称しても過言デハない」

ゲレンデから撤収を命じられたことで不満たらたらである。

表情にこそ変化は皆無。

けれど、その主張からは早くスキー教室を再開させろという強い意志が窺えた。フェアリードロップスに取り憑かれたマジカルピンクによる被害範囲が予測不可能であった為、生徒たちには客室での待機が言い渡されていた次第。

「そうは言っても、そろそろ撤収の時間でない？　最終日は昼飯を食ったら帰校じゃし」

「祖母ノ発言は正しくナイ。昼食ノ時間まで、あと小一時間は余裕ガある」

「今からウェアを着たり何をしたりしておったら、正味三十分もないじゃろ。お主一人ならまだしも、他の生徒にもアナウンスとかせにゃならん。姫プレイを始める頃には碌に時間も残らんじゃろう」

二つ並んだベッドの脇、立ったまま会話を続ける。

お隣さんとアバドン少年、それにマジカルブルーの姿は見られない。どこかに出かけているようだ。後者はメイソン大佐と行動を共にしていると思われる。前者が不在であるのは、独自にフェアリードロップスを追いかけているのかも。

「こんナことであれバ、実験は他所デ行うべきであった。やはり感情トハ危険な代物」

「実験？　なんのことじゃ？」

「………………」

十二式さんの何気ない呟きに二人静氏が喰い付いた。なんなら自分も気になった。

マジカルピンクもジッと見つめておりますね。

「お主、今ちょっと聞き捨てならないことポロリしたじゃろ？」

「祖母よ、末娘ハ黙秘を主張スル」

「こういうとき、嘘を吐けない機械生命体って便利じゃのぅ」

「父よ、祖母ガ末娘を苛めてくル」

ここのところ感情に振り回されてばかりの十二式さん。ジトっと縋るような眼差しを向けてくる。

でも、申し訳ない。

この場は二人静氏の話題に乗っておこうかな。

「その実験というのには、もしやフェアリードロップスが関係していたりしますか？」

「………………」

どうやら正解のようだ。

フェアリードロップスがこちらのスキー場を訪れた理由は自身も気になっていた。まさか偶然から鉢合わせしたとは思えない。魔法少女たちを追いかけていた、などとは考えた。けれど、それにしてはマジカルピンクに対する反応が微妙だった。

しかし、十二式さんが関係しているとあらば納得である。

今まさに想像された事柄が、二人静氏から彼女に対して問われる。

「もしかしてお主、儂らに先んじてあの虫のこと捕獲しておった感じ？」

「だとシたら何か問題ガ？」

隠すのを止めた十二式さん、開き直りましたね。

相変わらず表情には変化がないけれど。

マジカルブルーがフェアリードロップスに取り憑かれ

たとき、現場には十二式さんの管理下にある末端や小型ポッドが多数居合わせていた。そうした飛行物体群の内一つが、飛び去った対象を秘密裏に追従、捕獲していたようだ。

過去には木崎湖の湖面で、我々が乗り込んだアヒルさんボートを回収したときのような感じ。慣性や重力を超越した何かしらの技術によって、空飛ぶ円盤が空中を飛んでいる虫をゲットする光景が脳裏に浮かんだ。

「今更じゃけど、お主も一派閥として地球人類とは絶賛敵対中じゃったのぅ」

「祖母ノ意見は正しイ。機械生命体にとって脅威トなる存在は許容できナイ」

「そういった意味合いだと、バグった身内ほど脅威的な存在はないと思うのじゃけど」

「そレはそれ、これハこれ」

「そうそう、そういうところじゃよ」

メイソン大佐が言っていた、機械生命体に対抗し得る手段、というフレーズが十二式さん的には無視できなかったのだろう。でなければ対象を捕獲した時点で、自らの活躍を我々にアピールしていたと思う。

こうなると気になるのは彼女が機械生命体として導き出した結論。

二人静氏も同じく考えたようで、すぐさま催促の声が上がった。

「んで、どうじゃったの？　解析とかしておったら、結果を知りたいのじゃけど」

「非破壊検査によりフェアリードロップスの内部構造ヲ把握することハ不可能。より詳細ナ調査には分解ヲ要する。しかし、その場合ハ再構成が困難となルことが予想された為、まずハ現地で実験ヲ行いデータを集めることとシた」

「なるほど、それであの虫をゲレンデに放り込んだ訳かぇ」

「しかシ、十分なデータを集収スル前に、父と祖母により対象ガ捕獲されてシまった」

我々がフェアリードロップスと遭遇したのも、決して偶然ではなかった。そして、フェアリードロップスは魔法少女と深い関係がある。十二式さんとしても、現地に彼女たちが存在するからこそ、スキー教室を実験の場として選んだのだろう。

機械生命体の弁明を耳にしたことで、二人静氏の注目はマジカルピンクに向かう。

「妖精界ってファンシーな響きじゃけど、ＳＦっぽい世界観だったりするのかぇ？」

「分からない。そういうことを確認する前に、声をかけてきた妖精は殺して鞣した」

「あぁ、お主が首に巻いておるフカフカ、そういう設定じゃったのぅ……」

　彼女の首に巻かれたファーは元妖精、だという。見た感じ地球産の小動物にしか見えない。

　我が国の魔法少女がこんな具合だから、少なくとも自身はまだ一度も妖精にお会いしたことがない。メイソン大佐はマジカルブルーを通じて、既に面識があるような素振りであった。けれど、素直に聞いても教えてはもらえないだろう。

「フェアリードロップスとやらじゃけど、壊してしもうたら妖精界に怒られるかのぅ？」

「それも分からない。ただ、妖精はフェアリードロップスの回収にとても意欲的だった」

「あのキモい虫、そこまでええもんだとは思えんのじゃけど」

「フェアリードロップスはあの形に限らない。様々な形をしたモノがある。周囲に与える影響もモノによって色々だと、私に付いた妖精は言ってた。そういうのが地球上にいくつも落っこちたから、探すのを手伝って欲しいと」

　可愛らしい呼称に対して気色の悪い虫だなぁ、などと思っていた。けれど、どうやら他にも色々とバリエーションが存在しているみたい。だとすれば、たしかにフェアリードロップスなる呼び名にも納得だ。

「うーむ、判断に迷うところじゃなぁ」

　妖精界から顰蹙を買うような真似は、自身としても控えたい。

　なんたって相手の戦力がまるで見えていない。マジカルピンクの説明に従えば、フェアリードロップスは他にも多数存在する。だったら魔法少女たちに内緒で独自に発見、確保してからでも遅くはない。

　二人静氏も同様に考えたようだ。

「とりあえず、今回の虫は保留かのぅ？」

「私もそれがよろしいかと。十二式さんの説明を聞く限り、分解調査はいつでも行えるものと思います。フェアリードロップスの捜索自体は、魔法少女たちの協力があれば、これからも続けられる訳ですし」

「フェアリードロップスが気になるなら、探すのを手伝ってても構わない」

マジカルピンクからも快諾を頂いた。

二人静氏と和解したことで、彼女の我々に対する物腰は、以前と比べて格段に柔らかである。前者の戦力が大きく補強された事実には、危機感を覚えないでもないけれど。

「ところデ祖母よ、どうして末娘を叱ラない？」

「あぁん？　どうして叱る必要があるのじゃ？」

「父と祖母ヲ危険に晒した」

「そりゃ仕方がないじゃろ。いかに家族の間柄とはいえ、譲れないものはどうしても生まれてくる。まぁ、実際に血の通った家族であれば、互いに相手を思いやる心が働いて、自然と躊躇するだろうがのぅ」

「…………」

マジカルピンクに見せた優しさとは対照的に、機械生命体に対しては隙きあらばチクチクとする二人静氏。十二式さんとしては、むしろ叱られた方が気が楽だったのではなかろうか。続く言葉を失った彼女を眺めて、そんなことを思う。

家庭内の円満を思えば、父親役としては助け舟を出しておこうか。

「十二式さん、星崎さんであれば、きっと貴方のことを叱ってくれたと思いますよ」

「父よ、そレは本当だろうか？」

「ええ、間違いないかなと」

マジカルブルーの身に問題が生じていなかったことから、事前に安全マージンは取れていた。十二式さんもその辺りは重々承知していたに違いない。人類を資源としてしか見ていない点については、改めて意識させられたけれど。

「なんじゃ、息子は嫁や子供に付いて、母親を裏切るのかぇ？」

「何事もバランスが大切ではないかなと」

「本日ノ父は、ちょっとだけ末娘に優シイ気がする」

「っかぁー、いいもん！　儂には魔法少女がいるから、別にいいんだもん！」

「二人静さん、それはかなり気持ち悪いですよ」

ぶりっ子を装い、イヤンイヤンと身体を揺すってみせる二人静氏。

ちなみにマジカルビームに貫かれて血まみれとなっていた衣類は、ホテルに戻ってから着替えを済ませている。いつもの施設内に同僚や生徒さんの目がある為だろう。いつもの和服姿ではなく、学内で過ごしているのと同様、教師然としたスーツ姿である。

「祖母よ、貴方ハその娘を己ノ為に利用しようと考えてイルのでは？」

「二人静が私を利用しようと考えていることは理解している。でも、私にとって二人静からの提案に価値があったことは事実。だから、それでも構わない。約束を守ってくれるなら、私もその仕事を手伝う」

「二人静さん、極悪非道ですね」

「もっといい感じの言い回しがあるじゃろう？　世の中、持ちつ持たれつじゃ」

十二式さんからの突っ込みにヒヤリとする。けれど、マジカルピンクは自分が考えているよりも遥かに大人びたメンタルの持ち主だった。もしくは彼女自身、異能力者を狩って回る生活に疲弊を覚えていたのかもしれない。

「しかしまぁ、当面はそういう騒々しいの勘弁なのじゃけど」

「ええ、仰る通りかなと」

そうこうしていると、居室の出入り口からガチャリと音が聞こえてきた。

外からオートロックの外された気配。

すぐにドアが開かれる。

ベッドルームから僅かばかり延びた廊下の先、姿を現したのはお隣さんとアバドン少年である。傍らにはマジカルブルーの姿も見られる。こちらの客室の宿泊客がまとめて戻ってきたようだ。

「おじさん、こちらにいらしたのですね」

『おや、末娘も一緒だねぇ』

「サヨコ、無事でよかったです！」

彼女たちは室内に闖入者の姿を認めて、パタパタと駆け寄ってきた。

どうやら我々を探してくれていたみたい。

ホテル内の監視カメラか何かに我々の映像が確認されたことで、彼女たちにも連絡が入ったのだろう。客間の窓越しにはヘリのローターの音が近づいてくる。メイソン大佐らも外に出ていたものと思われる。

時を同じくして、館内放送がフロア内に響く。

学年主任の言葉により、スキー教室の参加者に今後の予定が伝えられた。スキー教室はこれにて終了。十二式さんには残念だけれど、スキー教室はこれにて終了。小一時間ほど自由時間とした上で、当初の予定通りランチタイムを終えたのなら帰校とのこと。

自分と二人静氏は引率としての仕事があるので、職務に戻ることとなった。

＊

擦（す）った揉（も）んだの末、どうにか無事に終えられたスキー教室。

往路と同様、復路も移動はバスである。

スキー場から帰りの車内、誰よりもご機嫌なのが二人静氏である。彼女としては実りの多い二泊三日であったことだろう。マジカルピンクとは別れ際、軽井沢（かるいざわ）の別荘での再会を約束していたほどである。

「たまにはスキーもいいもんじゃのぅ？　どうじゃ？　また来週にでも出かけては」

「遠慮しておきます。自身が颯爽（さっそう）と滑っている光景が、まるで想像できませんから」

「そういうことなら、どれ、儂が手取り腰取り教えてやっても構わないぞぇ？」

「生徒さんの目がある場所でまでセクハラするの止めませんか？」

いつになく多弁な同僚。

受け答えするのも面倒臭い。

ニッコニッコと本当に楽しそう。

一方で自分と望月先生の間柄は最悪である。

フェアリードロップスに取り憑かれて、色々と吐露してしまった彼女であるから、それはもう居心地が悪そうにしている。行きと比べて格段に口数が減ってしまった。借りてきた猫のように、シートに座して身を強張（こわば）らせている。

当然ながら両者の間では会話もゼロ。

自分は今後もこの環境下で、教員生活を送っていかなければならないのか。

考えただけで気が滅入る。

ちなみに互いの位置関係は、行きの車内と若干変化を見せており、望月先生、二人静氏、自分、メイソン大佐、犬飼さんとなる。こちらから距離を取るべく動いた望月先生と、その影響を受けた皆々である。

「オォー！　フタリシズカさーん、でしたら私も是非ご一緒させてくだサーイ！」

「そっちは上司に今回の仕事を報告してから考えさせてもらいたいのぅ」

「この場でお返事を頂けたら、皆さんの上司も機嫌を良くしてくれると思いマース！」

メイソン大佐にとっては、なんら収穫のなかった学外授業。

バスに乗り込んでからというもの、皮肉が絶え間ない。

おかげで犬飼さんも若干ピリピリしている。

そんな感じでバスに揺られること二、三時間ほど。

道中は取り立てて騒動もなく過ぎて、我々は真っ直ぐに学校まで帰ってきた。

教員からの連絡はバス内で済ませているので、本日はこのまま流れ解散となる。車内から吐き出された生徒たちは、ラゲッジスペースから荷物を受け取ると、仲良しグループでまとまって思い思いに帰宅していく。

既に午後の授業も終えられて久しく、グラウンドでは運動部の生徒たちがサッカーや野球に興じる姿が見られる。日もかなり傾いており、西の空は深い茜色に染まっている。あと一時間もしないうちに日没を迎えることだろう。

そうした只中で、十二式さんに声をかける生徒の姿があった。

「十二式さん、ちょっと僕に付き合ってもらっていいかな？　校舎裏の辺りまで」

同じクラスの男子生徒だ。

出席番号二十一番、林田さん。

クラス内でも一際顔立ちに優れたイケメンだ。

出席番号十八番の中島さんが野性味に溢れた伊達男であるなら、林田さんは中性的な魅力の感じられるアイドルさながらの容姿をしている。同じクラスの女子生徒からは一番人気があるのではなかろうか。

「承知シタ。是非とも話ヲ伺いタイ」

十二式さんは嬉々として彼に付いて行く。

　表情や立ち振る舞いにこそ変化は見られないけれど、即座に頷(うなず)いた姿勢から、決して小さくない期待を胸に抱いていることが窺えた。これから起こることに対して、多少なりとも想定が為(な)されているのだろう。

「のぅのぅ、アレは放っておいてええんかのぅ？」

「アバドンさん、すみませんがご協力を願えたら嬉しいのですが……」

「アバドン、貴方の使徒からもお願いします。これ以上彼女にクラス内で騒動を起こされては、私としても困ってしまいます。せっかくこうして転校先を用意してもらえたのですから、卒業まではお世話になりたいところです」

『うん、まっかせて！』

　バスの反対側に回り込んで、悪魔の不思議パワーのお世話となる。

　姿を隠した我々は、十二式さんたちの後を追いかけた。

　向かった先は男子生徒が口にしていた通り学校の校舎裏。人気もまるで見られないスペースとなる。内緒話をするには絶好のシチュエーションだ。彼らからすれば、目の届く範囲には人っ子一人いない。

　ただし、我々以外にも多数の女子生徒が、十二式さんと林田さんの後をつけている。

　校舎の壁に身を隠しつつ、二人の様子を窺っている。

「林田君、本気で告るつもりなのかな？」「なんかモヤモヤするんだけど」「アンタ、林田君のこと好きだもんね」「私以外にも林田君のこと好きな子、沢山いるじゃん」「十二式さんって見た目はいいからなぁ」「人って中身じゃない？」「私が男だったら断然、黒須(くろす)さんなんだけど」「それ凄く分かる」

　彼女たちは十二式さんの動向よりも、林田さんの意向が気になるみたい。帰りのバス内では男女を問わず、スキー教室の最終日、意中の相手に告白するとどうのと話題にしていた。その瞬間が今まさに訪れたようである。

　向かい合わせで立ち並んだ十二式さんと林田さん。

　互いに手を伸ばせば触れ合えるほどの距離感。

　緊張した面持ちで林田さんが言った。

「十二式さん、僕と付き合ってくれませんか？」

　想像した通りの展開。

　我々は固唾を呑(の)んで見守る。

　他方、告白を受けた人物は愉悦の只中へ。

「あァ、愛慕とハなんと心ノ癒える代物か」

彼女にしてみれば、学内における活動の集大成。

転校して以来、求めて止まなかった瞬間と思われる。

「駄目かな？　それなら友達からでもいいんだけど……」

時を同じくして、林田さんの顔のあたりでプシュッと、霧状の何かが湧いた。

本人も異物感を覚えたのか、鼻や口元を手で押さえる。

しかし、異性に告白した直後という状況も手伝い、軽く拭う程度に済まされている。いや、もしかしたら自身の見間違いかも、とも思えるような僅かな変化。

「駄目ではナイ。しかし、返答には少々時間ガ欲しい」

「え？　それってどういうこと？」

「ほんノ数分ほどで真実が明ラかとなル」

「……真実？」

十二式さんが妙なことを口走り始めた。

男子生徒も首を傾(かし)げている。

互いに何を語るでもなく、顔を向き合わせたままジッとして過ごす。

するとしばらくして、後者に変化が見られた。

この場へ至るより以前から、ニコニコと朗らかな笑みを浮かべていた林田さん。その表情が幾分か辛そうなものに。笑顔こそ見られるけれど、心なしか頬(ほお)の辺りが引(ひ)き攣(つ)っているような気がする。

感覚的には、急な腹痛にトイレを我慢しているような感じ。

そうして二、三分ほどが経過しただろうか。

「ねぇ、十二式さん。もしも悩んでいるようなら、返事は明日でもいいんだけど……」

林田さんから日を改めてのやり取りが提案された。

時間の経過と共に、彼の表情は段々と崩れていく。

これを確認したところで、ようやくと十二式さんから声が上がった。

「貴方に改メて問いたい。私に向けラレた愛慕は本物なのだろうカ？」

「本当だよ。そ、そうじゃなきゃ告白なんてしないって！」

当初の余裕はどこへやら。

やたらと必死さの感じられる林田さん。

そんな彼の姿を眺めて、十二式さんは淡々と受け答え。

「対象に心拍数ト体温の上昇ヲ確認」

いつぞや人類の代表者に対して開かれた、未確認飛行物体内でのコンペティション。当時と同様に林田さんの生体情報はモニターされているようだ。我々が視認できていないだけで、透過した小型のポッドとか、周囲に浮かんでいるのかもしれない。

「もう一度確認スル。そノ愛慕は本物ナノだろうか？」

「……………」

林田さんは十二式さんを見つめたまま黙ってしまった。笑みは完全に失われている。

口を閉ざした彼は、面前に立った相手を睨むように凝視している。

今しがたの告白はどこへ行ってしまったのか。

そうした姿を目の当たりにしたことで、我々の間でも疑問が飛び交う。

「男子生徒の様子がおかしくないかぇ？」

「口元にスプレー状の何かが散布されたように見えました」

『やっぱり君も見えていたかい？』

お隣さんとアバドン少年も、霧状の何かを確認していたようだ。それが理由だとして、彼の身に何が起こったというのか。センシティブなやり取りの途中とあって、割って入るような真似も憚られる。

すると、我々が躊躇している間にも、林田さんの言動に顕著な変化が見られた。

大きく息を吸うと、彼は思い切ったように叫ぶ。

「き、気付いているなら、そう言ってくれよ！」

「気付いてイル、とは？」

「そうだよ、本当は君のことなんて、好きでもなんでもないさ！」

校舎裏を抜けるように声が響いた。

ガラス窓を越えて校舎内にも聞こえていそう。

ほんの数分ほどで、百八十度丸っと変わってしまった意見。いくらトイレに行きたかったとしても、これはないでしょう。どうしてわざわざ嘘の告白などしたのか。いわゆる罰ゲーム的なやり取りでも、クラスメイトと交わしているのか。

「告白なんて嘘、嘘なんだよ！」

けれど、それにしても態度が悪いように思う。

一年A組のクラス担任となってから僅か数日の間柄ではあるけれど、クラス内で垣間見た林田さんは、誰にでも優しい品行方正な陽キャである。そんな彼らしからぬ振る舞いには疑問を覚える。

そして、答え合わせはすぐ次の瞬間にも訪れた。

「だけど、仕方がないじゃないか。じゃないと家族が殺されちゃうんだもの！」

美人局、十二式さんの下にまで訪れていたようだ。

林田さんのご家族が人質になっているっぽい。

出席番号九番の鈴木さんと同じような事由。

鈴木さんのご家族については既に、上司に連絡を入れている。今頃は局員が犯人の特定と逮捕に向けて動いていることだろう。相手組織の規模次第では、メイソン大佐あたりに協力を願うことになるかもしれない。

「そもそも僕ってばドSだし？　君みたいなお姫様タイプは趣味じゃないんだよ！」

いやしかし、その情報は出す必要があるのだろうか。

今は黙っておいてもいいと思うのだけれど。

「たとえば今付き合ってる子たちだと、浅見さんは身体が敏感で弄り甲斐があるし？　大崎さんは叩かれるのが大好き。三ツ谷さんなんかアナルまで自主開発してくれてもう最高さ！　彼女たちの方が圧倒的に魅力的だよ」

その情報とか絶対に控えておくべきでしょう。

それとも暴露することに快感を覚えているのか。

いずれにせよ林田さんは、現場の様子をクラスの女子生徒たちが盗み見ていることに気付いていないようだ。

クラス担任を務める教師役としては、明日からの学校生活に不安を覚えざるを得ない。

っていうか、いくら家族を人質に取られているとはいえ、はっちゃけ過ぎでしょう。

「二人静さん、まさかとは思いますが、フェアリードロップスが脱走していたりしませんよね？」

「あの虫じゃったらマジピンに預けたところ、お主だって一緒に見てたじゃないの」

「しかし、だとすればこれは……」

我々が議論をしている間にも、両者の間ではやり取りが進む。

どう考えても普通ではない林田さんの精神状態。

捲し立てるように伝えられた性癖。

それらが一段落したところを見計らって、十二式さんが言った。

「……状況は把握シタ」

「だったら何？　それで僕の何が分かるっての？」

「人類は嘘ヲ吐く生き物。やはりそう簡単にハ信用するに値しナイ」

　スキー教室の期間中と比べて、やたらと端的になった十二式さんのお喋り。表情や振る舞いにこそ変化は見られない。けれど、男子生徒たちに向けていた期待が、彼女のなかで激減しただろうことが想像された。

　スンッ……って感じ。

　過去、地球上にクレーターが生まれた直前のやり取りを彷彿とさせる。

「末娘の冷めた態度に危うさを覚えるのじゃけど」

「星崎さんによるフォローが早急に望まれますね」

　また、予期せぬ展開を見せた彼女たちのやり取りには、その様子を隠れて窺っていた女子生徒たちからも反応があった。校舎の陰に身を隠していたのも束の間、我先にと二人の下に駆け寄っていく。

「ちょ、ちょっと林田君、今のってどういうこと!?」

「私のこと好きって言ってくれたのに、どうして大崎さんと付き合ってるの？」「待ってよ！　浅見さんとは別れたって言ってたじゃん！」「浅見さんは田中君と付き合ってるでしょ？」「はぁ？　田中君は私と付き合ってるんだけど！」

「大崎さん、昨晩は山岸君と一緒にいたよね？」「山岸君だったら初日の夜、私のところにも来たんだけど」

「私、夏休みに告られて以来、山岸君と付き合ってるけど」「っていうか三ツ谷さん、自分でアナル開発してるのドン引きじゃない？」「ねぇみんな、それよりも林田君の家族のこと心配するべきだと思う」

　担当クラスの秩序が崩壊していく。

　これ絶対に駄目なパターン。

　そうした只中、十二式さんが林田さんから踵を返した。何を語ることもなく、校舎裏から立ち去らんとする。

　当然ながら、女子生徒たちからは反発の声が。

「十二式さん、逃げないでよ！」「そうだよ、林田君とのこと説明してよ！」「ご家族が殺されるってどういうこと!?」「林田君の気を引こうとして、十二式さんが何かしたんじゃないの？」「逃げるようなら、け、警察に通報するよ!?」「私たち、前々からアンタのことムカついてたんだよ！」「マジそれ！　男子に色目ばっかり使って！」

「自分のことお姫様か何かと勘違いしてるんじゃない?」「喋り方がいちいち変なの、もしかしてキャラ作りのつもり?」「ちょっと可愛いからって、何やっても許されると思わないで欲しいんだけど!」「アンタがそういうつもりなら、私たちだって明日から考えがあるんだからね?」「黒須さんの知り合いだからって、容赦しないよ?」

あくまでも林田さんの味方たらんとする女子生徒たち。その光景にはイケメンが備えた強さを感じた。

けれど、十二式さんの歩みが止まることはなかった。そのまま真っ直ぐに校舎裏を抜けて、正門に向かい歩いて行く。

そして、女子生徒たちは非難の声こそ上げても、彼女を追いかけはしなかった。それよりも林田さんとのコミュニケーションを優先したようだ。辛そうな表情を浮かべる彼に対して、しきりに気遣いの言葉をかけている。

「これまた見事な姫プレイじゃったのぅ。学級崩壊に向けてアクセル全開じゃ」

「本人は明日からどうするつもりでしょうか?」

「母親に泣きついて、不登校児童になる未来しか見えてこんのぅ」

「星崎さんに対する依存が日に日に深くなっていく事実に危機感を覚えます」

「本人には伝えない方がええかもしれんなぁ? パイセン、すぐ顔に出るし」

「ええ、そうですね」

自身としても気が滅入るようなお話だ。

ただでさえ副担任との関係が破綻しているのに。

「私は明日から、こんなになったクラスに通学するんですね」

『陰キャを貫いてきた君なら、どう転んでもきっと大丈夫さ!』

「自身が陰キャであることは否定しませんが、貴方に言われたくありません」

空に浮かんだ我々は、混乱する生徒たちに打つ手なく帰路についた。

＊

勤務先の担当クラスが学級崩壊を目前に控えていよう

と、副担任との人間関係が最悪に陥っていようと、それでも家族のルールは絶対である。スキー教室を終えた我々は、三日ぶりに家族の団欒を迎えることとなった。

未確認飛行物体の内部、日本家屋の居間に設けられた和テーブルを囲んでの夕食。

本日、晩御飯の当番は二人静氏である。

おかげで献立も手が込んでおり尚且つ美味。家族ごっこをしていて一番の役得が、この瞬間ではないかと思う。ピーちゃんもこのときばかりは彼女に対する軽口を控えて、一心不乱にお肉を喰らっておりますね。

そんな感じで、頂きますをしてからしばらく。

皆々の間で会話が途切れたタイミングを見計らって、十二式さんが切り出した。

「末娘からラ父に伝えたイことがあル」

「なんでしょうか？」

「学校に通イたくナくなった」

「…………」

こちらをジッと見つめる彼女は、家族ごっこの初日から変わりのない、とても綺麗な正座姿。ビシッと伸ばされた背筋は過去一度も崩れていない。箸をお茶碗の上に置いて腕を手元に降ろしたのなら、その姿は茶道の先生さながらに映る。

そんな傍目にも畏まって感じられる態度は、厳かに伝えられた口調も手伝い、妙にシリアスな雰囲気が漂っている。その背後で、姫プレイの成れの果てを自ら確認しているだけに、上手い返事が出てこない。

「末娘ハ学内での苛めヲ危惧してイル」

「苛め、ですか？」

「苛めハとても心ガ寂しくなル行為」

「クラス担任の目から見て、苛めはなかったように思いますが……」

盗み見の事実を告げたのなら、彼女の心は殊更に寂しくなってしまいそう。

そこで当たり障りのない返事をする羽目に。

意図せず、やたらと家族っぽい会話。

家族ごっこ開始以来、一番家族している予感。

「生徒ノ行いは往々にシて教師へ伝わらナイ、とノ情報がネット上には散見さレる」

「具体的にどういった苛めが行われているのですか？」

「現時点デハ未遂に終えらレている」

「でしたら、しばらく様子を見てはどうでしょうか」

「しかシ、今後実害が与えらレた場合、末娘ハ即座に県ノ教育委員会へ報告を行うト共に、然ルべき組織や団体へ事実関係ヲ流布。同時にネット上へ映像証拠を流スことで、苛め行為ヲ炎上させて世論ヲ味方に付けつつ、対象の徹底的ナ封殺を……」

「ちょっと待つのじゃ！　末娘の行動力が高すぎなの、ちょっと待つのじゃ！」

どう足掻(あが)いても学校には通いたくないみたい。

僅かなやり取りから確たる意志を感じた。

ならば自身も同様に、自らのポジションに基づいてお返事しよう。

理解のある父親として、彼女のポイントも稼げて一石二鳥の判断を。

「十二式さんがそう思ったのなら、それでいいと思いますよ」

彼女が通学を止めたのなら、自分や二人静氏も教員役からお役目御免。

望月先生との関係もなかったことになる。

崩壊一歩手前のクラス担任からも解放される。

生徒さんには申し訳ないけれど、彼らの色恋沙汰にまでは手が及ばない。

唯一懸念していた鈴木さんや林田さんのご家族については、上司から連絡があり、安否確認が取れた。局員が自衛隊と協力して保護したとのこと。背後で動いていた組織が特定されるまでは、共に国の庇護(ひご)下に収まるという。十分な補償も行われるそうな。

なので自身に出来得る限りのことはやったと言える。立つ鳥跡を濁さず、とまでは言えないけれど、少なくとも新任のクラス担任に付随する不利益はすべて回収した。

今後のことは望月先生に頑張ってもらおう。

ちなみにミカちゃんがマジカルピンクを巻き込んでまで、二人静氏を狙ってきた件について、学内の内通者は望月先生だった。お小遣い稼ぎ感覚で、金銭と引き換えに我々の動向を知らせていたらしい。彼女を尋問した犬飼さんからの情報である。

「父なラそう言ってくれるト信じていた。子に理解ノある父親に末娘は喜びヲ覚える」

「え？　いや、だ、駄目でしょ!?　いきなり登校拒否とかしたら！」

一方で反発を見せたのが、学内の事情を把握していない星崎さん。

先日、強引にも校務員に内定したばかりとあって、必死に声を上げていらっしゃる。

「なンと、母よ。どうシて末娘に辛く当たるノか」

「だって貴方、転校してからまだ一週間と少ししか経っていないじゃないの」

「時間ノ経過では説明できナイ状況に追い込まれていル。このままでは末娘ノ心が大変なコトになってしまう。母も通学先デハ孤立気味に過ごシている。だからこそ、娘ノ気持ちについては理解ガ及ぶのではないかと考えル」

「わ、私のことは言わなくていいから！」

予期せず露見してしまった先輩のボッチな学校生活。皆々から注目を受けて、とても恥ずかしそうにしておりますね。

「ぶっちゃけ、末娘の自業自得じゃとは思うけどのぅ」

「祖母よ、そノ発言は聞き捨てならナイ」

「しかしまぁ、本人がそう主張しておるなら、別に止めてもええんでないの？　そもそも通学したいと言い始めたのもコヤツなのじゃ。儂らとしては無理に学校へ通わせる義務や理由もない訳じゃし」

「しかシ、続けらレた意見は素晴らシイ」

二人静氏もきっと、毎日の早起きが嫌になっただけだと思う。

教員の朝って本当に早いから。

「姉としても、妹の判断を支持したいと思います」

『そうだね！　僕もそれがいいと思うな！』

今後とも通学が予定されているお隣さんとしては、なるべく早いうちに十二式さんを自クラスからパージしたいことだろう。間髪を容れずに合いの手を入れたアバドン少年の判断からも、彼らの気苦労が窺い知れる。

「父と祖母、そレに姉と兄ノ賛成が得られタ。これにより多数決ハ賛成多数となり、末娘ノ通学は本日を持って取り止メとなった。明日からハ家庭内にて、不登校児として家族ト共に過ごすこととスル」

「こんなにふてぶてしい不登校児っておる？」

「ちょっと待ちなさいよ、私はまだ納得した訳じゃないんだから！」

この家族、本当にバラバラだ。

でも、実際の家族ってこんな感じなのかも。

メンバー全員が互いに対等な関係であったのなら。

だとすれば、これはこれで理想的な家族の在り方ではあるような。

「………」

いいや、独身の自分が考えるようなことではないか。

最終的に星崎さんの説得は、十二式さんが記録していた現地の映像により為された。校舎裏での林田さんとのやり取りである。女子生徒たちが詰めかけてくるところまで眺めると、先輩はハァと大きくため息をついて仰った。

「たしかにこれは酷いわね、色々な意味で」

和テーブルの上に浮かび上がった機械生命体お得意の空中ディスプレイ。

そこに映し出された映像を確認したことで、先輩も事情を察したようだ。

クラスメイトからの苛めというよりは、十二式さんの姫プレイっぷりを。

「じゃろう？　もっと言ったたって」

「でも、男の子の反応がおかしくないかしら？」

「その点については我々も理解しかねています」

皆々の注目が十二式さんに向けられる。

すると彼女は淡々と応えた。

「対象ノ精神状態の変化についてハ、エルザが持ち込ンだ食材を利用シタ」

「え？」

急に話題を振られたことで、声を上げて驚いた表情となるエルザ様。

これに構わず十二式さんは説明を続ける。

「人類ハ嘘を吐く生き物。愛ノ囁(ささや)きには入念ナ確認が必要デあると、書籍や映像作品などヲ通じて、実に様々ナ角度から指摘が挙げられてイル。確実性を重んじる機械生命体トしては、対象ノ内面を確認しない訳にハいかない」

「お主、まさか儂らが台所に隠しておいたの、勝手に使いおったのかぇ？」

「祖母よ、そノ判断は正シイ」

席を立った二人静氏が、バタバタと台所に向かっていく。

直後には――

「本当じゃ！　しまっておいた食材が消えておる！」

エルザ様が異世界から持ち込んだ薬草の効果は、我々も身をもって理解している。林田さんの身に訪れた変化にも納得だ。きっと台所でのやり取りに、どこからか聞き耳を立てていたのだろう。

横から掠め取るような真似も十二式さんであればさもありなん。

「しかし、我々が口にしたときより尚のこと、効き目が良かったように思いますが」

「食材からラ水分や植物繊維などヲ取り除いた上で、人体ノ代謝を活性化させセル成分を添加シタ。これにより対象ヲ生食した場合ト比較して、より効果的に目当てノ成分を体内デ活性させセルことができた」

「なるほど」

隠しておいたゲーム機を子に発見された親御さんの気持ちって、こんな感じだろうか。

こんなことなら彼女には事前に説明して、手出しを禁じておけばよかった。

「エルザ、食材ヲ勝手に消費シテしまったことヲ謝罪したい」

「いいえ、それは別に構わないのだけれど……」

エルザ様は困った顔となり、我々と十二式さんの間で視線を行ったり来たり。

彼女としては別段、損をした訳でもない。

そこまで高価な品ではないことも確認している。

「代償トして何か、欲しい物ガあったら言って欲シイ。エルザが持ち込んだ食材ハ、私にとって非常に有用ナものであった。これヲ勝手に消費シタことへの謝罪として、代替となル品を用意したいと考えてイル」

「提案は嬉しいわ。けれど、すぐに思い浮かぶようなものはないのよね」

「ゆっくりト検討してくれて構わナイ。入用になったラ改めて声をかけテ欲しい」

「え、ええ、分かったわ」

エルザ様とのやり取りはそれで落ち着きを見せた。

代わりに二人静氏から十二式さんに突っ込みが。

「お主、フェアリードロップスを前にして、実験がどうのと偉そうなこと言っておったけど、一番の理由はこれじゃろ？　言い寄ってくる男子生徒を相手に、体のいい嘘発見器として利用しようと考えていたのではないかぇ？」

「黙秘ヲ主張する」

あ、その通りみたい。

プイッとそっぽを向いてしまった。

そんな彼女の視線の先には、星崎さんの姿が見られる。

「せっかく校務員の仕事にも慣れてきたのに、本日付けで退職かしら」

「母よ、明日から八自宅で一緒にゆっくりト過ごしたイ」

「局員として、それはどうかと思うのだけれど……」

労働意欲に溢れた先輩は困惑の面持ちで受け答え。でも、これまでのように素っ頓狂な提案をされるよりは遥かにマシだと思います。自身としても当面は、ピーちゃんと共にゆっくり過ごしとうございます。

テレビに映った連ドラを脇目に眺めながら、そんなことを思った。

＊

夕食を終えたのなら、本日のところは家族ごっこも終了である。

皆々で軽井沢の別荘に戻ってお開きとなった。

ただ、本日は以降にこそ重要な仕事が残っている。

それは我々が抱えた異世界側の事情。ミュラー伯爵との調整を終えたことで、今晩、ルイス殿下の復活に向けて一歩を踏み出すことになった。天使と悪魔の代理戦争、そのご褒美を利用した腐肉の呪いの解呪である。

別荘のリビングには自分とピーちゃんの他に、お隣さんとアバドン少年、二人静氏とエルザ様の姿が見られる。星崎さんは十二式さんに送られて、都内の自宅に戻られた。彼女たちには申し訳ないけれど、内々で進めようと思う。

「さて、それでは早速じゃけど、問題の王子様と対面させてもらおうかのぅ」

「そうですね。まずはこの場にルイス殿下をお連れしようと思います」

『僕らはここで待っていればいいのかな？』

「はい、申し訳ありませんがアバドンさんたちには、少々お待ち頂けたらと」

解呪に当たって殿下には一度、こちらの世界に移って頂くことになった。

お隣さんとアバドン少年に異世界の存在を黙っていた

い、という思いはある。また、後者の悪魔パワーが世界を異にして正しく作用するのか、という疑問もあった。

諸々の理由から解呪の現場には、二人静氏の別荘をお借りすることに。

広々としたリビングの一角に、家具を退かして空きスペースを設けた。

そちらへ皆々で並び立っている。

「ピーちゃん、毎度のこと申し訳ないけれど、お願いできるかな？」

『いいや、こちらこそ身内の尻拭いに付き合わせてしまいすまない』

星の賢者様の魔法により、現代から異世界に移る。

移動した先はヘルツ王国の首都アレストに聳(そび)え立った王城。

その地下に設けられた一室である。

いわゆる座敷牢のようなスペースであって、ピーちゃんの説明に従えば、身分の高い方を隠蔽しておく場所なのだそうな。その関係で内装は割と豪華。そこいらの宿屋よりも見栄えがする間取りとなっている。

中央には大きなベッド。

肉塊と果てたルイス殿下は、その上にどっしりと在らせられる。

室内には他にミュラー伯爵の姿が見られた。

日本時間で数分前、我々は彼の下に足を運んで、事前に連絡を入れていた。こちらの部屋を案内して頂いたのも、そのタイミングである。現地ではそれなりに時間が経過しているので、立ち会いの為に改めて足を運んで下さったのだろう。

いや、場合によってはこの部屋でずっと待っていて下さったのかも。

「ミュラー伯爵、これより我々の世界で儀式に臨みたく存じます」

「あぁ、どうか何卒(なにとぞ)よろしくお願い申し上げる。ササキ殿たちが戻るまでは、私もこの場で待機していようと思う。もしも何か手伝えることがあれば、すぐにでも言って欲しい。どのようなことでも引き受けたい」

本日のミュラー伯爵は、いつになく神妙な面持ちをされている。

ルイス殿下の真意が知れた今、彼にとってはアドニス陛下と同じく、身命を賭してでも仕えるべき王族として映っていることだろう。こういうところ、エルザ様のお父さんだなぁ、っていう感じする。親子揃ってそっくり。

ちなみに娘さんは軽井沢の別荘に残っている。現地でルイス殿下に対する事情の説明をお頼み申し上げることになった。同じ異世界の方のお言葉であれば、殿下も自分なんかが説明するより納得して下さりそうだから。

「恐らくですが丸一晩、いいえ、それ以上に時間を要する可能性もありますが」

「気遣いは無用。殿下の為であれば、三日三晩を飲まず食わずとて辛くはない」

「承知いたしました」

異世界の方々の忠義心、相変わらずぶっ飛んでいる。

実際に飲まず食わず待っていそうで恐ろしい。

『では、早速だが向かうとしよう』

「お願いするよ、ピーちゃん」

物言わぬ肉の塊、ベッドの上のルイス殿下に歩み寄る。

直後にも文鳥殿の魔法が発動して、ベッドの下に魔法陣が浮かび上がった。傍らに立った自身も含めて、普段より少しだけ大きめ。次の瞬間には足元に一瞬の浮遊感。

暗転を挟んで周囲の光景が一変する。


見慣れた軽井沢の別荘だ。

隣にはルイス殿下がベッドごと運び込まれていた。

間髪を容れず、二人静氏の声が届けられる。

「そっちの悪魔で慣れておらんかったら、初見でビビっていたかもしれん」

「たしかにアバドンの本来の姿と、どことなく雰囲気が似ていますね」

『そうかい？　僕はそこまで似てるとは思わないけど』

あまりにも肉々しいアバドン少年の本性。

その姿を見慣れていたおかげで、居合わせた面々の反応は落ち着いたもの。物言わぬルイス殿下とは対照的に、飛んだり跳ねたりお喋りをしたりと、コミカルな一面を持ち合わせていたアバドン少年のお肉モードに感謝を覚えた。

「さて、それでは早速じゃけど、ご褒美を賜らせてもらってもええかのぅ？」

「二人静さん、本当によろしいのでしょうか？」

「この状況でやっぱり嫌とか言ったら、そっちの文鳥に殺されてしまうじゃろ」

『そのようなことはしない。嫌だと考えたのなら今からでも考えを改めればいい』

二人静氏の意識がお隣さんとアバドン少年に向かう。

彼女は改まった態度で二人に言った。

「どうか頼まれてくれんかのぅ？　こやつら曰く、お主らが唯一の希望だそうじゃ」

「アバドン、腕の見せどころです。どうかしっかりと役目を果たして下さい」

『うん、まっかせて！』

元気良く頷いたアバドン少年が、ふわりと空中に舞い上がる。

ベッドの上に座したルイス殿下の正面でピタリと静止。

両手を正面に掲げると、真剣な面持ちで対象を見据えた。

「…………」

普段なら軽口の絶えない二人静氏も、今回ばかりは真剣な面持ちである。

ルイス殿下の在り方は、彼女も決して他人事ではない。

同じ呪いを身に受けている二人静氏にとっては、今後の身動きを決定付ける試金石。今回の提案が我々に恩を売りつけると共に、天使や悪魔から与えられるご褒美の影響力の確認にあることは自身も把握している。

『いっくよ！』

静かになったリビングにアバドン少年の可愛らしい声が響いた。

間髪を容れず、ルイス殿下の肉体が眩い輝きに包まれる。

これまでの経験から、これ絶対に光るだろうな、などと考えていたところ、スーツの内ポケットからサングラスを取り出して着用。事前に用意しておりました。それでも明るい視界の先で、ルイス殿下の肉体に変化を捉えた。

肉塊がモゾモゾと蠢き始めたのだ。

最初は無作為に動いているだけとも思えた。

けれど、しばらく待ってみると、段々と人の形に近づいていることが分かった。それこそアバドン少年の変身シーンさながら。人体のボリュームを超えて膨れ上がった全体がゆっくりと縮小していく。

そこから胴体と思しき部位が生まれて、頭部や手足が形作られる。

四肢が戻ってからは早かった。

あっという間に顔の造形が整う。

時間にして数十秒ほどで、ルイス殿下の肉体は生前とまるで違わずに復活。最後に爪や頭髪といった末端が形作られると、その肉体を包んでいた輝きは失われた。光が完全に引いたことを確認して、サングラスを懐にしまう。

改めてベッドに目を向ける。

シーツの上、ルイス殿下が仰向けで身を横たえて在らせられる。

ただし、衣服までは戻らない。

素っ裸である。

女性陣の視線が剥き出しの下半身に向けられていることに気付く。まさか放ってはおけない。大慌てでベッドの脇からシーツを剥がすと、左右より殿下の身体を包み込むように被せる。感覚的には扇形に巻かれたクレープって感じ。

直後にも閉じられていたルイス殿下の目がパチリと開かれた。

「殿下、お身体の具合はいかがでしょうか？」

「ササキ男爵、説明は不要だ」

「と、申しますと？」

「余はこの身が肉の塊と果ててから、今この瞬間に至るまで、自身の身の回りで起こった出来事をすべて把握している」

「左様でございましたか」

ハキハキとした口調からは、意識もしっかりとしていることが窺えた。

こちらに有無を言わせない凛とした物言いは、とてもルイス殿下らしい。

ササキ男爵は素直に頷いて身を引くことにした。

そうした自身の面前、殿下はベッドに手を突くと、ご自身で身体を起こしてみせる。回復魔法の一発でも必要かと思ったけれど、そんなことはないらしい。痛みを感じている素振りも見られず、まずはそのお元気そうな姿にホッと一息。

「お主らの王子様、めっちゃイケメンじゃのぅ」

「二人静さん、既にご存知とは思いますが、ルイス殿下は大変高い身分のお方にございまして、どうか失礼のないように配慮を頂けませんでしょうか。私も殿下の在り方には並々ならぬ敬意の念を抱いておりまして」

「ほぅ、ササキ男爵からそのように思われていたとは光栄なことだ」

「ご謙遜を。ルイス殿下のご意志については、私もすべて聞き及んでおります」

「あぁ、そういえば男爵は我が弟と共に、現場へ居合わせていたのだったな」

腐肉の呪いの恐ろしいところは、肉塊と果ててからも意識が失われることはなく、延々と周囲の光や音を知覚し続けてしまうこと。それは決して脅し文句などではなく、歴然たる事実であったようだ。

僅かなやり取りから、ルイス殿下の置かれていた状況を判断することができた。呪いが発動した直後にも、ササキ男爵はアドニス陛下を騒動の場からお助けする為、肉塊と果てた殿下の前に姿を見せている。当時の状況を把握していたのだろう。

だからこそ圧倒される。

それで尚も、こうしてメンタルを保っているご様子に。

並々ならぬ精神力の持ち主ではなかろうか。

十二式さんにも是非、殿下の爪の垢を煎じてお召し上がり頂きたい。

なんなら自身も頂くべきか。

「ルイス殿下、いきなりのご提案となってしまい恐縮ではありますが、こちらの耳栓のようなものを左右の耳に、そして、こちらのクリップ状のものを口元に構えては頂けませんでしょうか？」

以前、遊園地を訪れる際に十二式さんから支給された機械生命体製の翻訳機。

これをルイス殿下に差し出す。

「それは？」

「こちらの地域ですが、殿下がお住まいであった国とは言語圏が異なっております。私ども以外と意思疎通する上で必要な道具、としてご理解を下さい。着用に抵抗がございましたら、私が翻訳を務めさせて頂きますが」

自分とピーちゃんは翻訳機がなくとも、異世界の言葉を理解することができる。けれど、他の面々はそうもいかない。殿下も我々の発言に限っては既に把握しているご様子だが、二人静氏の軽口には小さく首を傾げるばかりであった。

「ふむ、これまた興味深い」

提案を受けるや否や、殿下は躊躇なくイヤホンを耳に装着した。

　クリップマイクは指先で摘んで口元へ。

　王族らしからぬ行動力も相変わらずのようだ。

「これでよいのか？　些か耳に圧迫感を覚える」

「ありがとうございます、殿下」

「余の発言に応じて妙な響きが聞こえてくる。これが翻訳された言葉か」

「はい、その通りにございます」

「ありがたい。おかげで自らの口より礼を述べることができそうだ」

　自身がやたらと畏まった態度で受け答えしている為だろう。他の面々は黙ってことの成り行きを見守っている。二人静氏やアバドン少年にしてみれば、ルイス殿下が元の姿に戻った時点で、目的は達したも同然であるからして。

「余の肉体を戻してくれたのは、そちらの御仁であったな。見たところ高貴な身の上とお見受けするが、ご挨拶をさせてはもらえないだろうか。余は名をルイスという。是非とも名前をお聞かせ願いたい」

『僕かい？　僕はアバドン、よろしくね！』

「アバドン、相手は王子様ですよ。もう少し丁寧にご挨拶できないのですか？」

「私がネット上で調べた限り、アバドンさんも悪魔としては王の名を冠するお方ですから、同じく王族であらせられるルイス殿下とは、対等な立場で言葉を交わされても問題はないように思いますよ」

　興味本位で彼の名前を検索したところ、仰々しい生い立ちと共に、キラキラ系のインフルエンサーさながらに多数の肩書が並んでいた。中には王様っぽいフレーズも見られたので嘘は言っていないと思う。

　なんなら今も王冠とか頭に載せている。

　ルイス殿下もその辺りを気にされているのではなかろうか。

「だとすれば王位を継いでない余のほうが下か。これは申し訳ないことをした」

『そういうのは気にしなくていいよ。それと僕が君のことを助けたのは、こちらの彼女の意向なんだ。だから、お礼をしたいというのであれば、僕よりもこちらの彼女にしてもらった方がいいと思うんだよね！』

　アバドン少年が二人静氏を視線で示して言う。

話題に上げられた彼女は粛々と頭を下げて応じた。

「王子様、儂は二人静と申しますじゃ」

「肉塊と果てて朽ちるのを待つばかりであった余へ、再び人の世で生きる機会を与えてくれたこと、とてもありがたく感じている。フタリシズカと言ったか、その方にはどれだけ感謝しても足りない」

「そんな滅相もない。王子様が無事であってなによりですじゃ」

二人静氏がやたらと下手に出ている姿、眺めていておっかない。

高級旅館で宿泊客に畏まる給仕さながらの態度は、むしろ、彼女のこの上なく高い自尊心の表れのような気がする。調子に乗って偉そうな態度を取ると、その日の晩にも首を掻かれるタイプのやつ。

手の甲も和服の袖で上手いこと隠している。

ルイス殿下も覚えがあるだろう呪いの痣を。

「ササキ男爵、叶うことなら二人に礼の品を用意したい」

「承知しました。是非ともお手伝いをさせて下さい」

衰退途上国の王族とはいえ、正真正銘の長男坊。異世界に帰還したのなら、王城の宝物庫から金銀財宝を選り取り見取り。アドニス陛下もルイス殿下の言葉であれば、決して駄目だとは言わないだろう。むしろ率先して送り込んできそう。

肩の上の文鳥殿からも異論は上がらない。

なんだかんだでヘルツ王家にお優しい賢者様。

「ところで、ササキ男爵にはそれとは別に、改めて相談したいことがある」

「なんでございましょうか？」

ただ、そうした自身の想像とは裏腹に、ルイス殿下からは想定外のお言葉が。

「余もミュラー家の娘と共に、こちらで面倒を見てはもらえないだろうか？」

「ルイス殿下、それは……」

異世界に戻らず、このまま地球で生きていく、ということ。

アドニス陛下にも復活の報告を行わない、という意味合い。

「亡き兄との約束に従い、祖国のために奮闘している弟、その意志をわざわざ挫くことはないだろう？　この状況で余があの者の前に現れたところで、祖国としては百害あって一利なしではなかろうか」

「殿下の仰ることは尤もだと思います。しかし、陛下がそれを望むと思いますか？」

「国を治めるとは、王族とは、そういうものなのだ。国王であろうと、いいや、国王であるからこそ、私事を挟むような真似は許されん。そして、余はこの身が朽ちるまで、アドニスを良き王として支える義務がある」

ルイス殿下の懸念は分からないでもない。

アドニス陛下の治世が始まって間もない今、殿下がヘルツ王国に戻ったのなら、また国を割っての騒動が始まりかねない。つい数ヶ月前まで、互いに派閥を作って競い合っていたのだ。ご兄弟の意向はさておいて、周りの貴族たちが放っておかない。

場合によっては粛清を受けている帝国派の貴族が、ルイス殿下の派閥と結びついて息を吹き返す可能性すらある。それならアドニス陛下の支配が盤石となるまで、こちらの世界で身を隠したいという殿下の意志は、非常に納得のいくものだ。

ササキ男爵の前でわざわざ、王位を継ぐ気はないと宣言してみたのも然り。

「それに余も生まれてこの方、色々とあって疲れた。しばらくはゆっくりと過ごしても、身内から文句は言われないと思うのだが、ササキ男爵はどう思う？　男爵が望むのであれば、こちらにいる間は男娼として使ってくれて構わない」

『…………』

そして、極めつけはこれである。

完全に弱点を突かれた形。

そのように言われると、我々は言い返せない。まったく同じことを考えてスローライフを求める日々。星の賢者様も言葉を失っておりますね。ピーちゃんにしてみれば、同じ異世界からの亡命者である。

あと、サラリと危険なワードを入れ込んでくるの本当に困る。

「のぅのぅ、今なんか妙な響きが聞こえてきたのじゃけど」

「殿下の勘違いにあらせられます。どうかお気になさらずに」

ベッドの上、身体にシーツを巻いただけという格好もよろしくない。

妙な色気を放っているルイス殿下。

その視線は自身を経由の上、肩の上にちょこんと止まっている文鳥殿へ。

「貴殿の肩に御座すお方も、余の意見に賛同してくれるものと考えている」

『まぁ、貴様であればそのように考えるであろうな。ルイスよ』

「自身には弟のように、民を率いるような力はございませんので」

『時代によって指導者に求められる素質は様々だ。今はどうだか分からないが、今後は貴様のような反間苦肉をも厭(いと)わない人物が求められることもあるだろう。己一人で国を治めるだなどと尊大なことは、ゆめゆめ考えないことだ』

「勿体(もったい)なきお言葉にございます」

先んじて隠居を決め込んでいた文鳥殿は、後続をヨイショしつつ、星の賢者様っぽい発言をして自らのポジションをキープ。普段は超人然としているけれど、たまに人間臭いところが垣間見えるの個人的にポイント高い。

他方、ルイス殿下は彼らしからぬ素直さで頭(こうべ)を垂れた。

文鳥殿の素性もバッチリと知られてしまっている。呪いが発動してからというもの、本人の前で色々とお喋りをしていたから、こればかりは仕方がない。

「なにこの文鳥、めっちゃ偉そうにしおってからに。見ていてムカつくんじゃけど」

「二人静さんもなんとなく察しているのではありませんか？」

「だからって今更畏まるのマジ嫌じゃし？　とことん反発したくなるっていうか？」

『逆に清々(すがすが)しくはあるな。下手に畏まられるよりも遥かにいい』

「ほらまた、こういうことを言うのじゃ」

二人静氏としては、星の賢者様に軽くマウンティングを仕掛けることで、ルイス殿下も含めた異世界勢に対する発言権を確保しようという腹積もりだろう。その矛先を直接殿下に向けた場合、自分やエルザ様との関係が拗(こじ)れてしまうから。

この辺りの匙加減(さじかげん)がとても上手いなぁと思う。

案の定、ルイス殿下からは両者の関係を探るような発言が漏れた。

「なにやらこの場の人間関係は、余が考えている以上に混沌としているようだ」

「たしかに殿下の立場からしますと、そのように映るかもしれません。先程の話に合わせてご説明をさせて頂くと、エルザ様の面倒を見て下さっているのも私ではなく、殿下をお救いしたこちらの彼女となります」

「……なるほど、左様であるか」

自身としては、二人静氏を軽くプッシュしておこうか。ピーちゃんも決して悪くは思うまい。

今回の件も含めて、ここのところお世話になっている。だからこそ今しがたも星の賢者様にしては珍しく、二人静氏を上げるような言い回しをしていた。きっと彼も彼女の意図を理解した上で受け答えしていたことだろう。

互いに反目しながらも、利益が重なれば足並みを揃える姿勢は極めてビジネスライク。

「王子様、粗末な屋敷ではございますが、ごゆるりと滞在して下さいのじゃです」

「迷惑をかけてばかりで申し訳ない。無駄飯を食らうような真似は決してしないと約束する。どのように使ってくれても構わない。それと余のことはルイスと呼び捨てでいい。この身は国を捨てたも同然なのだ」

ルイス殿下の滞在に二人静氏からゴーサインが出た。

すると時を同じくして、エルザ様から声が。

「ササキ、あの、わ、私からもいいかしら?」

「なんでしょうか？　エルザ様」

「居候の分際で偉そうなことを申し訳ないのだけれど、私に与えてもらっている仕事を按分するようなことは、ど、どうかしら？　もしくは殿下の分も含めて、私に働かせて頂けたら嬉しいのだけれど」

彼女からすれば救国の英雄にして、遥か目上の偉い人。ミュラー家の立場を考えたのなら、無視するような真似は禁忌である。次に異世界へ戻ったとき、ミュラー伯爵により良い報告をできるようにと、エルザ様も必死である。

正直、十代中頃のお子さんの仕事じゃない。自身にできることは、彼女の発言を目一杯、殿下の前で肯定するくらいだろうか。

「そうですね。私もそれがよろしいかと思います」

「たしかに見栄えのするイケメンじゃから、引き合いは強いと思うのじゃです」

二人静氏にも同意を頂けた。

おかげで殿下も彼女の発言に興味を持ったようだ。

「エルザ、君はこの地でどういった仕事をしているのだ？　余に教えて欲しい」

「せ、僭越ながら、ユーチューバーというものをさせて頂いております、殿下」

「ユーチューバー？」

異世界の方々が畏まった態度でユーチューバーとか言っちゃってるの、現代人の感性からすると、かなりシュールに映る。むず痒い気持ちがふつふつと湧いてくる。これを我慢しつつ二人のやり取りを眺める。

「我々の国で言うところの、吟遊詩人のようなものです」

「その方は民の前で歌っているのか？」

「歌を歌っている方も見られますが、私は主として語り部を任されています。大衆に向けて娯楽を提供しつつ、これに交えて社会情勢などを流布することで、民を正しい方向に導いていく。その役割は変わりません」

「なるほど」

「殿下におかれましては、ほ、本来であれば、国家の舵取りを行うべきところ……」

「気遣いは不要だ、エルザ。自身が仕事を選べるような立場にないことは、この場でのやり取りから理解した。その方が苦労することはない。でなければ余は自らの恩人へ、恩を仇で返すような真似をすることになってしまう」

あわわわ、と慌てながらも必死に受け答えするエルザ様。

そんな彼女の発言に言葉を被せるようにして、ルイス殿下は言いきった。

ぶっきらぼうではあるが、彼なりの気遣いだろう。

「しかし、人間関係が混沌としているなら、世の中の仕組みもまた複雑であるようだ」

「ルイス殿下、誠に恐れ入りますが、できれば殿下の出自についてはご内密に……」

「あぁ、そうであった」

王城の地下で座敷牢の只中に佇んでいたルイス殿下。事前にその面前でこちらの世界については説明を行っている。自分やピーちゃんが一方的に聞かせる限りではあったけれど、最低限、文化的な事情はお伝えしていた。

それでも星崎さんが留守でよかった。

同席していたら質問攻めは免れない。

なるべく秘密にしたい異世界の事情。

などと考えていたら、我々が抱えた混沌の中でも、最たる存在がやってきた。

「皆々、話ハ聞かせてもらっタ」

十二式さんである。

庭に面したリビングの掃出し窓がガララと音を立てて開かれた。

自ずと誰もの注目が彼女に向けられる。

いの一番に声を上げたのは家主だ。

「なんじゃお主、空の上に戻ったんじゃなかったの？」

「母が祖母ノ屋敷に忘れ物をシタというのデ、これを取りに戻ルことトなった。すると、別荘内かラ興味をソソられる会話が聞こえてキタ。今後ノ家庭の運営ヲ思えば、決して無視できないト判断した」

「相変わらずの地獄耳じゃのぅ」

本人が主張する通り、十二式さんの背後には星崎さんの姿が見受けられる。

その方ら何者だ？　みたいな眼差しがルイス殿下から彼女たちに向けられた。

そうした先方に構うことなく、十二式さんは窓から宅内に上がり込む。

後ろに控えていた星崎さんもこれに続いた。

「末端や接点に搭載サレた集音装置は、通常運用であってモ、人類ノ聴覚とは一線ヲ画した性能を備えル。なので屋敷内ノ会話を私が耳にシテいた事実は、個々人ノ時間であっても、そのプライベートを侵スものではなイと主張スル」

合わせて伝えられたのは、主に言い訳。家族ごっこのルールに違反していないぞと、自己主張していらっしゃる。既にバッテンが一つ付いている彼女は、もう一度違反した時点で罰則が決まってしまうから。

「まぁ、別にええんじゃけど」

「祖母より言質ヲ取った」

二人静氏が頷いたのに応じて、我々の下にパタパタと近づいて来る十二式さん。

ルイス殿下の座されたベッドの傍ら、彼女はこちらを見つめて口上を続けた。

「そこデ父よ、末娘かラも折り入って相談がアル」

折入らないで欲しい。

絶対に疎なことじゃないでしょう。

「折り入って相談、ですか」

「是非トモ聞いて欲しイ」

「聞くだけなら構いませんが……」

「私もユーチューバーとシテ世界に羽ばたきタイと考えていル」

そうして語る彼女に表面的な変化は見られない。

ただ、心なしか浮ついた響きが感じられる。

漫画の一コマ、背後に効果音を一つ付けるなら敢えて、キリッ！　みたいな。

「失礼ですが、どうしてそのような結論に？」

「人類からノ愛慕とハ、不特定多数からラ広く浅く得ルのが効率の上でも、リスク管理の上でも、無難であるト判断した。今回ノような問題も発生ヲ極力抑えることガ可能。昨今ノ地球人類の言い方に即スルと、コスパに優れル」

「こやつ、真実の愛に気づきおった」

「…………」

ああ、この子ったら本当にもう……。

〈あとがき〉

　お久しぶりです。ぶんころりです。

　これまで春と秋に一冊ずつ出させて頂いておりました本作ではございますが、今巻は少し変則的に冬季の刊行となりました。それというのも今まさに絶賛放送中であるＴＶアニメの放送に合わせた形にございます。

　こちらのあとがきを書いている時分には、まだ番組が放送前となりますが、きっと皆様にも楽しんで頂けていることと思います。

　『湊（みなと）未來（みらい）』監督を筆頭とされまして、アニメ化にご尽力下さった皆様には厚くお礼を申し上げます。人生に一度あるか否かといった貴重な機会、皆様と一緒にお仕事をさせて頂けたことを、とても光栄に感じております。

　そうした背景もございまして、続く九巻は今年の夏頃を予定しております。そして、以後も年に二冊、冬と夏に新刊が刊行されていくこととなります。もしよろしければ、お気に留（とど）めて頂けますと大変ありがたくございます。

　さて、改めて八巻の内容についてなのですが、今回はこれまで露出が控えめであったお隣さんの転校先を舞台に、学園ラブコメ風とさせて頂きました。また、初巻から長らくアップを続けてきた魔法少女たちについても進捗しております。

　今後はこのような形で、各キャラを掘り下げていけたらいいなと考えております。

制作に当たりましては、『カントク』先生に多大なるお力添えを賜りました。追加のキャラデザインの他、お隣さんの転校先の制服や移動教室中の私服など、随所に新デザインを頂戴しておりますこと、感謝の気持ちでいっぱいでございます。

とりわけ女教師に化けた二人静には大変な喜びを感じております。普段は和服姿であまり肌を出すことのない彼女ですから、カバーイラストを皮切りとして、各所で拝見させて頂いておりますスーツ姿には、筆舌に尽くし難い慈しみを覚えております。

こちらの流れで謝辞とさせて頂きますと、書籍をお手に取って下さる読者の皆様には、初巻から変わりのないご愛顧に改めてお礼を申し上げたく存じます。皆様と一緒にカントク先生の美麗なイラストを楽しむことが、本作を続ける上で何よりの原動力です。

担当編集O様、S様（『西野』のS様とは別の方となります）並びにMF文庫J編集部の皆様には、アニメ化に当たって大変なご支援を頂戴しておりますこと、心よりお礼を申し上げます。アニメ制作も山場を迎えた昨今、送信から僅か数分で返ってくる丁寧なお返事にはただただ驚愕でございます。

また、営業や校正、デザイン、声優の皆様、国内外の書店様や販売店様、アニメ制作関係の皆様、『SILVER LINK.』様並びに『オンリード』様、本作にご期待下さる関係各所の皆様には、並々ならぬご支援を頂いておりますこと深謝申し上げます。

カクヨム発、MF文庫Jが贈る新文芸『佐々木とピーちゃん』を何卒お願い致します。

（ぶんころり）

動画投稿サイトで
PVバトル勃発。
脱サラしてユーチューバーになって
世間からチヤホヤされながら暮らす。
そんな夢物語を半ば強制的に追いかける
羽目となった佐々木たち。
ゲーム実況、踊ってみた、
ビデオブログ、音楽配信、etc。
各々が自らの強みを活かして
動画投稿を開始。
そうした只中、人生も空っぽの
お隣さんは困窮していた。
生まれてこの方、
毎日を空虚に過ごしてきた彼女には、
他者に誇れるものなど何もない。
※2024年1月時点の情報です。

2024年夏発売予定!!!!!

そんな彼女に
手を差し伸べたのは、
昨今向かうところ
敵なしの機械生命体だった。

十二式のサポートを得て
Vチューバーとしてpv数を
稼ぐこととなったお隣さん。
無愛想な彼女には当然ながら務まるはずもない。
しかし、そうした彼女の残念極まりない活動は、
やがて世間の目に触れることとなり……。

『佐々木とピーちゃん 9』

メイソン大佐

「君たちを我が国の異能力者として招待したい」

現代異能系

友好国のお偉い軍人さん。普段は横田基地に勤務している。
本国の意向を受けて、何かと佐々木たちに声をかけてくる。
職場ではマジカルブルーの保護者役も務めているらしい。

Colonel M

犬飼三等海尉

「短い間ではありますが、
上官より皆さんの案内を
仰せつかっております」

現代異能系

海上自衛隊の幹部自衛官。防衛大学を卒業して間もないエリートさん。佐々木たちと接点を持ったばかりに、以降も彼らの担当者に回されて、危なげな現場に繰り返し駆り出される羽目となる可哀想な人。

Inukai san

ちゃん
異世界でスローライフを楽しもうとしたら、
現代で異能バトルに巻き込まれた件
～魔法少女がアップを始めたようです～
コミックス
1～3巻
好評発売中！
佐々木とピーちゃん
[原作]ぶんころり
[漫画]プレジ和尚
[キャラクター原案]カントク
〈1〉
佐々木とピーちゃん
[原作]ぶんころり
[漫画]プレジ和尚
[キャラクター原案]カントク
2
佐々木とピーちゃん
[原作]ぶんころり
[漫画]プレジ和尚
[キャラクター原案]カントク
〈3〉

佐々木とピーちゃん 8

巡り巡って舞台は学校、
みんなで仲良くラブコメ回
～真実の愛を手にするのは誰だ?～

2024年1月25日　初版発行

著者	ぶんころり
イラスト	カントク
発行者	山下 直久
発行	株式会社 KADOKAWA 〒102-8177 東京都千代田区富士見2-13-3 0570-002-301(ナビダイヤル)
印刷・製本	株式会社広済堂ネクスト
デザイン	たにごめかぶと(ムシカゴグラフィクス)

ISBN 978-4-04-682036-5　C0093

定価はカバーに表示してあります。